香溪故事

昌言小說集

昌言——著

【代序】說不明白

昌言

窮日子難得過，「貧賤夫妻百事哀」。抬頭去再看那些日漸富裕起來的家庭、或者紅男綠女們，活得好像也並沒有人們意想中的那般快樂輕鬆；雖然說金錢就是一種權力，「什麼事情它做不到？什麼事情它毀不了？」（莎士比亞語）

至於說到愛情和婚姻，的確都稱得上太古老，如今，倒更像足不出戶的癟嘴老太太。而金錢則像走紅的歌星，受萬千人簇擁，被萬千人追逐——只不過待到曲終人各西東，大抵又都悵然若失，無聊，困頓，打不起精神來。每每到這種時候，愛情才又成了味精，成了沙發，藉以打發毫無滋味的日子，同時也為再一次的物質追逐，積蓄些氣力。

物質文明日新月異，雜色紛呈，因為欲壑難填，渴望得到的東西實在太多，大家都分外忙碌：還沒富起來的青年農民夢寐以求離開山野走進都市，率先發了橫財的大款們，又忙著在酒池肉林、金碧輝煌中造山水，搭茅廬……各有各的嚮往或追求，一個個都怪不容易。相比之下，所謂情啊，愛啊，又何足道哉？

有一點似乎是共同的：無論得意或失意，有錢的或者沒錢的，都難免會常常陷入心理失衡狀態，覺得空落落無所依傍；週期性的煩惱浮燥，時不時地，簡直攪得人不知把自己怎麼辦才好！套用一句老話，大概就是「除是無身方了，有生常有閒愁」吧。換個角度也可以說，在這個世界上，的確有一個物外的叫作精神的東西存在著。

自從懂事之後，有好長一段歲月，我一直為父親的「帽子」（詳情見拙著《家族記憶》）陰影所籠罩，只能憑思索或想像感受生活。我口齒木納，置身人多場面時常不知所措。也許因為二十七、八歲時，才臉紅脖子粗戰戰兢兢求偶，異性在我眼裏總顯得迷一樣誘人，玉一般美妙，「我見了女孩兒都覺得清爽」（賈寶玉語）；也許所謂「姻緣」，原本就沒意想中那麼好，也沒有意想中那麼壞，而我對戀情的關注偏偏又太固執，渴望的東西也太多……這大概就是為什麼我偏愛寫有關情、愛、夫妻戰爭和家族糾葛一類題材小說的原因吧。說來慚愧，漸漸的，特別最近這些年，我竟越來越不明白愛情為何物了！

教課書上云：生活是創作的唯一源泉。然而，世事變化如此之快，且光怪陸離，五彩斑斕，令我目不暇接，目瞪口呆——亦或是，愛情也趕時髦「下海」了（「海」字用得妙，使人們眼前一亮，禁不住神往起那無邊無際、如天空一樣的蔚藍色。若云「下水」，而且是要下到又苦又澀又冰涼的被污染了的海水中，豈不讓人大煞風景）？也擠身進商品經濟的大潮，以廣告吸引眼球，以贏利為目的，「玩的就是心跳」？好像是，又好像不太對——唱詞中不是還說「縱然他是窮人也罷，有錢難買得愛情無價；縱然他是犯人也罷，為什麼他才去背那犯人的枷」嗎？思前想後，最終還是沒有弄明白。

突然，就想起了《聖經》中耶穌的一句話：「人不能只靠麵包過活，你的心靈需要比麵包更有營養的東西。」

這「更有營養的東西」，究竟指的什麼？仁者見仁，智者見智，但肯定不會再是麵包了。畢竟我自幼受無神論者教育，洋耶穌也太老了。耶穌的這句話，當然僅供參考。

好在身邊還有這條發源於神農架林莽、緊傍長江三峽的幽秀香溪！可別小瞧了這不過百餘華里的山澗溪流，它的下游有大詩人屈原的出生地，中段有漢明妃王昭君的故居！綠樹危崖可以養眼，典故風俗可以潤心。踱步在溪畔的羊腸山道上，山歌民謠絲絲縷縷，彷彿從天外飄落……枯藤老樹，古道西風；而那如舞動著的緞帶也似的溪水上面，浮沉的落葉和細碎的白浪花，像一個個轉瞬即失的靈魂，好像正在呢喃著一些或者守望或者掙扎的凡人故事哩……

目次

【代序】說不明白 003
殉情的和倖存的 009
金秀 029
磨刀的老人 048
懺悔 069
黃昏 084
凡人三記 095
「老趕仗的」和他的山崗 108
母與子 123

一小時會晤 136
白霧 147
蜘蛛 162
月夜 173
鬱悶的藍天 186
泥土 199
小倆口過年 212
連環報 226
雙環記 263

殉情的和倖存的

一

青坪鎮中學的教導主任蘇展，和櫟樹溝小學民辦教師沈輝，在失蹤三天之後，又雙雙從黑潭的潭底浮出——那還是去年秋天的事情，準確地說，是八月十四日黃昏。

那個黃昏炊煙嫋嫋，晚霞明麗如火；初起的山風吹動樹葉，崗巒一時幻出萬變的色彩。小鎮背依青山面對香溪，有百多戶人家。

八點鐘左右，六個壯漢用門板抬著屍體過來了。四周攢動著黑壓壓的人頭。

「……都莫鬆勁呀！媽的好重！」釣魚佬大柱子齜牙咧嘴呻吟。麻石板窄街坑坑窪窪，矮個兒的大柱子又走在門板右側中間；右邊的三個人中，只要一人腳下踩虛，重量就會全壓到他身上。看熱鬧的人如波浪洶湧，眼睛都死死盯著那裏有屍體的破蘆蓆，大呼小叫，不勝驚訝。

「天爺，還裹在一起哩！嘖嘖……」「你不曉得，他們抱得幾多緊，根本掰不開！死之前，攔腰還用紅綢繫了死結子吶！」——沒人留神嘟噥著的大柱子。

屍體抬進青坪鎮中學，擱在操場邊的柳樹下。頭兒們進辦公室商量善後事宜去了。准是哪個楞頭青掀開蘆蓆。「哎呀，還赤膊條條哩……」人群立刻起了騷動，場面更亂糟糟鬧哄哄了。有年長者出面斥責，攆大家回去。人團兒猶豫地流過來，蕩過去，都不甘心離開……夜已經很深了，操場上仍三個一群五個一夥聚成堆兒，還在小小聲議論著。

據說，他們倆死的頭幾天，鎮子西頭包谷地旁邊，在那圈用薄石片砌的短牆裏面，曾炸過一串兒爆竹！是晌午，好多人跑去看了，只見滿地爆竹的碎屑，並沒發現什麼。

蘇展倆口兒和沈輝倆口兒，同我的關係都挺不錯。出事那天，我一直蹲在教工宿舍的簷下，內心別是一番滋味，也可以說什麼滋味全無。

我懶洋洋在心底歎息：「何苦喲……」腦海裏又浮起萊蒙托夫的兩句詩：「短暫的愛情不值得，永久的愛情不可能。」——記得還咧嘴苦笑了。那晚上夜色很好，無雲，天穹如黑潭一般幽深；月亮像給削掉了半邊的玉米麵煎餅，不多的幾顆星兒迷迷糊糊眨著眼睛……

事情過去已整整一年了——有些事兒，如埋地底下的高粱酒，日子一天天消失，那酒味兒反倒更醇厚，偶爾呷一口，更能刺激人遐想！

究竟悟出了點什麼？我也糊塗，反正這四個人（兩個死的，兩個還活著）愈來愈頻頻光顧我的腦海，攪得人心神不寧。

二

蘇展和我同齡，又是縣師範學校同窗，模樣兒清瘦，脾氣溫和，舉止斯文。

是去年的四月吧，他進城辦事，抽空來文化館找我。兩個人對飲了幾杯，然後，肩並著肩沿香溪漫步閒聊。西天還燒著晚霞，暮靄將至未至。也不知怎麼，話題就扯到男女之間的一些名堂。我又習慣性地開始詛咒愛情，而且從《魯迅全集》裏搬出話作證：「……『我是一個中國人，愛情，可憐我不知道你是什麼』！」蘇展反駁說：「愛情是存在的，它真地就存在於生活之中！」可能看見我撇嘴巴作不屑狀，沉默了一會兒，他又呢喃，「當然，愛情只有在年輕的時候才美好和適宜，遲到的，只能深深埋藏在心底。遺憾的是，當你體會到了真正的愛情，相反倒總想顯露出來。」見他可憐巴巴迂腐地注視著晚霞，如夢囈一般。我嘿嘿訕笑，無所謂地聳聳肩膀，拉開了話題。

蘇展是出了名的「妻管嚴」，當著許倩的面一直窩窩囊囊，大氣也不敢出。在那之前，也聽到過有關他和沈輝的傳聞，誰又會當真呢？他們兩家是鄰居，相處得一直鑾和睦親善。就算偶爾動動念頭也無可厚非——許倩不是馬虎人，既能幹且厲害，做這一類女人的丈夫難得輕鬆！當時，我甚至覺得他怪可憐，私心還為自己獨往獨來、無牽無掛而沾沾自喜哩！

誰又料得到？僅僅過去了幾個月，他竟真格地以生命去殉他們的愛情了。

住在香溪邊，小時候，時常聽人講有關沉潭死的「水大棒」[1]的一些名堂。這次，大柱子是唯一的目擊者。聽他講述時，我不寒而慄。

「……咕嚕嚕朝上翻水泡兒。起初我還以為是大魚撒歡咧！水花越翻越響。我正納悶兒，猛地見一團白糊糊的東西蹦出水，竄一丈多高又撲通落下，半沉半浮地晃蕩到潭邊，擱住了。我認出是沈輝和蘇老師，心裏越發咚咚咚直打鼓。我想，若不依老規矩打他們幾耳刮子[2]，以後怕不敢下河哩！就麻起膽子拖他們上岸，然後給了一人兩巴掌。心裏到底駭得不行，我慌忙朝鎮上跑，釣魚杆兒也沒顧拿……」

大柱子伸細頸脖咽口唾沫，用左手緊緊攥右手腕送到厚嘴唇邊，又嘟噥說：「他們倆的臉巴兒貼好攏喲，滑膩膩像抹了油，冰涼冰涼吶！這只打過他們的手，我擦了鑾厚一層肥皂，搓了十幾遍也不管用，氣味兒恐怕是洗不掉了。」

……兩具屍體在門板上停了一夜。天將破曉時，許倩仍守候在旁邊。她自始至終沒有吭聲，只一個勁兒淌淚，一遍又一遍地蔫蔫嘮叨著「何苦要去死呢」這句話。上半夜時分，沈輝的丈夫張根生也曾來過。他揭開蘆席一角，陰鬱地打量那兩張死面孔好一會兒，接著將兩盞桐油、皮紙芯的長明燈供門板下，點燃，又呆了一會兒，就走了。

1 水大棒：鄂西方言，指溺水死亡人數天後又自然浮沉在水面的屍體。
2 耳刮子：鄂西方言，打耳光的意思。

張根生揭蘆蓆時，好多人都跟著探頭瞧了：那兩張死臉神態安詳，像丈夫擁抱著妻子，妻子趴丈夫胸脯上酣睡——的確依偎得很緊哩！後來，開始給死者更衣。許倩親手替丈夫穿上裏外三新……入棺時，我還看見她一邊淌淚，一邊將一綹耷沈輝額前的濕頭髮捋至腦後，令好多在場的人不勝驚訝！棺材起駕了，吆喝著朝鎮子背後的墳崗抬。許倩牽著兒子木然跟在人群後面，還不時嘟噥著那句話：「何苦要去死呢？」

看得出來，許倩像並不特別哀傷，不過神情有些惶惑，有些迷茫。對於蘇展的死，我大概也同她一樣不能理解：既然待一處比死更難受，為何不能體體面面分手？若說是為愛情，也該合法地去申請再結婚。雖然我認為所謂「愛情」或遲或早總會消失，但責任始終存在，還有義務、良知……送葬途中，我這麼淡淡地想著，不得要領，亦覺得怪沒意思。

我也算得歷盡滄桑，越來越不知愛情為何物——總不該把通常的慾望稱之為愛情吧？送葬回來，我在張根生家倒頭便睡，醒來時已是下午。張根生大概也剛剛起來。洗罷臉，一人點燃一支香煙，悶悶地沉思，都覺無話可說。

張根生擁有一棟水泥小洋樓和一輛「東風」大貨車，是運輸專業戶，縣勞動模範，新長征突擊手。他爹是一九六〇年餓死的。他娘一九八三年又病逝了。沈輝也沒給他生一男半女。牆壁堊白、擺設入時的房子裏，如今只剩他一個人了。

「我最恨瞧不起我的人。而沈輝，到死都一直瞧不起我……」張根生突然沒頭沒腦說，沮喪地一支接一支抽著香煙，並未咬牙切齒。

我也經常聽到青坪鎮一些人議論，說張根生「賊膽大，鬼機靈」，應驗了本地俗話「財路太旺阻斷子路」。其實，他為人還是挺豪爽仗義的，大概因早年遭受了太多的屈辱，待人處世免不了有些怪癖，有些偏執。據說，沈輝和他結婚的當天晚上，曾跳窗逃回娘家，究竟為什麼事？至今誰都不清楚。雖然說第二天就被送了回來，他們像待一個鑵兒裏的兩隻蜘蛛，一直互相撕咬了這麼幾年。

我問：「他們倆，事前未必沒露一點兒準備去死的跡象？你同蘇展也算多年交情了，他這個人，不是單憑臉色就可以看清楚肚腸的人嗎？」

張根生回答說：「最近一年多我們很少來往，彼此都避著，友情早玩完了……老子如今想要啥不能手到擒來？掙下這份家業，她沈輝幫過啥忙？卻連眼角兒也懶得瞅我。這口氣難咽啊！」

仔細思忖，對張根生我又很難作出明晰的判斷：他似整個兒都裹在飄忽不定的霧中，難得捉摸。沈輝和蘇展相好，他應該早有所聞。卻不見他堵蘇展的家門口罵人，也沒聽說戳過沈輝一指頭。要知道，他平日是很自負的。「……『螃蟹橫爬，各有路徑』。嘿嘿，不吹牛，你搖半年的筆頭，趕不上我跑一趟長途咧！」那還是我第一次搭他的車進青坪鎮。駕駛室裏還有許倩，呵呵笑搭腔說：「哪個像你猴精，算盤仔兒整日價撥得噼噼響？」那天車上滿載著日雜百貨，許倩是區供銷社副主任。擺闊歸擺闊，但張根生對蘇展一直十分敬重。「……我肚子裏沒啥墨水，只好如猴子爬岩，不精明還不吃死虧？」

停喪的那個夜晚，他還不顧屈辱給亡者送去兩盞長明燈，更讓鎮子上的人大多一頭霧水。

「說心裏話，他蘇展和沈輝倒是一對兒……認命！喂，喝兩杯怎麼樣？冰廂裏還有燻肉和烤鴨。今天反正沒有進城的車了，好好聽我聊，也許你又能謅一篇小說出來。」

喝酒時，張根生卻沒再說一句話，一杯趕一杯，直灌得臉色鐵青。末了，他喘著濁氣踉蹌進臥室，順手「砰」地摔上門扇，把我鎖在了外邊。這時候，太陽已經快落山了。淡藍的天空有幾朵鵝黃的毛茸茸雲朵，空氣濕熱，沒人聲也聽不到鳥叫。

我心裏憋悶得慌，蹣跚著去了隔壁許倩的家。

三

大柱子也在那兒，見我進屋，主人一般忙顛顛遞煙倒茶。蘇展的娘還在淌淚。許倩緊挨她婆婆坐著，滿臉疲憊，情緒安定多了。

「玨兒呢？」我問許倩。玨兒是蘇展的獨生兒子，今年剛十歲，讀小學四年級。

「還在睡覺。昨晚上他也跟著熬了一夜……」

蘇展的娘又嗚嗚哭訴起來：「看在玨兒份上，他也不該走那條路哇！平日裏他除了教書，橫草不拿豎草不拈，媳婦也對得起他哩！都說他是書讀多花心噠，萬同志，你也是讀書之人，你說他究竟圖個啥？」

我沒吭聲。假若蘇展還活著，我也許會這般勸他：既然結婚了，就只能敷衍著過——不是有人把婚姻比作鳥籠，外面的想飛進裏面的想飛出？其實，飛進飛出一回事兒！我四次墮入情網才懂得了一個真理：多情不但沒用，而且害人害已。這一類話兒，當然不便去對一位傷心欲絕的老太太講。

大柱子似乎不習慣沉默，左顧右盼後接過話茬，而且越說越上火：「……都怪沈輝那騷女人有福不曉得去享，不安份不要臉！生纏死纏，硬是把兩個原本好好的家庭給拆散嗟！那天，要不是根生哥肚量大，他們早丟醜嗟……」

「你少說兩句好不好？沒人當你是啞巴！」許倩打斷他的話，滿臉不高興樣兒。又回頭問我，「吃了飯沒有？」

我說剛剛在根生家吃過。許倩咧嘴巴苦笑。一時我也揣摩不透她為什麼要苦笑。大柱子這時顯得手足無措，討好地對我囁嚅：「您坐。我該回去了。」悻悻站起，走了。

許倩用電飯堡煮了四個荷包蛋，雙手遞給婆婆，勸慰說：「不吃東西咋行？反正已成這樣兒了，活著的人還得朝前過。您就把我當兒子吧，我伺候您一輩子。」

蘇展的娘端起碗勉強呷一口湯，終究忍不住，老淚牽線兒滴。

許倩中等身材，臉上有十多顆白麻子；模樣兒還端正，身體蠻結實。據說修「大寨田」時當過「鐵姑娘隊」隊長，風光過一陣子。因為能吃苦耐勞，由「農」轉「非」被招幹；又因沒啥文化且脾氣燥，再也升不上去了。仕途無望令她心灰意冷。在外面雖然也有說有笑，回到家，遇上心煩事則按捺不住——對丈夫當然犯不著掩飾。

她並不經常同蘇展爭吵，只家長裏短地嘮叨。我就先後遇見過幾次：洗衣機突然不轉了，她慢慢朝外掏衣裳，歎著氣嘟噥說又得託根生捎城裏去修；然後慢慢搓著，話越嘮叨越多。「……到底還是進口貨質量好！根生家的全自動雙缸洗衣機，就沒見壞過……什麼捧鐵飯碗的國家幹部，虛名兒，每月那麼點薪水，吃不飽也餓不死！瞧人家根生，這趟跑海南島回來，又給沈輝買了好多沒見識過的衣裳和海鮮……」蘇展除站講臺上教授語文之外，什麼都不會，只能眉頭緊鎖，君子固窮！每每遇上這種場合，全憑我插科打諢添點輕鬆氣氛。

咫尺之間，對比畢竟太強烈。蘇展的家是黃土牆、黑溝瓦，老式的土木結構——老門老戶讓暴發戶給比坍臺了，女主人出氣能夠平和？這怨氣兒，不對著丈夫嘮叨，難道叫許倩找張根生去論短長？難怪有人對婚姻作如是感歎：鞋子舒不舒服，只有腳指頭知道。如此不合時宜的胡思亂想挺滑稽；也可以說是一種含淚的滑稽吧。

我們時斷時續，又說了些無用處的廢話。天黑了好一會兒我才告辭。出門時，我陡地又記起大柱子說的半截話：「那回，若不是根生哥肚量大……」——究竟曾發生過什麼事兒？怎麼一直沒聽人講起過？

第二天，我就搭張根生的大貨車回城去了。一路無話。

空車顛簸得太厲害。

四

春節後，館裏安排我搞「三民」的普查和蒐集。二月底，我踩著厚雪一人去了老君山，直到五月中旬才回。

老君山方圓百里，緊傍神農架原始森林，山大人稀，民風淳厚，播種、收穫、狩獵、頌祖、招魂，都有一套套的歌謠；尤其以「趕五句子」情歌最為流行。那些年歲高的老翁、老婦，個個堪稱「歌簍子」。「五句子」歌本色、纏綿、真切，平白如話，卻又山泉一般清新，老酒一般醉人！

如：

白銅煙袋杆子長，
見郎呼煙妹要嘗。
郎呼三口遞給妹，
妹呼三口遞給郎，
口口涎水賽冰糖！

又如：

板栗花開一條線，
親自許郎六十年。
五十年若有長短，
閻王面前跪十年，
鬼門關上要團圓！

回城後。開始伏案整理，腦子仍蠻興奮，如聞天籟，如飲瓊漿。偶爾便又想起死去的蘇展、沈輝，和活著的張根生、許倩——要作出誰是誰非的仲裁，的確十分困難。

月底，《山泉》編輯部寄來兩冊五月號的雜誌，上面發了我一個短篇小說。那天張根生剛巧從廣州返回到縣城，「我上月來過兩趟，每次都說你還待在老君山沒回。」他說，一邊翻看《山泉》，漸漸竟埋頭看得怪認真。

半年多沒碰面，妻子非正常死亡那傷心事兒，張根生似乎早遺忘得一乾二淨了。他身著絲質黑底暗花短袖衫和石磨藍牛仔褲，打個比喻，像剛磨光的指甲，灑脫精神，閃閃發光哩！不知怎麼，我感情上總覺彆扭，隱隱地竟有點失望。

「呵呵，又跑了趟賺大錢的長途是不？」我應酬地寒暄，慢條斯理沏著茶。他沒吭聲，似乎真地沉醉於小說情節裏去了。作品能有讀者，畢竟讓人欣然。我將茶杯擱他面前，也坐下，架二郎腿微微含笑。

他終於看完了，沉思一會兒後呢喃：「蠻真咧。你這麼懂愛情，為啥不結婚？」我淺淺笑說：「胡謅的，實際生活中哪有那麼美好輕鬆？」他竟誇獎「蠻真」，實在令我既意外又慚愧。

張根生不同意，「也有輕鬆的時候，關鍵要心性脾味相同。兩個人待一起，不須要說很多的話就都明白了。因為啥事兒都能想到一處，高興時就都高興，傷心時都傷心……」

天爺！他談得好一本正經！奔四十歲的人，莫非還真有天真期待著愛情光顧的時候？況且張根生腰纏萬貫，無論在內地還是沿海，那些衝著錢來、半帶笑意的目光，和搔首弄姿的媚態，只怕老早就令他意馬心猿了……這類事兒我見得多哩！

又談起一些城市的新變化及沿途見聞，這次碰面一反常態，張根生手舞足蹈，喧賓奪主。我一臉兒笑聽著，並不是他談得怎麼有趣，而是那快活模樣兒使我覺怪新鮮。快下午四點，他才起身告辭。到青坪鎮還有一百多華里，沿香溪上行，路面也不好。我客套說：「明天一早進去吧。是不是有相好的正倚門巴望？」

他的臉紅了，又想掩飾，更顯得尷尬：「嘿嘿，給供銷社拖的貨，要送進去……反正過兩天我還得轉運幾趟山貨出來，再好好聊聊！」

到了轉運山貨的那天，因為要跑兩趟，卸完貨之後，張根生又匆匆駕車走了。跟著來卸貨的大柱子則待我家裏等候。大柱子除種田、釣魚之外，不會別的手藝，靠張根生偶爾照顧他點活兒，下憨力氣掙幾個零花錢。

吃飯時，我突然又想起去年秋天他在許倩家說的半截兒話，就問起來。大柱子猶豫片刻，覺得「吃了人家的口軟」吧，細細地講了。

「……是禮拜天，我半天也沒釣到幾條魚。從包谷田埂上過，冷丁瞅見蘇老師和沈輝往大槐樹下那個守野豬的石頭圈子走。兩個人好親熱，一隻手拉著，另一隻手裝模作樣拿書本兒。我忙跑去找張根生捉姦。他鐵青著臉直喘粗氣，像氣糊塗了。我就說幫他出惡氣，找他要十塊錢，買了一封五百響的炮仗。又悄悄摸到石頭圈外。他們倆挨緊緊坐著，正小小聲說什麼。我點燃炮仗扔進去，飛快退到包谷林裏觀望。蘇老師臉無血色拽著沈輝，逃進斜坡上的柏樹林子。好些人不知出啥事兒，都跑過來看究竟。我又給張根生出主意，就說發現兩個偷包谷的人逃柏樹林子裏去了，引鄉親們把姦夫淫婦逼出來。張根生竟狠狠瞪我，然後扭頭走了……後來，我才曉得，嘿嘿，原來他跟許倩，也是老相好哩！」

「有這回事？」我十分驚訝，太出人意外了：蘇展和張根生是從小長大的娃兒朋友啊！

「張根生是我的衣食父母，我敢造他的謠？如今，整個鎮子都議論紛紛呢！媽的，實在不該管閒事操淡心，自去年秋到今年，硬是再沒釣到過一條大魚！」

這一帶山裏，男女界線極森嚴，還有祖輩傳下的習俗：「寧讓人在屋子裏停喪，不讓人在屋子裏成雙。」若看到了男女待一起親熱，會諸事不順利的。

私下交換夫婦，彼此心照不宣。這一類事兒，跑鄉時我也偶有所聞。既然妻子已經自殺，以張根生的錢財和精明，再娶一個漂亮的黃花閨女也不難。從另一角度考慮，蘇展、沈輝自殺，活著的這一對的風流帳，也該成過眼雲煙了。張根生若與許倩結婚，肯定將犯眾怒。許倩在基層工作多年，應該清楚這厲害。

等第二車山貨卸完，天已經快黑了。張根生執意要回青坪鎮，又督促裝了一車農資百貨。這一天大柱子掙了五十多塊錢，樂得合不攏嘴巴。

臨走時，張根生再三邀我進山去轉轉。我說：「等手頭整理得稍有點眉目後，一定抽空兒去青坪鎮多住幾天。」

五

到九月，就斷斷續續傳來些消息：先是講許倩辭去了供銷社副主任職務，身份也不保留，幹起了個體戶！我暗暗感歎：一個孩子都十多歲了的半老徐娘，居然昏了頭——應該懂得愛情就年輕時那一次，也只能有一次啊！

接著沒多久，又傳來她和張根生結婚的事，說場面之鋪張，青坪鎮史無前例；只有五、七個來賓，亦創下羞恥的記錄。

月底，民歌、民諺的整理暫時告一段落。想到有幾天空閒，我就打了個電話給張根生。其實，我和他倒並非摯友，為什麼非要進青坪鎮，熱衷於攪和在這樁是是非非裏面？我揣摩：雖然流行曲唱「孤獨是一個人的狂歡」，日子畢竟還是嫌太乏味吧。

第二天一大早，他們倆竟駕車來接我了。一見面，張根生就忙不疊地道歉，說這幾個月像打戰役，沒工夫也沒心情，冷落了我。許倩一臉窘態，苦笑，不卑不亢說：「如今我們是門框上掛糞桶——臭名在外吶！」我呵呵笑說：「哪兒的話，我看蠻好嘛！」

張根生和許倩的臉都微微泛紅，不過看得出我的話很討他們喜歡。

我稍事收拾，就上了車。汽車開得像飛一樣。空車，顛簸得哐啷啷山響。許倩大聲聊著，仍聽不太真切，好像是在介紹收購核桃、板栗、木耳、香菇、藥材等等的情況及進展。我傻乎乎訕笑著，反正一個勁兒點頭。張根生甜甜地微笑，雙眼眯縫正視前方，一聲未吭，一副很坦然很幸福的樣兒。

汽車在水泥小洋樓前剛停穩，玨兒就迎過來了，先喊我「萬伯伯」，然後喊「張叔叔」，喊「媽」。窄麻石板街道兩側的木板屋、土牆屋裏，次第探出一些大人或兒童的腦瓜兒，冷冰冰朝這邊望著，一律神情憂鬱。

蘇展的娘熱情地同我寒暄。一位不認識的女孩手捧剛沏的綠茶，笑瞇瞇遞我手上。許倩介紹說：「我們家剛請的小保姆。」說罷，和女孩一起進廚房準備晚餐。

蘇展娘說：「我又不是七老八十，家務事還能做些。他們偏要請個保姆伺候我。一個月連吃飯，得開銷五、六百塊吶！」

張根生呵呵笑說：「除開吃飯每月給三百塊錢，鎮上還沒人肯幹呢。老萬不是外人，說說無妨，整個青坪鎮沒人肯正眼瞧我們家！這女娃還是托人從老爺嶺請來的。」

蘇展的娘緩緩耷拉下腦殼。張根生這才發覺失言，手足無措。老太太掏手絹揩眼淚，歎息說：「前世造的孽，報應啊！展兒教了半輩子學堂，哪個不誇他孝順本份？到頭來卻丟人現眼，一家人都跟著抬不起頭……」

張根生怯怯勸慰說：「娘莫傷心。都怨我嘴巴太沒遮攔。萬同志初來不知情由，怕還會認為是我們待慢了您老人家。」

蘇展娘說：「我曉得你們待我沒二心。展兒是娘身上掉下的肉，免不了會念起。唉，人有臉樹有皮，怨不得人家瞧不起……根生你陪萬同志聊聊。我要去躺一會兒。」

晚飯後天色尚早，根生陪我朝鎮子外踱步。迎面走來幾個過去的熟人，竟一律裝不認識，臉色板板地扭著頭側身而過。根生剛才多喝了幾杯酒，這會兒，臉色顯得更陰沉了。

莊稼地一片荒涼。包谷杆倒架了，橫七豎八亂糟糟；狗尾巴草也老了，蔫耷耷露著憔悴。四周的山巒雜色紛呈，松林綠得發黑，白果樹的葉片兒金黃，梓樹紅豔如燃燒的火把……藍天上萬里無雲，一隻蒼鷹正悠悠盤旋著。

兩個人一時無話，就這麼默默地走，離鎮子已有些遠。張根生突然站住，臉皮痛苦地抽搐，開口了，一個字一個字地吐得十分吃力。

「……這類事兒的確醜，所以我一直瞞著你。我也說不準，究竟是什麼時候相好上許倩的；也許在沈輝喜歡上蘇展之後，也許就是同時。有好長一段時間，我既恨沈輝又恨自己，不曉得怎麼辦好。給大柱子錢買鞭時，我也蠻矛盾——烏鴉莫說豬兒黑呀！我相信，他們倆若不自殺，兩家都會這麼半死不活地維持下去。我估計，他們倆是感覺到名正言順地結婚無望，才去投潭的。我也曉得，現在我跟許倩結婚，肯定會犯眾怒。可是，我該怎麼辦呢？又有誰能夠給我介紹個女人，並且保證她像許倩一樣合我的心性脾味？」

我愕然，無言以對；弄不清怎麼樣才算名正言順，倒底應該去同情誰？難道說，道德之所以不成其為道德，只是因不願維持半死不活的婚姻？可話又說回來，交叉相愛，而且死者的墳頭未青，苟活著的兩個就又結合，旁觀的山民們，在感情上確實也難於接受。

「天理良心！我和許倩結婚之前沒亂來過。我相信他們倆也沒有亂來……只不過待一起有話說，心裏舒暢！這事兒誰也怨不得，只怨命，怨月佬兒亂點姻緣譜……」

在青坪鎮待了三天。許倩也單個兒和我聊了些情況，還傷心地哭了。她說她一直很愛蘇展，總想親近些；而他卻躲避這種親近，以沉默跟她對立。「……做人總得講實際。誰不希望過更舒服的日子呢？看見別人比我們過得好，我就生氣——論本事我們比誰差呀？總之，凡我所感興趣的一切，他全都不屑一顧，！讓我一輩子安貧樂賤，還真不甘心……」

我在這幾天裏，一直受著極殷勤的款待，究其原因，恐怕是他們倆的懺悔意識和渴望諒解的心情作祟吧？我還發現，那米黃色的大門簡直就是一道分界線：關門便可享受到幸福和諧的天倫之樂；一旦跨出，就像油珠兒溶不進水，空懸懸叫人愁。連珏兒也常抱怨說：「同學們都瞧不起我，不願跟我交朋友。」

作為客人，我也明顯地感覺到壓抑。一天，在香溪河灘上遇到大柱子，他瞧四下無人，湊跟前嘟噥說：「天爺，你怎麼還待他們家？這一對男女實在豬狗不如！蘇老師和沈輝算白死了，不划算啊！」

我離開青坪鎮的那天，許倩收購回來的三噸多香菇、五噸多核桃和藥草正要運往南方去。坐進駕駛室後，張根生還央求我說：「喂，能不能幫忙在城裏買套房子？眼不見心不煩——這地方他媽的也實在待不下去了。」

六

張根生一家終於在城郊落住腳，又重新蓋了一棟水泥小洋樓。

許倩除管理帳目，更多的精力花在收購土特產和珍奇藥材上面，精神抖擻樂在其中。丈夫心疼地勸她別太勞累，她幸福地一笑置之，言談竟有了幾分張狂。

「……掙大錢也是一樂呢！如今銀行裏存有幾十萬塊錢，節約點兒，這輩子也夠用了。整日閒著也怪沒意思。咯咯，除了買賣，我還真不會幹別的活兒！」

那天她剛從鄉下回來。梳粧檯前擺五花八門的化妝品，她正挺內行地塗抹，一面瀟脫地閒聊。聽說她抽空還在學駕駛汽車。我問有這事兒沒有？她說：「下個月就考駕駛執照哩！等體力不濟了，就去買輛全塑小轎車周遊世界，也不枉活一輩子。」

住進新居後，張根生不開車時也衣著講究，舉手投足很有點派頭了。他說：「若不是許倩常督促，如今我還真懶得去跑長途——要那麼多錢作啥呢？」他已經很滿足。還告訴我，許倩已懷上了毛毛，「快四個月了咧！不是超生，有指標的。」

偶爾也談起蘇展和沈輝。這倆口兒的情緒立刻就低沉下來。張根生曾提議花一筆錢，進青坪鎮排排場場去給蘇展和沈輝合墳辦個陰婚。[3]話一出口。又引得蘇展的娘老淚橫流。

張根生解釋說：「由許倩和我兩人去辦。娘，您就讓我們盡點心意吧。給他們合墳了，我們也安生點兒啊！」

蘇展的娘掏手絹慢慢揩乾淨淚痕，說：「難為你們有這份心。合墳的事不准做。日子過得好好的，又想去招惹閒話不成？」

張根生只得作罷。許倩又抹了一會兒眼淚。

大前天，張根生和許倩帶著玨兒，提了袋禮物來文化館找我，開門見山，硬要玨兒拜我為「乾老子」，叫人一時莫名其妙。張根生和許倩都說：「你一定要答應！」我無可奈何，只好咧嘴笑答應了。

落座。都點燃香煙，呷著茶慢慢聊。許倩輕聲說：「蘇展活著的時候，最疼玨兒。如今跟著我們過，吃飯穿衣還不至於太委曲他。只是我和根生肚子裏都沒多少墨水兒，怎麼教得好

---

[3] 陰婚：舊習俗，指給死去的男女屍骨攏墳合婚。

他？求你能抽時間經常多輔導，蘇展九泉之下有知，也會感激你……」

張根生也說：「龍生龍鳳生鳳，玨兒長大後要同他爹一樣端國家的飯碗，做有文化的體面工作。幹我們這行雖然賺錢，也苦咧，還得求人說好話，有時怪下賤的。娃們將來要比我們強百倍才好。等我的娃生下地，也抱來拜寄你為『乾老子』！」

他們倆一本正經，說了好多發自內心的話。瞧著那琴瑟和諧的樣兒，使我不由得羨慕起他們來。我簡直懶得去想這裏面究竟有無愛情，是道德還是不道德。反正我十分激動。這激動又令我意外，甚至覺得蠻新鮮——也許骨子裏我還不是個已定型的木頭人！也許吧。

金秀

一

爬到山口，我們才收住腳。

太陽潛入白雲，沒有了火辣辣的味兒，顯得燦爛可愛。往下，羊腸路舒緩了些，目光掠過樹梢，能看見一塊半邊植包谷、半邊長草的緩坡地。草坡和原始森林接壤的地方，有零星幾間粗圓木壘的「垛壁子屋」[4]。林子太密，太安靜，聽得見有瀑布喧嘩。

小蘇看見「垛壁子屋」後，興奮得直叫。他已將花港衫胡亂繫在畫夾的帆布背帶上，雪白皮膚豎紫醬色岩板和毛糙的樹幹之間，更顯得嬌嫩柔弱。他是江陵縣人，湖北美院畢業生，上個月剛分配到我們文化館來。

「那兒是老森灣吧？腿他媽酸溜溜的啦！」

---

[4] 垛壁子屋：大山深處，完全用粗圓木壘起來的房子。

「大概是吧。」我說。我也是頭一回走這一方。聽別人介紹，老林灣和神農架毗鄰，民多秦音，俗尚楚歌：「一步下田坡，雙手接鼓鑼，羅裙高紮起，田中討生活……」

可不，包谷地裏，還真有人悠悠地哼著山歌。這一帶據說平均海拔兩千多米。是三伏天，包谷葉仍密匝匝綠油油。看不見哼歌的農婦。

……姐是包谷杆，
郎是豇豆子藤，
豇豆子開花纏掉姐的魂！

郎是一杆竹，
姐是一根筍，
筍殼殼包住奴家的心肝人！

我連忙掏筆和本兒記錄，暗自慶倖不虛此行。身後冷丁爆幾聲狗吠。小蘇逃命倒蠻快，赤著胳膊早已竄進包谷林。

因為經常跑鄉下，對付荒山野地的陌生狗子，我已積累了相當經驗：千萬別擺出抵抗的架式；也莫要流露出慌張。我緩緩車身，看見了那條油黑發亮的狗，正朝著搖晃著的包谷地齜牙狂吠哩！沒一會兒，從山腳跟那邊的灌木棵子裏，鑽出來一個姑娘。她小跑著很快走近，咯咯嬌笑，輕輕地拍了兩下黑狗的腦殼。

「城裏人是不？咯咯咯，隔老遠我就瞅見你們了。黑子跑得比我快些。」

這小妞著鵝黃色長褲和桃紅色短袖衫，嬌喘著，小鼻翼微微翕動。她胸脯結實，腰肢柔軟，腿腳伶俐，恰如朱自清所云，有著「和雲霞比美，水月爭靈的曲線」；臉蛋邊緣隱約生有茸茸的汗毛，像剛熟的桃……每望一眼，都似乎又添些新的嫵媚。

小蘇從包谷林子邊緣小心翼翼探出頭，撫摸著赤膊上給包谷葉拉出的一道道紅痕，驚魂未定訕笑：「我的媽，這狗實在凶！」

小妞咯咯笑安慰說：「我們黑子不亂咬人。喲呵，男娃怎麼長了一身女娃的細白皮子，真正醜死了咧！」

小蘇恢復了常態，打量那女孩好一會兒，讚歎道：「哇噻，好漂亮的妞兒！你怎麼不去考縣文工團呢？」

「我還沒有到過城裏哩！待大山裏，還更快活些！」

小蘇驚訝地望我，露一臉的豔羨和遺憾。又車身搭訕說：「喂小妞，待會兒，你蹲山腰那間垛壁子屋簷下，我給你畫一張油畫像。彩色的吶！」

「畫了作啥用處？那最氣派的垛壁子屋就是我家，還是太爺輩上垛的。」

她叫金秀，老林灣組（村）組長的么女兒，初中畢業後一直閒在家。當她知道我們要在這地方待上幾天，快活得直拍巴掌：「算你們走對了！這兒真的蠻好哩！」

沿著包谷地的田埂轉個拐，不遠處，一棵老核桃樹的濃蔭下，隱隱晃動著斑斑肉白色：十多個歇晌的健壯農婦，上身一律赤膊，頭髮給汗水濡成一條條。望見陌生人走過來，她們並未去抓衣衫遮掩胸脯，不過好奇地瞅過來幾眼，然後笑笑嬉嬉只顧彼此嘮叨。農婦們袒胸露背，神態自若如法國印象派畫家筆下的裸女，讓小蘇又驚歎了，邊朝攏走邊攤開畫夾。金秀大概認為他少見多怪，朗聲打著哈哈。幾隻灰喜鵲騰起，啼叫著掠過晴空。

我因為見慣了山裏風景，側臥在樹影下的草地上等他們。暖融融的太陽使人昏昏欲睡。思緒隨風蕩漾，似乎想到了好多，又像什麼也沒想，只暈暈乎乎覺得快活。牛群在草坡那邊隨意徜徉，時不時有牛鈴的「叮咚」聲飄過來。

二

金秀家的垛壁子屋，蓋有一尺多厚的櫟樹殼，上面再壓平展展的薄頁青石板，牆是用直徑一尺多的神農架冷杉的圓木摞就，齊腰高以上則用的油松粗圓木；室內因年長月久遭煙燻火燎，圓木黑油油泛亮光，離地約兩米的南牆上鑿有一個一尺多見方的小窗。堂屋裏陳設簡陋，擺有一張大方桌和幾張條凳，東牆上釘幾張年代久遠的褐黃色獸皮，靠右的房梁上懸十多塊野豬風乾肉。

剛才躺陽光下太久，我渾身覺沒勁兒。等進到屋子裏，陰涼的氛圍又將睡意趕跑了。小蘇和金秀已經混得很親熱。兩個人腳跟腳進廚房去了；小蘇還扭頭怪玄乎地甩一句理論給我：「所有的感情都只為一樁好處──豐富生活！」

對於所謂感情愛情之類，我早已不作非份之想，心靜時，偶爾也會油然生一股貪婪的暗流，或者說一種虛擲年華之歎──大概是快近不惑之年，心猶不甘吧？現代的少男少女們少因襲，大多嚮往新的刺激、新的傳奇；他們或她們飽受縱樂的折磨，倒不是饑餓的煎熬……我默默點燃香煙，正胡思亂想一些我自己也不甚明白的心思，大門洞那塊長方形白光裏，騰騰騰地走進來一個青年農民。

他約一米七高的個頭，肩很寬，手臂也很長，左腮旁刻一道醒目的長疤痕；好像經歷了長途跋涉，喘著粗氣，頗為意外地打量我好一會兒。我告訴他金秀在廚房裏做飯。他心不在焉點頭，沉甸甸在我對面的條凳上坐下，卻不說一句話。廚房那邊漸漸聊得熱火了，還飄過來金秀崩兒脆的「咯咯」笑聲。我對面這位英武驃悍的年輕山民頻頻扭動身板，呆呆滯滯坐片刻後，也不告辭，起身又走了。

快下午一點多鍾，午飯才端上桌子。有野雞肉、野豬肉，和新鮮香菇。金秀還找來大半瓶茗幹酒。

「我爹和哥哥這回上老君山趕仗，[5]沒准能逮到黑熊咧。到時候，請你們倆吃熊掌！」金秀說，又笑嘻嘻問我，「老萬同志，蘇哥哥說你是專門來搜野歌子的，[6]是不是呀？蘇哥哥叫我吃罷飯就搬把獨凳坐門沿下唱，他一併也給我和垜壁子屋畫像哩！」

「蘇哥哥？」我望小蘇，他也正樂陶陶朝我擠眉弄眼。我微微笑問金秀：「你覺得這『蘇哥哥』怎麼樣？」

金秀抿小嘴兒說：「他蠻好。──笑啥呢？其實，喊『哥哥』和說『朋友』一個意思。」

我告訴她，剛才有個後生來家，只坐了一會兒，沒留話。她長「喔」一聲，猜測說：「是家福哥吧。他說好跟我爹我哥一起上老君山的，咋沒去呢？」

小蘇逗她說：「肯定是那個家福哥喜歡你了，想找個機會向你求婚。」

「羞死了，蘇哥哥莫瞎說！」金秀嬌嗔地跺腳板，又介紹，「家福哥是個能人，去年秋天，他打了三十多頭野豬，相片還登了報紙！」

小蘇訕笑說：「是個大人物，可惜剛才沒見著。」潛意識裏也許有點妒嫉吧，他沒再開口，匆匆扒完飯就去作繪畫前的準備。金秀不解，微微皺一下眉頭。

5 趕仗：鄂西方言，上山打獵的意思。
6 野歌子：鄂西方言，泛指一切民間口頭流傳或繼承的山歌、情歌及民謠、童謠。

飯後，金秀依照小蘇吩咐的姿勢坐好，「咯咯」笑好一會兒，開始唱〈望郎歌〉。

……臘月二十五，
姐打年豆腐，
推推喂喂好不苦！

臘月二十六，
姐澆過年燭，
留把情郎摸夜路……

她穿一件鑲有繡花邊的紫紅色對襟衫，神態並不太扭怩。垛壁子屋如岩板一樣蒼涼，大背景是綠得發黑的松林，和一塵不染的藍天。

……臘月三十早，
望郎望不到，
望郎不到好心焦！

臘月三十中，
還是一場空，
郎在西來姐在東……

金秀的嗓音越來越亮堂，最後幾乎是「喊」歌了。那幽幽的情愫伴著粗獷，我也第一次見識，靈魂跟隨著顫抖，竟有些陶醉了。垛壁子屋門前的壩子上，已聚集來幾個扛長柄鋤頭的農婦，都湊到小蘇背後看稀奇，露一臉謙恭的敬意。

太陽沉下松林了。油畫《垛壁子屋與村姑》尚有待進一步潤色。金秀已經很開心，「咯咯」大笑，前仰後合，接著準備回屋去做晚飯。那位家福哥也不知啥時候來的，站人圈兒外猛力一聲咳嗽。黑子似聽到招喚，迎過去怪親熱地搖晃尾巴。落在垛壁子屋尖頂上的兩隻烏鴉也受到驚擾，不大踏實地抖著黑翅膀，「呱，呱——」聒噪。

三

晚飯後，金秀說要去草坡那頭收羊子，匆匆走了。小蘇雙手插褲子口袋裹，倚門框上目送她老遠，極有興味地輕聲感歎：「這小妞兒，一顰一笑，一舉手一投足，都別具野性和魅力，看了真叫人舒心！」

我不置可否淺笑，掏一隻香煙點燃，沒接話茬。他離開大門框，懶洋洋來回踱著方步，然後抬頭一笑，邀我一起去幫金秀收羊子。沒容我表態，又搖頭晃腦說：「她漂亮、單純，富於性感，而且十分耐看；是微妙心理的典型，還處在蒙昧之中……」

「呵，一見鍾情了？當心別惹出麻煩來。」我說。

小蘇無所謂聳聳肩膀，還在悠悠地晃動腦袋瓜，然後，獨自一人往山林裏去了。

只剩我一個人待黑影幢幢的屋子裏了，靜得能聽到自己心跳。我站起伸個懶腰，也走出垛壁子屋。

藍幽幽的暮色漸濃，包谷地已和四周崗巒和樹林溶為一體。寧靜的環境既讓人愜意，又壓抑憋悶。我漫無目的信步朝前，不知不覺間，已順阡陌走出老遠。突然，我隱隱感覺到身後有人濁重地喘息，扭頭瞧，認出是家福。他並沒有迴避，兩眼直盯著我，冷冷走到跟前，看得出來有話要對我說。

我微微笑問：「也出來溜溜？山裏的夜晚真涼爽啊！」

他一臉倔強，板板地說：「請你勸勸那個畫畫的傢伙，莫要整天纏著金秀！」

我「呵呵」笑，安慰他說，我們只在這兒待兩天，沒有什麼值得擔心的。接著，又連聲讚歎金秀標致，誇家福交了桃花運。我還將右手搭在他的肩頭，鼻子嗅著那股趕仗人所特有的、混合著腥膻和汗酸味的暖烘烘氣息，像擁抱未曾遭現代文明染指的曠野。

「您不曉得，金秀她有幾多傻！」家福說，開始用「您」來稱呼我了，「去年在鎮上，一個跑買賣蝕了本的下江佬偷她爹的錢，給當場逮住。派出所的人揍那傢伙，她還護著，還和民警吵；最後還給了那個下江佬二十塊錢作盤纏，到如今還和他通著信件！當時那傢伙看著也真可憐，瘦猴兒一樣，像叫花子。不是我笑話金秀：我們山裏蠻少來『外碼子』[7]；她只要見到城裏來的人，就像蜂子看到花兒，圍著團團轉哩！」

我問：「你去過城裏沒有？」

家福不屑地哼一聲，說：「去過好幾趟了，是去賣挖的藥材和野性口皮子。城裏整日整夜鬧哄哄，亂七八糟，不是我們待的地方。」

新月已開始泛著微微亮光，一些叫不出名兒的鳥兒、蟲兒，在清輝下唧唧吟唱著。我同家福斷斷續續，又聊了些閒話兒。從遠處傳來金秀喊我的聲音。

我邀家福，一起去垛壁子屋再坐會兒。他固執地說：「那個畫畫的傢伙，我不喜歡！」說罷，一個人走了。

隔垛壁子屋老遠，就聽見傳出嬉笑聲。待我踏進門檻，看見金秀佝僂著腰，已經笑得上氣不接下氣了。她好不容易才止住笑，望我氣喘吁吁說：「老萬同志，蘇哥哥剛才說要和我親嘴兒呢！咯咯……他可憐巴巴求我：『請允許我吻你』，真好笑死了……」

小蘇無言以對，絞扭著手指訕笑，臉臊得通紅。這書呆子，太不瞭解山裏情形：男娃想和

7 外碼子：鄂西方言，指長江中、下游一帶的人。

姑娘親嘴從不徵求同意，瞅著沒旁人時果斷出擊就是——當然常常難免會挨耳光。在山裏，酸溜溜的所謂「紳士風度」，被視作沒男子漢氣概，最讓人瞧不起。

嘲笑歸嘲笑，沒一全兒，金秀就忘了剛發生的事，又唱了好些山歌。快十一點鐘，她蹦蹦跳跳給我們燒了一大鍋洗腳水，還說了一聲「拜拜」，才回閨房睡覺。

我們上床以後，最初，小蘇和我都沉默著。沒一會兒，他開始嘮叨，漸漸地，那臉膛竟呈現出一種狂熱神情。

「……我發現羊群聚在溝畔一塊岩壁下，那會兒，天色已有些昏蒙。又聽見灌木棵子那邊有動靜。原來溪水在那兒匯了個深潭，金秀浸在齊肩深的水裏，一個人攪得白水花亂濺。跑了不少路，我渾身冒汗，就弓腰先解鞋絆兒，打算也跳水中泡泡。就聽她尖聲叫：『不要你來！我光著身子咧……』我雖然將信將疑，也只好作罷，蹲灌木叢邊和她扯淡話。天色越來越暗。她說：『我要起水了。你去那邊草坡等我一會兒。』我逗她：『站起來走過去嘛，有啥好害羞的？』她竟真地站起來，真的什麼也沒穿，亮晶晶的水珠順異常美麗的裸體往下淌。我猛一怔，慌忙轉身迴避……你老萬是知道的，我們美院經常畫女模特，對裸體應該說並不似常人那般敏感。可她簡直就是充滿誘惑、集貞操淫蕩於一體的山野精靈！真正天真無邪，既讓人銷魂又叫人愁……」

的確是個很具山野特色、又富於人情味的小插曲。我淺笑起來，把剛才同家福聊的一些閒話告訴了小蘇，並勸他專心致志作畫，別再無事生非。本地俗語云：「地出十里，各有鄉風。」我是擔心他這麼太深地捲進去，會惹出麻煩。

看來，我的一番話他完全沒聽進耳朵，仍只顧想自己的，沉默一會兒後，又大談起時髦的理論，什麼「金秀極柔媚極鮮豔，傻得出奇，又可愛得出奇！」什麼「太天真爛漫最容易受到傷害」、「人之所以為人，最主要的就是有選擇的自由……」

畢竟他年輕，容易動感情吧。對這些玩意兒理論，我提不起太大興趣，慢慢便睡著了。

四

第二天七點半，我們習慣地早早起床。金秀還在睡懶覺。小蘇過去拍打了好一會兒門板，她才哼哼唧唧醒過來。

外面好大的霧！山巒、松林、草坡、包谷地……全沒了，代之一片混沌、一片毛茸茸濕漉漉的白；相距十多步，看啥都模模糊糊，且緩緩移動，使人有飄飄欲仙的感覺！小蘇快活地拉著金秀雀躍，很快就看不見了。起初金秀還無動於衷：「霧幔子有啥稀罕的？」眨眼工夫也變得忘乎所以——白霧中頻頻傳來銀鈴兒般的嬌笑，霧好像更活潑了。

八點多鍾，濃霧褪盡。遠山藍茵茵，太陽更顯亮豁！吃罷飯，金秀又擺出昨天的姿勢給小蘇畫。她說她記的歌已唱光噠，拍拍黑子的腦殼，叫它領我去別的歌師傅家。

到十一點鐘，我已經走了兩家，都是半老的村婦接待；男人們大多趕仗去了。大概因山大人稀，居住太分散的緣故，這裏的人除了唱「嫪草鑼鼓」，最喜歡的形式是「趕五句子」，內容也大多是些男歡女愛的火辣辣情歌。

如：

男害相思要解藥，
姐說解藥是胡說。
酒醉還要酒來解，
相思還要相思醫，
藥罐子吊在奴腰裏！

又如：

吃了中飯靠門站，
淚水滴了千千萬。
滴在地下揀不起，
揀得起的用線串，
情哥哥來了把他看！

還有爭強鬥狠氣的歌，比如：

叫聲歌師傅你莫強，
個把歌子唱個什麼唱？
吊把銅錢放個什麼賬？
碗把胡豆曬個什麼醬？
東扯西拉莫上場！

一位八十多歲的老太太對我說：「從前，我們這兒男人趕仗跑四外，田裏活路大多靠婆娘們爬。農閒，婆娘們就聚一堆哼歌子，這麼一輩輩傳下來……」

我和黑子回來時，太陽正當頂。小蘇在屋簷下踱步，心事重重似的。沒看見金秀。

「回來啦？收穫不小吧！」他望我訕笑說，站住腳。他的那幅《垛壁子屋與村姑》還沒最後完成，已經很耐看了，色彩豐富，對比強烈，充溢著質樸的山野氣息。

「金秀呢？」我問，眼睛仍盯在畫布上——畫中的金秀兩手軟軟擱大腿上，笑眼帶些微悲涼，還閃爍著撩人的野性光芒。

小蘇說：「半小時前，那個腮旁有疤痕的傢伙一聲嚷：『嗨，過來！』她就去了……大山裏實在太閉塞，眼睜睜看著鮮花往牛糞上插，令人悲哀。」

我不太喜歡小蘇那居高臨下的腔調和悲天憫人的神情，忍不住微皺了一下眉頭。他似乎還有高論，卻欲言又止；目光掠過我頭頂——原來是金秀小跑著過來了，紅撲撲的臉蛋上沁滿油汗。她氣喘吁吁笑著說：「咯咯，死家福哥哄我，剛才他說給我逮到一個小猴兒……你們都餓噠吧？我這就去架火！」

她沒停腳，徑直走柴堆跟前抱劈柴。小蘇的臉巴也由陰轉晴，跟過去幫忙，嘴裏嘮叨說：「下午要抓緊了。這幅畫我是傾了全部心力，真地盼他媽能一炮打響！」

「畫畫兒還要力氣？是吃飽了撐的吧？咯咯，把我的屁股也坐疼噠……」金秀笑呵呵忙活，灶膛內很快就搖曳出明亮的小火舌。「喂，待會兒再畫時，你要多講些城裏的故事。嘖嘖，羨慕死人咧！」

「城裏生活像萬花筒，眨眼就變一個新花樣！山旮旯裏的日子實在千篇一律……」小蘇又變得興致勃勃，津津樂道，「……跟我們進城去看看怎麼樣？老萬和我可以先幫你介紹個輕鬆點的臨時工作，慢慢再扎下根來。」

鬼知道他還打算對金秀聊些什麼？一定離不了他的那些所謂「現代意識」和「現代生活方式」；這個小蘇，大概被眼前這位稚氣、野性、美麗的精靈所迷醉，想「救窮人脫苦難」吧？其實，正如本地的俗話所云：「一棵草有一滴露水。」「螃蟹橫爬，各有路徑。」貧富消長，苦樂輪迴，誰也沒法兒給誰指點迷津。

金秀似乎正在抵抗小蘇所描繪的那些天邊的誘惑，不肯認輸，又像已經有所心動。她抿嘴兒思索片刻，喃喃道：「家福哥說，城裏人又奸又狡，心腸硬似鐵哩……我爹也不放心讓我單身一人去城裏。哦對了，剛才，我叫家福哥上山套野雞去嗟。我還告訴他，你們倆都是文化人，是大好人！」

「該不會把我想跟你親嘴的事兒也說了吧？」小蘇打斷她的話，顯得有些煩亂。

「我會那麼傻？他若曉得了，沒準兒能把你扯成碎塊哩！我是真心把你當親哥哥，把老萬同志當親叔叔，沒有傍的二心。」

我相信金秀說的是心裏話，便打趣道：「只怪你太標致，你的『蘇哥哥』迷上你啦！」

金秀又笑得前仰後合，碰翻了盛著嫩白菜芽的筲箕。笑夠了，才一本正經說：「標致也怨不得我。迷上了也怨不得蘇哥哥。『一家養女百家求』嘛！我真正蠻想有個城裏人哥哥，將後來，進城裏玩時，也好有個落腳處。」

「那個家福哥配不上你！請相信我的話。你天生麗質，完全有資本去爭取哪怕稍稍高級一點兒的生活！」小蘇情緒衝動地說。

對金秀講這種話未免太殘酷了點兒，於是我扭頭狠狠地瞅了小蘇一眼。

金秀也怔怔地望了他好一會兒，似乎也有點心煩了：「和你蘇哥哥就蠻般配是不是？都不要再說這些啦！待會兒家福哥套了野雞，還要來這兒找你們玩咧。到時候再亂講，當心他會捶癟了你的腦殼！」

她把菜倒進油鍋裏，把鍋鏟攪得「砰砰」響，炒著炒著，竟「噗哧」笑出了聲，又說，「蘇哥哥莫記仇吶，待會兒，若把我畫成醜八怪了，可不依你！」

小蘇悻悻地陪著訕笑，一臉兒的無可奈何；沉默片刻，不死心似的，由那幅油畫生發開，又講起城裏的故事。金秀仍眨巴眼睛聽得怪認真，不時地咯咯嬌笑。

五

下午，我去了老林灣最東頭的那棟屋子，聽一對年過七旬的夫妻唱「堂戲」《燈草開花黃》。這是一首古老的敘事長歌，由男女對唱，語言辛辣風趣，挺抓人的。

「堂戲」唱完，已經是四點多鍾。又聊了會兒家常，我站起身，正要跟老頭老太太告辭，就見金秀氣衝衝跑來了。

「我打了蘇哥哥一巴掌。太氣人了！他怎麼能那樣？」

匆匆告別了那對老夫婦，順包谷地田埂走好遠一截兒後，金秀才開口，唬得我猛一怔。她憤懣地絞扭著細手指，隆起的小胸脯一聳一聳劇烈起伏，標致的臉蛋上烏雲密佈。

「怎麼回事？小蘇欺負你了？」

「比欺負更丟人哩！是我叫家福哥套到雉雞就拿來給你們煨湯喝的。他套到了兩隻。他只要上山，準能逮住什麼！家福哥殺雉雞的時候，蘇哥哥正畫著相；是聽到第一隻雉雞給割斷頸項，在地上撲騰時，他才扭頭望，就唉聲歎氣責備家福哥殘酷，還掏出錢來，說要買下那隻活的把牠放了！他這麼仗錢作勢，也太小瞧人了！俗話說：『過門為賓』。我好容易才攔住了家福哥，叫他去溪溝邊把雉雞剖了洗乾淨……後來，後來蘇哥哥瞅家福哥不在，竟跪下抱住我的腿說愛我……真賤咧！身為男子漢，愛到啥地步也不能跪呀！男子漢只能跪天跪地，跪父母、祖宗——連我都替他臊得慌！幸虧家福哥沒看到……」

我淺淺笑了，息事寧人安慰說：「城裏的男孩，倘若不跪金錢，便會去跪美女；對天地祖宗倒待慢些。過去了就算了，你也別太當回事兒。」

金秀家的垜壁子屋裏已不甚亮豁。小蘇兩手抄褲口袋裏，悶悶地踱著方步，看不清臉上的表情。家福守候在土灶旁煨雉雞湯，看見我們進廚房，咧嘴巴憨厚地笑笑。吊鍋正嘟嚕嚕吐蒸汽，滿屋子飄著肉香。

金秀開始卷袖子，笑呵呵吩咐：「去把裏面那個灶洞也架上火，該做晚飯啦！」

我喊了小蘇，肩並肩沿包谷地朝前躑躅。走了好長一段路他都沒吭聲，似乎也沒有認真聽我講。末了，他突然開口，如噴泉滔滔不絕，蠻衝動。

「……其實，見第一面我就不自覺愛上她了。說句離題話：獵人是瞅著神農架白熊那身好吃的肉、和那張能縫製禦寒長袍的皮毛，才舉起土銃的——美不能被認識，對珍稀的白熊而言，也實在夠悲哀的啊！」

我說：「你這是杞人憂天！用救世主的目光俯視和評價老林灣人，也欠妥當。」

「是嗎？」他應酬地哼哼，沒有要辯白的意思，順著思路繼續講自己的。

「我的確希望金秀能多少瞭解些日新月異的外部世界。我覺得她應該出走——哪怕投進另一個能發現她的美，並給予充分尊重的人的懷抱！畫畫時，我一個接一個地講故事她聽。我說美是一種資本。她不同意：『啥資本喲，不過像賣的年畫兒，既填不飽肚子，又擋不住風寒！』我講的故事，她都津津有味聽著，卻又不理解似地拒千里之外，說什麼『……天爺，這麼做，良心往哪兒擱？』；『……雖然快活，但仔細一想，也怪沒意思哩！』；『……咯咯，笑死人了，只怕是犯神經病吧？』我發現，她畢竟還是受到了一點影響，偶爾也露點困惑。金秀把日漸污濁的世界還看得那麼美好，本身就堪憐……捫心自問，我還算不得是個低級趣味的人，不自主愛上，想替她拓一條路，到頭來，反落得尬尷……」

小蘇聳聳肩膀，攤手臂苦笑，可能在感歎「她不懂得我，我亦不懂得她」吧。我們又轉身朝回走，他沒有再說一句話。

跨進垛壁子屋的高門檻，就聽見金秀和家福正在廚房裏嬉鬧。家福的笑聲濁重渾厚；金秀的笑，簡直像輕輕晃動銀鈴鐺！我發現小蘇的身子哆嗦了一下。也許想掩飾憂鬱，他抬起頭，看著釘牆上的那張獸皮出神。

第二天一大早，我們便離開了老林灣。臨分手時，金秀一再為「招待不周」道歉，再三說：「老萬同志，您們若有機會，莫忘了再來玩啊！」

她沒有和小蘇說話，緊抿嘴兒，帶點點微笑，瞅著他點了一下腦殼。

磨刀的老人

一

那天，我在縣糧食局黃局長家小坐，想請他聊聊「清匪反霸」和「土改」時的故事。黃局長是個慈眉善目、溫文爾雅的胖老頭，本地人，五三年就擔任永安鄉秘書，堪稱飽經滄桑。聽說已退居二線，很快將調縣政協去工作，眼下賦閒在家，給孫子作伴。

「我讀過你寫的幾篇小說。寫談情說愛的文章不會出大差錯——你這娃，如今也學聰明啦！」他呵呵笑說，遞煙給我，佈滿細密皺紋的白臉皮鬆鬆垮垮輕顫幾下。八一年我的第一篇小說發表後，他曾找過我父親，滿面愁容勸我莫要幹這危險營生。我父親五七年被劃為「中右」（內部掌握著，不得重用），差點兒倒大楣，大半輩子也同黃局長一樣歷盡坎坷。他們倆是老熟人，大概同病相憐，是真心為我擔憂。

我嘿嘿訕笑說：「您就講解放初期發生的愛情故事吧。那個時候物質條件差，人們的思想也單純。不沾銅臭，才是真正的愛情哩！」

「啥愛情啊，找個老婆生兒育女罷了——那會兒，都認為愛情是地主、資本家小姐的風流韻事，都羞於用嘴說。我們這輩人，找老婆最看重階級出身！哦，對了。嘿嘿，還真讓我想起了一個倔巴人物……」黃局長說，將保溫杯擱條几上，挪屁股使身子坐得更舒服些；人漸趨興奮，兩眼茫茫然望堊白的頂壁，目光悠長悠長。

「……五三年底，永安鄉漆樹溝村的民兵隊長，跑到鄉政府來，要我給他和一個惡霸遺下的孤女開結婚證。民兵隊長姓韓，剿匪時掛過彩，曾多次受到縣領導的嘉獎。那個惡霸，也還是他抓來槍斃的。所以，我當時一口回絕了。他好惱火，臉紅脖子粗直嚷嚷：『我們已經睡過瞌睡！她肚子裏已經有娃噠，怎辦？』我勸他說：『同階級敵人的子女上床，你肯定得受個小處分。若還要結婚，就要把你開除出革命隊伍！何況她爹是讓你給槍斃的，在一個鍋裏盛飯吃，你敢保證她不會投毒？』他不屑地撇厚嘴唇，呵呵笑說：『你曉得啥？這一年多來，她一直跟我們家生活，心眼才好哩！我爹蠻喜歡她咧！』」

「……莫看這個姓韓的民兵隊長五大三粗，脾氣火爆，卻是個遠近聞名的孝子。他參加革命比我還早。五〇年，出席縣民兵英雄大會時，曾經讓縣武裝部的劉政委看中，要送他去武漢革命大學重點培養。他卻說，得先回去問爹。回漆樹溝那天，他爹正在地邊頭埋界石，沒聽完就打斷說：『你走噠，分的田地房屋以後把給哪個？老子勤扒苦做，大半輩子也沒掙下一畝田。如今托共產黨的福，總算有了踩腳的土……』——他若那次去了革命大學，只怕後來縣委書記也當上了！這個民兵隊長的老爹，據說常年吃齋，是個苦善人；祖祖輩輩家貧如洗，才格外覺得田土的金貴吧。」

「嘿嘿，這老韓，有點意思。後來呢？」我心急地問，一面在小本兒上記錄著。黃局長呷一口茶淺笑，又遞過來一支香煙，慢吞吞繼續講著。

「為阻止韓隊長結婚，縣裏也來人了。惡霸的那姑娘剛十七歲，蠻秀氣標致。只見她兩眼死盯著劉政委腰間的手槍，瑟縮成一團，竟尿褲子了！氣氛頓時變得緊張。韓隊長黑喪著臉護著那可憐的姑娘，兩眼瞪圓圓仰望著天空，自始至終，一聲不吭。末了，劉政委長歎一聲說：『隨他算了！』當場宣佈撤了他的民兵隊長職務。去年，我在報紙上看到，說英國王子不要江山要美人。這個姓韓的，也是這樣哩……」

「後來怎麼樣了？歷次政治運動中，肯定一直挨整吧？您喝口茶，把經過再講詳細點兒。」我央求說，實在渴望瞭解到更多的細末微節。

「昨天，我還碰見他了。人也老囉，走街串巷替人磨剪子、菜刀吶！他家和我的老屋屬一個鄉，只聽人說。五八年以後，他一直當生產小隊的隊長。昨天兜頭碰上，我也覺驚訝，問：『你怎麼幹這行當了？小日子像不太寬裕？』他也怪不好意思，挺挺腰杆解釋說：『寬裕咧。嘿嘿，你莫瞧我外頭穿得不像樣，裏面是去年縫的羔羊皮貼身小襖，腿上有厚毛線褲！』還怕我不信，掀起衣襟露雪白的卷卷羊毛。又說，『如今哪兒缺這幾個小錢？是待大山裏太悶，出來逛逛世界散散心！』老韓為人爽直，蠻喜歡聊天。想知道更詳細的事兒，你也可以去大街小巷轉轉，沒准就能碰到他。」

「磨刀的？六十多歲，穿一身舊的土白布褂兒；身板很壯實，臉膛黑紅？」我問。就是剛才，在來這兒的路上，我也碰到過。

「是他。韓老頭年輕時，可是個天不怕地不怕的硬角色，蠻快活的一個人！」

對於老人而言，回首往事，大概令內心十分受用吧。那天，這位卸任了的黃局長，興致蠻高，非要留我吃了晚飯才讓走。他老伴忙顛顛炒了雞、鴨、魚、肉各色菜餚。席間，黃局長又聊了好些仕途的艱辛，感歎：「年輕那會兒，為求上進，求前途，只敢半睜著眼睛，瞟著領導的臉色行事，隨大流、隨報紙和文件上的政策精神，說一些違心的奉承話、假話，夾著尾巴作事、作人。等到了憑資歷，可以稍稍伸直點兒腰杆時，人卻老囉……」

二

酒足飯飽，從黃局長家告辭時，太陽已經西偏了。

湊巧得很，剛走出百多步，就看到了那位磨刀的韓老頭：不緊不慢晃蕩，兩眼左顧右盼；間或吆喝一聲，嗓音滄涼，有點兒含糊不清……

「磨剪子囉——戧菜刀——」

他扛的條凳很一般。凳面寬五寸長四尺，腿高兩尺；一端用鏽鐵絲縛月牙形磨石和盛水的罐頭盒，另一端捆著一床裹透明薄膜的細白布棉被；一隻十分破舊的帆布挎包在腰際沉甸甸晃悠，墜得步履也微微踉蹌。

在縣文工團宿舍樓前，兩位年輕女子和一個男人喊住了他。

「剪子一塊，菜刀一塊五。」韓老頭嘟噥著放下條凳，騎馬樣坐上，然後耷拉眼皮觀察手中的活計。他顴骨突出，臉部輪廓棱角粗獷，皺紋像岩板上的溝壑乾脆俐落；土白布褂兒呈泥巴色，袖口和前襟沾有鐵銹和鉛灰色泥漿。

骨節粗壯的十根手指頭捏緊小剪刀，和玩兒差不多；有活兒做，心情一定歡悅吧？韓老頭的嘴巴也漸漸活泛了。他充滿豪氣地自報家門，自擺龍門陣，語氣執著，對身外變幻著的世界，似有著自己不變的鐵律。

「……四九年十一月，我十八歲，扛著漢陽造[8]，配合解放軍剿匪，勁鼓鼓的像頭小公牛！有天夜半，一個不要命的惡霸打悶棍，劈掉我半邊耳朵（他驕傲地撫摸右腦殼上那醜陋的疤）。我忍疼抱住他一起撕扭，到底把那傢伙制服了。就因這個，領導評我當民兵英雄，讓我騎高頭大馬，戴綢子紮的大紅花，進縣城風光了半個多月呢！」

「喲呵，看不出還是個有功之臣！怎麼沒撈到個官兒做呢？」握菜刀的男青年嬉皮笑臉問道，目光帶明顯的嘲諷神情。

「你不相信？糧食局的黃局長可以作證明。我昨天還碰到他了……黑呢子大衣黑皮鞋，白臉皮子像蔫羅蔔幹。他比我大幾歲，並沒有真刀真槍打過仗，是寫標語喊口號的。嘿嘿，論

[8] 漢陽造：上世紀二、三十年代由漢陽兵工廠造的一種老式步槍。

地位，如今我和他自然沒法比。反正都老嘍，隔天遠離土近，也就分不出啥高下了。」韓老頭說，猛力挺了挺腰板，似乎有點不服氣。

「老頭，你一天能磨好幾十把剪子、菜刀吧？」

「能磨一百把！可上哪兒去找那麼多剪子、菜刀喲！」

「人老了還吃這般苦；是不是後悔當初，沒學黃局長那樣去寫標語喊口號？」

「有啥好後悔的？螃蟹橫爬，各有路徑！」韓老頭頭也沒抬說。剪子已磨好。他將布片兒疊著試刃口，然後遞剪子給姑娘，收了一塊錢。又接過一把菜刀。刀口鈍得像鑿子。韓老頭左腳綳緊牛皮環兒，將菜刀平捺在條凳上，順手從帆布包裏扯出鐵錛。「嘶——嘶——」刀面上捲起一條波紋狀鐵屑，像犁頭掀起的泛著油光的土疙瘩。

「……若要講田裏活路，不是吹，十八般武藝我都會；憑我的這雙手，在石縫裏頭也能種出好莊稼！合作化之後，我就當小隊長，交公糧、餘糧，總走在別人前頭。牛車披紅掛彩一輛接一輛，像大年三十夜耍的龍燈！我站在最頭的那輛車上，長鞭一甩，嗨……那滋味，比白麵粑粑吃進肚，又肥又厚的新棉襖穿身上，實在還要舒暢咧！最初的那幾年，風調雨順，糧食櫃滿倉滿，好多人家拆了舊屋蓋新房。我爹關上門告誡我說：『等村裏人都蓋嘍新房，我們再蓋。你莫要學過去的保、甲長！』……」

守候在傍的青年又嘲笑說：「呵呵，那時候雷鋒還沒參軍，你爹的覺悟跟誰學的呀？」

我忍不住打斷他說：「跟老祖宗學的。好好聽老人講嘛，不懂處，回去翻書。」

這傢伙是文工團的一個末流演員，也認識我，沒趣兒乾笑了幾聲。韓老頭挺感激地瞅我，咽一口唾沫，談興更濃了。

「……不知從啥時開始，報紙、大會上時興『放衛星』！『後坪的包谷畝產五千九！』『譚家壩的穀子畝產一萬四千七！』……我悄悄挑了畝長勢最好的包谷叫人扳了，擰下仔兒烘乾稱：四百六十九斤三兩！公社派人來了，說眼下最高的包谷衛星已畝產八千。我是老模範，叫報一萬。還吩咐：『組織勞力拈最好的包谷割，然後找一塊平整地，一根挨一根插；打扮好了，我喊人來拍照！』一連幾天陰雨。秋風嗚嗚刮，人成了泥猴，高產田仍沒打扮好。我也真沒心思鼓勁，乾脆揮手叫都回去烘濕衣裳。公社的人好生氣，說『放假了？幸福不會從天降，共產主義等不來！』我說：『我九歲就在田土裏爬，沒惜過力氣！可是——』他大罵起來：『媽的，你想磨蹭到幾時？你小心點！』我仍一臉兒笑說：『這事兒，我恐怕幹不好……』他當場便撤了我的職。那天晚上，讀小學的大閨女說：『老師說，蘇聯老大哥，放噠顆衛星像月亮。我怎麼沒看到？』娃她媽嘖嘖羨慕得不行，問我：『都說共產主義昨天到了峽口鎮，可當真？』我撇嘴巴直覺好笑，暗想：又在瞎吹牛，哄鬼咧！第二年，老天爺果然報應了，半年多沒下透墒雨。公共食堂也垮了，拆大鍋，建小鍋，各顧各……」

「哎喲喲，怎麼還帶著棉被？老頭，你真摳哩！」一那年輕演員大驚小怪說，空有一副好皮囊，好像不顯露點兒優越感簡直沒法活！

菜刀已戧得雪亮，韓老頭正按著在細磨石上刃口。他實話實說：「住旅社一夜至少得花八到十塊錢。想要睡好床鋪，就該待家裏享福。」

「老頭，你走街串巷，一天到底能掙多少錢？」

「嘿嘿，能掙二、三十塊錢吧。」

「就這麼點？嘖嘖，怎麼學了這門鬼手藝？怎麼不去弄些土特產來販賣？麝香、天麻、熊膽、杜仲，都能賣大價錢哩！老人家，你們那兒有沒有？」那演員可能想順手牽羊做點生意吧，推心置腹似的，還掏一支香煙遞上，「您老抽煙？」

「不會。」韓老頭說，明顯不太高興了，「我天生就不是做買賣的料！還記得么兒結婚時買電視機，經幾個人的手才弄到，比國家商店裏貴一百多塊！那時候，那種牌子商店裏沒貨，偏偏那些傢伙有本事弄到，轉手賣，再轉手賣，只坑噠不會搞歪門邪道的老實人！你們想想，工人不織布，不做機器和日用百貨；農民不種莊稼果木，不養豬養魚，不務勞香菇木耳藥材，他們販個屁，發個狗屁的財！磨刀憑力氣掙錢，對得住天理良心！」

菜刀磨好了。看得出韓老頭討厭那演員，頭扭向一邊收一塊五毛錢，望都懶得望他。

還剩最後一把菜刀。那婦女頂滿腦殼塑膠捲筒，蹲在條凳旁等候。我暗暗替韓老頭叫屈了——他倔巴，認死理，根本不適合走街串巷，怎麼竟學了這門手藝？於是笑著問他。韓老頭也報以慈祥的笑，很高興同我認識的樣子；似又有些沮喪，長長地歎一口粗氣。

「說來話長啊……六一年政府號召『生產自救』，又叫我當小隊長。六九年，公社在長嶺築人造平原，指派我帶三十多棒小夥，從龍門河背白色卵石在陡坡上擺『愚公移山，改造中國』

字樣。每個字四床曬席大，限期半個月完成。我們只好在草坡上吃睡。一天，周大成的婆娘悄悄送來一壺苕幹酒和四個煮雞蛋。他拉我鑽進草叢才說：『今天老子過生，媽的……』水壺很快就底兒朝天了。醉醺醺癱草窩裏，好多平日不敢說的話也湧出來：『……哪裏該砌坎子，該種啥苗，他公社書記比我還懂？……瞎扯淡嘛！用白石頭砌屋大的字，能砌出包谷、洋芋來？』黃昏時候，周大成氣呼呼跑來，說也不知誰偷聽，告密了，公社書記氣得直拍桌子，明日一大早便要開萬人大會批鬥我。我六神無主熬到夜半，陡地牽掛起三個兒女，便悄悄摸回了家。媳婦膽小，嚇得嗚嗚直哭。大女兒十六歲，裏裏外外一把手。她說：『出去躲一陣子！六七年也鬥公社書記，一陣風過噠，他還不是當官！』我落幾顆淚，一狠心下山了。剛巧公路上有輛外地運木料的汽車正發動，我悄悄爬上去，第二天就到了宜昌市。混到黃昏時候，我開始後悔不該跑出來。肚子老咕咕叫，懷裏揣的三塊錢也不敢用，用完噠怎辦？天黑了，只好去候船室幹熬。看見冬青樹下歪著個叫花子模樣的後生，怯生生湊過去。那人二十上下年紀，靠磨剪子戧菜刀度日月；生病幾天了，正發愁咧！我很快便同他談妥：我學過木匠活，磨剪子戧菜刀只需稍稍點撥也就會了。第二天一大早，我便扛起那人的條凳家什，節節巴巴吆喝起來。晚上數票子，賺了三塊多錢吶！一個星期後，周大成才找著我——原來是他無中生有，開了個駭人的玩笑！事情就這麼過去了。我還是當隊長，抽空也做了套磨刀的家什藏閣樓上。俗話說『藝多不壓身』，總有用得著的時候。」

韓老頭磨好菜刀，恍恍惚惚遞給那婦女，神魂兒似還沉在往事裏。高跟鞋「咯咯咯」敲著水泥地漸行漸遠，他陡地一楞，才清醒過來。

「……喂，這位女同志，好像沒給工錢吧？」

「給啦，看見你塞進荷包去了嘛！硬是講古講糊塗了……」

「真的？我來數數看。」他掏出縐巴巴的票子和鋼崩兒計算著，清點著。「今天共磨了七把剪子，十一把菜刀……嘿嘿，沒錯，是二十三塊五毛——怪我老糊塗啦！」

我也跟著陪笑說：「對不起，也怨我讓他講過去的事兒……」

「我說嘛，我會混你一塊五毛錢？還不夠喝瓶礦泉水！」那婦女猛地扭腰身，「咯咯咯」回宿舍樓去了。

這時候，太陽已快叨著西山的松樹樹梢。韓老頭望我友善地一笑，呢喃：「現如今，一塊五毛錢真買不到啥。日子的確富囉，和過去沒法兒比……」

我呵呵笑，跟他講了剛才從黃局長那兒聽來的陳年舊事。他笑得更舒展，歡悅之情溢於言表，「黃局長還記得那些？嘿嘿，我老伴年輕時的確標致，手又巧，心腸又好……」

我抓住機會，邀請韓老頭去宿舍小坐。他不假思索應允，熱呼呼遞過來香煙。朝文化館走的路上，他還津津有味地介紹起家裏的情況，大概已視我為知音了吧。

「……么兒子一直開車跑運輸，蓋噠水泥樓房，又娶噠媳婦；心血來潮，又販運起土特產，還不讓我操心。我說：『錢若都讓你這樣高中沒畢業的賺了，大學生難道是白吃飯？』兒子卻說我舊腦筋。選村主任，也說我跟不上形勢，給選掉了。明擺著嘛，越費力費時的事，越難掙到大錢！比如種莊稼，比如磨剪子、菜刀——總得有人幹呀！解放前，惡霸掙大錢，窮人恨得咬牙。並不是說掙大錢不好，但要憑天理良心，上對得起祖宗，下對得起兒孫！前些時，么兒子弄了車山貨要販到上海去。臨行前和我吵了一架。娃他媽一輩子膽小，這回也護著他，言語中還像怨我沒掙下啥錢財。過去吃苦遭罪她都沒抱怨，細想想真不服氣！我乾脆找出舊衣裳、舊條凳，乾脆也進城掙錢來了。」

韓老頭老也老了，爭強鬥狠之心仍在，是個有特色的人！不過，我還是對他的老伴更感興趣。按年代計算，她父親被槍斃時，她至少有十五、六歲，不可能不留下印象；幾十年來，這位可憐的弱女子同她丈夫究竟是相濡以沫，還是同床異夢？

三

我住的宿舍裏亂糟糟，一看便知道沒經過女人的手收拾。韓老頭聽說我還沒有結婚，瞠目結舌，萬分驚訝。我說：「先弄點酒喝喝。今晚就住這兒吧？您多聊些女人的好處，結婚的好處，也好讓我有勁兒去找個老婆。」

他憨厚地嘿嘿訕笑，坐進沙發裏，並沒有假客套——看得出對我已十分信任。滿屋子胡亂堆棄的書籍和雜誌，大概也讓他覺敬畏吧。

他說：「莫取笑我嘛。你知書識理，怎會不曉得老婆的好處？不過如今這世界，有權有錢才是英雄漢，都不看重書本上或者老輩人講的道德仁義啦！當初，我老伴就是看中我的壯實身板，和說一不二的脾氣。土改和清匪反霸[9]那會兒，她像隻受了驚駭的兔子，得有人保護才成。現在的媳婦厲害啊，耍起霸道來，比日本鬼子還凶！」

我打電話叫餐館炒幾個下酒菜送來，一面先開啟一罐麻辣雞罐頭。樓下是嘈雜的街市。韓老頭走到三開大窗前，遙望小縣城對面隔著香溪的那片關山林子，竟是一幅心事重重樣兒！

關山早光禿禿了，杜仲樹已經被連根刨乾淨，據說是承包給別人去種獼猴桃。韓老頭聽我解釋後，眼神更迷茫，還講起解放初期，種杜仲樹時的情景：茅草坡上人頭攢動，全體民兵英雄都參加了。可以想像，那時候的韓老頭，一定勁頭十足，相信單憑力氣便可掙來家業。么兒子沒吃他那麼大苦頭，又買車，又拆了舊屋蓋新屋……細想想，還真不服氣。

酒至半酣，我小心翼翼問及他當初娶「惡霸女兒」的緣由。他朗聲打著哈哈，似酩酊大醉一般無所顧忌。他說：「她爹給槍斃了之後，她躲在一座破岩屋裏不敢露面，都餓得半死了。我爹心慈，就收養了她；也許還擔心我脾氣凶，家境又窮，怕日後娶不上老婆吧？初來我們家，她走路都打晃晃，瘦得皮包骨頭！吃噠一年多飽飯，就出脫得花兒一般了……那天爹問她願作我的媳婦不？她趴地上磕頭，不說話，只點腦殼。她在我面前一直像啞巴，生下娃兒後，漸漸才有說有笑……」

我問：「你們倆吵過架沒有？」

「怎麼吵得起來？她瑟瑟縮縮慣了，性子像軟棉花包，心蠻慈咧！生第二個娃後，老屋

[9] 清匪反霸：建國初期的一個肅清國民黨匪幫、鎮壓惡霸地主的運動。

後牆讓洪水衝塌了一大塊。她嘟噥：『也蓋間像樣的房吧，又不是沒糧食……』嘮叨得我好心煩，就打了她一巴掌：『臭婆娘，老子是新社會的幹部，怎能學你爹只顧自己？』那時我是高級社社長，也蠻想氣氣派派蓋間房。可爹不讓。她沒再吭聲，摸摸打疼的嘴巴，又去奶娃子，去做飯洗衣裳……我媳婦只哭過一回，卻不是為我們家的人。是七五年底，日子窮得叮噹響。我作主悄悄辦了個石膏廠，炸點石膏賣了，給隊上的人稱鹽買煤油。周大成挖瞎炮，胸前炸了個血窟窿。我媳婦在石膏廠拖板車，最先跑到現場，摟著周大成血糊糊的屍體哭得死去活來。記得槍斃她爹時，她也被揪到現場，卻沒見哭過。有好長一段日子，她還經常跑去幫周大成的女人照料那群沒了爹的娃兒。那回我可吃了大虧，公社來人說我搞資本主義害死了人，揪我到現場批鬥，差點送去蹲公安局……那些年吃的苦受的氣，如今年輕娃們哪兒見過？若倒轉頭二十年，么兒子他能把家建得像金鑾殿？不是我逞強，論本事、力氣，他還遠不如我哩！」

韓老頭很能喝酒。聊起那些年代裏所遭受的磨難時，他眼神勇敢，帶一種意味深長的眩耀勁兒。我說話不多，默默在腦海裏勾勒他老伴的形象。她一輩子大概只一副面容——如電影廣告畫上的祥林嫂吧。我問韓老頭。他卻誇耀她「好福態，像胖乎乎的彌勒佛，見誰都一臉兒笑咧」！

上床後，我們又聊了好一會兒。韓老頭突然說；「昨天我碰見么兒子了，這一趟廣州他賺了一萬多塊！你看看，再老實的人也會看得慌神哩！他還嫌我磨刀丟他的臉，尾隨到無人的小巷，才趕上前央求我，還說：『……錢多嗟反而鬧得父子生分。您再不回家，我就把錢都扔河裏去，把那棟水泥屋也掀了！』當場讓我罵了個狗血淋頭。萬同志，明天也跟我一起去漆樹溝逛逛？我么兒子屋裏的擺設，比你這兒還闊氣。他蠻愛交朋友，待人蠻大方。算起來，田裏也到種小麥的時候了。我原本就計畫明天回去的。」

我想了會兒，答應跟他進山轉轉。館裏最近沒大活動。再說，也想見見韓老頭的老伴。

四

漆樹溝距縣城一百多華里，通簡易公路。在岔道口下了班車，韓老頭很快攔了輛拖圓木的過路車。我們在密林中曲裏拐彎又顛簸了一個多小時，抵達目的地時，太陽正當頂。

這地方風景不錯，二十多戶人家，錯落有致地擺在青絲般纖弱的碧溪兩岸。雖然是初冬，山林仍綠得發黑，峰巒如犬牙突兀，托著曬蓆大一塊天宇；溝穀底是莊稼地，包谷早扳罷了，亂糟糟露著蕭索。從有人煙處飄過來幾聲狗吠。幾隻灰喜鵲飛來飛去，在田壟和黑瓦房的上空自由自在地覓食。

韓老頭的老伴穿一身新棉襖，笑瞇瞇胖乎乎，頭髮白多黑少。見面時，她淺淺笑道一聲：「您來啦！」然後恭敬地袖手呆立，不再多言語——果然像彌勒佛。

韓老頭的兒子叫志國，西服領帶，一表人才，看見我陪著他爹回來，喜出望外。他說見過我，蠻喜歡讀我寫的小說。韓老頭似乎仍賭著氣，沒理睬兒子、兒媳，雄赳赳徑直進了他的房間。小倆口忙進忙出沏茶遞煙，又捧出一大託盤紅棗、板栗、柿餅、核桃叫我吃，還一疊聲埋怨他爹事先也不打個招呼，怠慢了稀客。

我說：「你們家，如今算得是漆樹溝的首富吧？」

志國一臉兒得意說：「托政策的福，日子比過去稍強點罷了。哪兒比得上您們城裏？」他也蠻健談，天上地下，政治經濟，名人趣聞……資訊也靈！據他介紹，特級香菇販往廣州，每市斤差價有三塊左右；核桃的差價不到兩塊。數麝香、熊膽、熊掌價最高，最俏銷，不過風險也大……他大概認定我是書呆子，才無所顧忌而且不設防吧？老實說，對這些我也沒多大興趣，客套幾句應景兒。吃罷午飯（志國說：「餓了吧？先墊墊肚子，待會兒我去弄甲魚、白鱔。」其實菜餚已夠豐盛了！），我陪著韓老頭倆口兒，進了他們的起居室。

房間並不算大，陳設也極講究。床前還鋪有嶄新的腥紅色化纖地毯。老太太說：「志國曉得我愛整潔，從廣州回家的當天就鋪上了。聽說貴咧！」

「買這麼好的毯子鋪地上踩，狗日的是想在老子面前充闊啊！」韓老頭咬牙切齒罵道，還跺著腳；倒並未用勁，也許捨不得使勁跺吧。

我搭訕說：「志國這般孝順。韓伯您們倆老好福氣啊！」扭頭又問老太太：「您貴姓？」

「我……姓魯咧。」她囁嚅說。大概多年來，極少有外人視她為閒聊的對象。她窘迫得臉皮泛起潮紅。

韓老頭說：「萬同志喜歡聽過去的故事。你隨便講點兒。前幾天下在黑岩的馬尾套，不知逮住雉雞沒有？我去一會兒就回來。」

屋子裏只剩下我和魯婆婆。她更坐立不安，沉默好一會兒，才怯生生如貓兒樣吱唔說：「過去的故事有啥好聽的？天長月久，差不多也都忘乾淨嘍……我的命苦，多虧志國他爺爺發慈悲，才能活到今天……」

氣氛太壓抑了。我想使之鬆馳點，於是咧嘴笑說：「昨晚上，韓伯伯不住口地誇您心腸好，年輕時好標致哩！」

「嘿嘿……他啥都好，就是一張嘴叫人操心。光說我好歹倒沒啥要緊。您不曉得，他倔強起來像牛，犯政策的話有時也敢說。鬧文化革命那陣，我真狠不得找根線把他的嘴巴縫上！您想想，真讓公安局一繩子捆去了，不說我，娃們可怎麼活呢……」

我感歎說：「能有今天，韓伯伯真不容易啊！」

「誰說不是呢，可他偏偏有福不享，老也老了，還和么兒子鬥狠氣。就說磨刀吧，丟人現眼啊，村上的人都說他瘋了……」

魯婆婆請我幫忙勸勸韓老頭，斷斷續續又聊了會兒。韓老頭提著一隻半死的雉雞進屋時，志國倆口兒正在廚房裏忙活。他吩咐他們乘熱剝皮開膛，早點放到吊鍋裏熬湯。丟下獵物，轉身又對我說：「萬同志，我陪你到溪溝邊轉轉？漆樹溝不錯吧？山上啥東西都能弄得到，簡直就是個聚寶盆！」

才下午四點多鍾，太陽早已掉西邊的岩板背後去了。空氣清冽，暮靄藍幽幽如夢如幻。碧溪不知疲倦淙淙流淌。溪畔綠樹掩映，不時地有大姑娘浣衣，小媳婦淘米。

「年歲不饒人囉！」韓老頭又嘮叨開，「在城裏晃悠了三天，肩頭這會兒還隱隱覺得疼，腰和右胳膊也酸溜溜的。剿匪那陣子，我一夜跑一百三十多里，在縣城搬到救兵，又馬不停蹄打轉身……人活一世，要經見好多場面！好多事還沒弄明白，人卻老了……」

我告訴他，他的那火爆脾氣，讓老伴擔了大半輩子心呢……我想慢慢接近主題——受人之托，替人消災嘛！他興致正好，呵呵笑打斷我的話。

「她呀，是給嚇喪膽啦！當基層幹部哪能不得罪人？我行得正坐得穩，怕啥？……有些事也實在難辦，生產小隊長就像掉風箱裏的老鼠，兩頭受氣吶！特別學大寨那幾年，男人們全去了『農田會戰』，大田裏的草比包谷苗還粗！累一天只值九分多錢，婆娘們出工不出力，或者乾脆裝病。有天早晨，我看見幾個婆娘貓著腰在灌木棵子裏穿行，便追過去攔住了。婆娘們蓬頭耷腦，褲腳管被露水濡得濕淋淋，臉白嘴烏哆嗦；緊抱的竹籃裏面，是細細紮成了小捆兒的香椿芽、蔥蒜苗、野韭菜，和不多的幾個雞蛋、洋芋、紅苕……『你們不是說都病噠嗎？！』由於奔跑和惱怒，我氣憤憤吼著。『……沒法呀。椿娃子病噠，家裏幾天沒鹽了。學校又在催娃們的報名錢。』周大成的堂客[10]一邊吸著掛唇上的清鼻涕一邊說，幾乎要哭出聲。『中學說馬上開運動會，娃哭著要雙白球鞋……』『屋子漏雨半年多了，硬是擠不出錢去買幾百塊黑瓦……稍微有點辦法，雞蛋炒香椿芽只怕我們不會吃？』……婆娘們神色惶恐，七嘴八舌哀

10 堂客：鄂西方言，指老婆、妻子。

求，說的都是實情。可季節不等人啊！想到荒在田裏的包谷苗，我狠不得哭一場。就這麼呆呆站了十幾分鐘，我咬嘴唇把草帽朝下拉拉，車轉身，丟下婆娘們走了……」

我們已經來到了村外。我默默地跟韓老頭身後認真聽著，順田埂緩緩朝山腰爬。他一直沒住聲，一邊講述，一面呼哧呼哧喘息。

「……靠抖威風、把籃子和雞蛋香椿芽踏碎，都治不了她們的病——領導倒鼓勵我這麼幹——靠大帽子壓人，或者把『五類分子』[11]揪出來批鬥也沒用，因為變不出錢，變不出吃的鹽和點燈的煤油和白球鞋來。那些年政策的確有問題。現如今，掙錢的門路多，又容易，好多跑買賣的賺了大錢，喝啤酒蓋洋樓。老實人看得發楞，都淌著口水動心啦！哦——這就是我們家的田，土質蠻肥哩，能長尺多長的包谷棒子！么兒子說種田不划算，叫把田荒了算噠。我怎捨得？田土是祖宗們流血汗開出來的，是子孫們的飯碗啊！」

依我看，這田土很一般，黃中帶褐，稱不上十分肥沃；田裏已撒了厚厚一層廄肥，有好幾處還新砌了長長的護坎。田土中畢竟滲透有韓老頭的祖宗以及他自己的血汗，這種血脈相通的情感，外人跟本體會不到。

晚餐極豐盛，黃楊木鏤花大方桌上擺滿熱氣騰騰的美味佳餚。五個人分賓主坐定，志國又斟酒又挾菜，熱熱鬧鬧張羅。他媳婦穿米黃色風衣，文靜地抿小嘴兒淺笑。大家邊吃邊聊。志

---

[11] 五類分子：文革專用名詞，指地主、富農、反革命、壞分子、右派。

國又講起長途販運路上的見聞，誇一些生意人氣魄大，出手如何闊綽。韓老頭似乎覺得受了冷落，插話說：「那些生意人吃飯不？他們只吃鈔票，老子就佩服！」

志國說：「有錢啥買不到？」扭頭又望我說，「萬同志一定去過上海、廣州，嘖嘖，能享受那種高級生活，才算得沒白來世上走一遭。」

韓老頭拍桌子了：「雜種！嫌老子活得窩囊是不是？老子吃的鹽比你吃的飯還多！就是比本事，老子也絕對不會輸你！」

我趕忙攔住，陪著笑臉勸慰，說志國絕對沒有這意思。大環境不同了嘛，長江後浪推前浪，兒孫們自有他們的活法……

魯婆婆朝我投過來感激的目光，眼眶內明顯有淚光在閃爍。我舉杯邀大家喝酒，並格外地微微笑對她點幾下腦殼。我沒能夠完成她的囑託。捫心問，這對父子到底孰是孰非？還真不容易說道個明白……

五

我在漆樹溝住了兩天，一般說來還算痛快；思緒也如亂麻，整理不出頭緒。

回城後，還沒容我冷靜下來，還未提筆，又陷入諸多雜事；喜慶彙報，迎來送往，忙得不亦樂乎。眨眼又過去了一個多月。元旦的頭兩天，我在街上遇見了志國，也顧不得去赴已應允的宴會，拉著他又回寒舍。

志國躊躇滿志，比上次見著時更幹練瀟灑。他說已跑十多趟長途了，又想經營個新項目，是專程來辦許可證的。他知道我對經商完全門外漢，沒詳細說。我問他爹娘的身體可健康？他說：「老樣兒。都是快七十的人了，沒大病就算福氣。」

我又問起他跟父親的關係。志國說：「你走後，我們只吵過一次。最近他沉默多了，極少串門；偶爾擠放牛娃堆裏講講古，才大笑幾聲。是上星期，我們鄉小學紅領巾服務隊的三個女孩，上門請他幫忙磨剃刀。他又講起如何學磨剪子戧菜刀的老故事。一女孩問：『怎麼叫戧菜刀？』他嘟嘟噥噥沒說明白，窘得滿臉通紅。女孩們偏喜歡刨根問底，他有點惱，說：『戧菜刀就是磨刀。我師傅──那個年輕討飯花子這麼教的。』『年紀輕輕討飯？你師傅肯定好吃懶做！』女孩的話惹得我爹大怒，剃刀也不磨了，把她們轟出門……」

我忍不住嘿嘿笑出聲來；胸口又堵得慌，鼻腔也一陣酸溜溜。

志國也苦笑說：「爹這人，一輩子爭強好勝，到老還是水牛尾巴光杆杆。他心裏難受呢。我理解他的心情，卻沒法兒給他安慰……不說這些啦！萬同志，我打算在城裏開個經營土特產的小店。房子已找好了，爭取春節前能正式營業。那個位置有點欠熱鬧。所以想請你幫忙編一篇採訪報導什麼的，在縣廣播電視臺和地區報紙上造點影響──請您放心，我保證所經營的全是地道山貨，純天然，無污染；保證服務周到，童叟無欺……」

我不置可否訕笑，然後舉杯飲酒；應酬地又問了些生意場上的趣事兒。心裏暗想：就憑重視資訊和宣傳這點，他爹也望塵莫及哩！

可憐的韓老頭，老也老了，還鬥個什麼狠氣喲！

懺悔

一

拖拉機在山坳停住了。

那貨車司機戴「摩托騎士」的火紅色頭盔，皮夾克皮褲大頭毛皮鞋皮手套；遞給我的是「紅塔山」牌高級香煙，挺饒舌挺風趣，沿路講了好些個體戶如今掙錢的艱辛，神采飛揚的模樣叫人一看就知道是個大方手！他跳下機頭，將半山腰那塊被松林掩映的堊白粉牆指給我看。

「……因為有商人收購了往廣州販運，價錢還在看漲。這些種香菌、木耳的傢伙們，腳不出老林窩窩，都已經腰纏萬貫啦！」

農用車還要去板廟拉圓木，倒轉頭走了。我獨自對著陡峭的曠野幽谷原地踏步，使勁兒蘇展著凍僵了的手腳。是十一月份，機耕路兩旁，光禿禿的樹柯子上已裹了層亮晶晶的薄冰。在大山的背陰處，白皚皚的積雪一塵不染。太陽剛剛冒出山頭，色彩斑斕的陽面山坡明麗光鮮。

為蒐集民歌，我在大山深處已轉悠了半個多月；之所以要從榛子鄉繞道回縣城，就是為了買點香菌過年時吃。這個鄉，平均海拔兩千多公尺，有極豐富的櫟樹資源，所產的香菌價廉物美，全縣有名！夏天的時候，我曾陪幾位搞民間文學的省裏老師來過，由老佛寺經張官店、青龍口，沿榛子嶺週邊轉了一大圈。那陣子倒是買香菌的黃金季節，因公務在身，沒好意思分心。

在半山腰那棟被松林掩映的兩層乾打壘土牆屋裏，我買了八斤上好的香菌。蒙房主人熱情款待，還飽餐了一頓鮮香菌炒野豬肉，喝了三兩多包谷燒。告辭之後，我沿主人指點的一條近道，仗著酒興疾走了半個多小時，到榛子嶺鎮上，仍未能趕上回城的第一趟班車。

第二趟班車下午三點才到站，還得等候四個多小時。我於是將包裹寄放在一個熟人家中，然後背著手，沿小鎮徜徉著曬太陽。

榛子鎮不過百多戶人家，建在小土崗上，有一條約兩百米長的高低不平、胡亂鋪著些麻石板的老街。小土崗下面是夾在兩面大山之間，一眼望不到盡頭的包谷地。包谷早已收罷，田地裏太醃臢，亂蓬蓬的枯枝敗葉上落幾隻覓食的烏鴉。麻石板窄街上行人不多，零零星星幾個著偏搭襟棉襖的老者蹲在向陽處，鬍鬚上蒙濕漉漉水氣兒，木訥地吧嗒著長煙袋，彼此也極少搭言。

突然，鎮東頭髮一聲喊。就見娃娃爪爪們都尖叫著朝那邊跑；窄街兩旁的門洞裏次第探出一顆顆蓬鬆的女人腦殼，驚慌地嘰嘰喳喳，接著都奪門而出，也發了瘋似的朝東頭跑。

原來是一個不滿四週歲的小男孩掉茅坑裏去了。那娃剛拉完屎，正繫著褲帶，猛聽得一聲尖叫：「狼來了！」嚇得他慌不擇路，撞翻了用包谷杆兒稀稀落落編的籬笆牆，跌進了糞池。幸虧裏面的糞水前些日子被挑了些去澆菜園；男娃跌進去時，又讓包谷杆籬笆墊了一下，站在快要沒過小胸脯的糞水裏哆哆嗦嗦嚎啕，頭上還沒糊著。據說，的確有一隻餓狼在包谷地邊轉悠，經人們一吆喝，又逃回樹林裏去了。

我趕到時，那男娃已經被搭救上來了。糞池邊鬧哄哄聚集著好大一堆人，正團團圍著那位營救者千恩萬謝。只見一位模樣寒磣的農民，端著滿滿一盆騰騰冒熱氣的水，嚷開擋道的人闖進人堆——大概是男娃的父親吧。

「沒事兒，讓我自己來沖洗。……咯咯，有啥好謝的，遇這種事兒，誰見了都會跳下去救的。」

——救人者是個女的，而且說話的聲音好熟悉！我朝人堆擠進幾步，踮起腳瞧，一眼就認出來是夏蘭仙！她長髮齊肩，穿棒針織的古銅色厚絨衣，軍綠色警褲從大腿往下全濕淋淋的。那個端熱水的農民正蹲在她前面，笨手笨腳幫她沖洗掛褲管上和皮鞋上的汙物。

「實在難為大姐啊！您貴姓？請先到我家把身上烤乾吧？」當父親的用袖管蹭一下快淌到口邊的清鼻涕，眨巴著小眼睛邀請說。

「不用忙活了。真沒事兒，還是讓我自己來處理。你快回去照顧你兒子吧，叫娃他媽濃濃熬一碗薑湯，當心娃兒感冒了。」

「可我們還沒好好感謝您啊……這件解放軍的大衣是您的吧？這位大姐，您是城裏來的民警？哎喲喲，我的娃今天真算是福大命大！」

夏蘭仙的兩頰上浮起了紅暈，她沒有否認，也沒作解釋，臉蛋兒容光煥發，默默接過來那件十分筆挺的軍綠色風衣，大踏步擠出人群。

「解放軍大姐，您留個姓名吧？我也好讓娃兒記住您的功德啊！」圍觀的嬸子、媳婦們，這會兒，也一連聲地「嘖嘖」稱讚起來。

夏蘭仙停住步遲疑片刻，然後挺胸脯站得更筆直，滿臉和氣地說：「這是我應該做的事情。天氣冷，大家別圍這兒了，都回去吧。」

她說話時嗓音明顯有些哆嗦。也難怪，雖然天上有紅火大日頭，畢竟是滴水成冰的季節，下半截兒濕淋淋的夠嗆啊！她匆匆說完，靦腆地一笑，以標準的軍人姿勢原地轉身，步履矯健地走了。圍觀的人又望著她的背影嘖嘖讚歎了一陣，才各自散去。

我站在人後，也呆呆地盯著夏蘭仙漸漸遠去的身影，滿腹狐疑。——她哪兒是什麼「城裏來的民警」？二十多歲時，夏蘭仙因作風問題，被從縣文工團調出，發配到香溪下游的岩鷹鎮供銷社當售貨員，十多年幾乎沒好意思再在縣城裏露過臉兒！做了件好事，卻冒充、或者說默認民警身份，這本身怪有味兒。雖然猶豫再三，獵奇的心理還是占了上風。我候她走得看不見之後，小跑著追了過去。

「是小夏嘛。怪不得隔老遠，我就看著有點像。這些年過得還好？」

「……萬老師？咯咯，十多年不見，您的鬍子蓄這麼長啦！」她猛一怔，顯得有點點慌亂。十多年前我曾在創作組混過一段日子，文工團裏那些年齡比我小點的女孩，都尊稱我「萬老師」。

「呀！你褲子怎麼濕淋淋的？掉茅坑裏去了？」

「哪兒呀，嘿嘿，一個挑大糞的，不小心碰翻了桶，剛巧，我從旁邊走過，沾光了……這不，去溪溝邊胡亂沖了沖，正打算回住戶家換褲子哩。」她臉皮飛紅，耷拉腦殼囁嚅，又問，「您來這兒幹啥？」

「搞『三民』蒐集，順路買點香菌過年好吃。準備搭下午三點多的那趟車回城關。你來這兒多久了？」

「我從白龍潭過來，早晨到的，給我們供銷社收購香菌、木耳。這一帶我還是第一次來，山大人稀，林子長得好，雪裏的景致也蠻不錯咧！」大概聽我說將搭三點多的班車離開，夏蘭仙的情緒平靜了許多。

她似乎還蠻想多聊點什麼，又像有所顧忌，扭扭捏捏欲言又止。我催她快去換掉濕褲子，當心凍壞了。她感激地連連點頭。臨分手時，她叫我若有機會去岩鷹鎮，一定上她家來玩，還把她宿舍的位置告訴了我。

二

夏蘭仙和那批學員進團，是在「四人幫」被粉碎沒多久吧。我這個人天生不合群，閒暇時間大多閉門宿舍裏讀「禁書」；眼睛疲憊了，就隔著窗玻璃看學員們練形體功。她們大多來自貧窮、樸實、單純的鄉下，進城和進了天堂一般，無憂無慮，整日笑嘻嘻活潑潑，怪讓人歆羨哩！

記得是九月裏的一個黃昏，我一人在香溪河畔找了個僻靜處，頭枕著水柳，偷偷地讀著《牛虻》。正全神貫注，不防身後冷丁爆一聲：「嗨！」真正如同晴天霹靂，唬得我兩眼冒金星。我是個謹小慎微的人。父親是「漏網右派」——以我這種帶罪之身，竟敢偷偷摸摸看「帝修反」[12]的禁書，倘若讓愛打小報告的人知道，可就闖禍了。

「咯咯……萬老師好膽小！您天天看書，怎麼也不嫌悶？若要我天天捧著書讀，我寧可去坐牢咧！」

我認出是學員中身材最窈窕，臉蛋兒最標致，最最活潑天真的那個女孩。她那最末一句話，把我也逗得微笑起來，就問：「你叫什麼名字？」

「夏蘭仙，十五歲。」她大眼睛直眨巴，像回答查戶口的。

我合上書頁夾進腋窩裏，一臉訕笑又問：「那你平時最喜歡幹些什麼呢？」

「蹦蹦跳跳快活唄！」她回答得如此直截了當，索性一屁股坐我身旁，只顧自己滔滔不絕，「山裏的鳥兒不識字，唱的歌可好聽！黑老林裏的猴兒不識字，打打鬧鬧好快活！讀書多了容易犯錯誤挨批鬥，不划算哩！」

後來我才瞭解到，因為「文化大革命」的緣故，夏蘭仙實際上只上了三年小學。她的心靈

---

12 帝修反：階級鬥爭年代流行語，指帝國主義、修正主義、反動派。

簡直就是白紙一張，像山裏的鳥兒，黑老林裏的猴兒，對人世間的明槍暗箭、陷阱羅網一無所知！第一次同我認識，就天上地下、信馬由韁亂聊，聊到高興處，甚至趴我的肩膀上大笑，全然沒半點顧忌。

那時候的夏蘭仙，就身體而言，比同齡的女孩更趨於成熟：她結實豐滿，渾身都蕩漾著玲瓏活潑；丹鳳眼黑亮亮，放射出真摯、熱情、信任的光芒。她啥電影都愛看，雖然不時給淌血的畫面唬得緊捂眼睛，興致卻一點不減。衣服下擺老紮褲腰裏，使柔美的曲線顯露無遺。她嗓子極好，平日想唱就唱，要笑就笑，沒一刻消停。偶爾也有不順心，便咬咬嘴唇，或者淌幾滴淚，小胸脯劇烈起伏幾下，最長能持續十多分鐘，又照舊樂。一年，兩年，三年……她出脫得更漂亮，身體真正如熟透的水蜜桃了。她哪兒是那幾個垂涎她美色已久的男人的對手？到最後，終於鬧得聲名狼藉，不可收拾了……

有好長一段時間，縣城裏有關夏蘭仙的「風流韻事」傳聞很多，眾說紛紜，我也聽到過不少——現如今，人們恐怕早將她忘記了吧——當時最讓我震驚的，是在一次文化宣傳系統內的「挽救教育」會議上，由她自己所作的交待。

部裏、局裏、團裏的幾位領導坐鎮主席臺，牆壁上貼「坦白從寬，抗拒從嚴」的口號標語。夏蘭仙孤零零站主席臺下，神情沮喪，瑟瑟縮縮，像落入陷阱的兔子。她交待得十分仔細，彷彿頭一回認識到自己的本相，痛心疾首，驚慌失措，靠了極大的努力，才沒有失聲嚎啕。領導們仍不甘休，斥責聲如雨點：「聲音大點！有臉做無臉說哇？」「不許避重就輕，一點一滴的經過都得講清楚！」……夏蘭仙的臉色由蒼白變成死白，這世界像冰窖從她的頭頂壓下來了；那些不堪入耳的性愛細節，如同擠牙膏，就這麼從花兒樣嬌嫩的紅唇間斷斷續續淌出來了。維持秩序的骨幹分子在走道上巡邏。「不准交頭接耳！」「笑什麼？都嚴肅點！」——就是那場面，使我對歐洲中世紀的宗教審判，有了點具體認識。

那幾年的日子實在枯燥無味，沒戲可演，又沒啥事兒好做；有關兩性方面的禁忌也太森嚴。神秘感誘惑著飽食終日的少男少女，終於偷食禁果……夏蘭仙在交待中曾說：「我彎盼著能有人真心喜歡我，經常聽我聊心裏話……」不設防的夏蘭仙，本能地愛著所有的人。而那些男人，不過渴望佔有她，然後拋棄她。就我所知，到最後，夏蘭仙也只自怨自艾，沒怪罪任何人。

從榛子嶺回來後，勾連起好些已過去了的、有關夏蘭仙的故事，令人感慨萬端。但是，對於她默認民警身份的動機，我卻怎麼也估摸不透豁。客觀地講，夏蘭仙並不是個工於心計的女人，有點兒傻風流罷了——至少過去是這樣。她被逐出縣文工團時，不過二十剛出頭，像花兒初綻放，鳥兒初飛翔，對於雷電風霜的危害缺乏認識。

元旦將近，為籌備「文藝聯歡晚會」，館裏的人上下忙活，還應接不暇。十二月二十七日，縣委宣傳部要抽調人幫忙到各區鎮驗收「雙文明單位」。頭兒點名叫我去，而且偏偏分配在岩鷹鎮。我立刻想起夏蘭仙，決定抽空兒去瞧瞧她。

三

岩鷹鎮是香溪下游的第二大鎮，距離長江僅十多公里，有柏油公路與輪船碼頭相連。因交通便利，這兒的商品經濟很發達，出了不少聞名全縣的「專業戶」。古樸的吊腳樓如今已所剩無幾，代之的是一幢幢拔地而起、亮堂寬敞的水泥小洋樓。

到岩鷹鎮的當天下午，地方政府特備了豐盛的菜餚為我們洗塵。酒足飯飽，天色已經黃昏。我踱步出招待所，按著在榛子時夏蘭仙告訴的宿舍位置，信步尋訪過去。

上樓。發現夏蘭仙的宿舍門緊閉，屋子裏燃著電燈，電視機正播送著新聞。我輕輕敲門，感覺到裏面的主人似有些遲疑。門扇終於啟開，夏蘭仙見是我，驚愕得不敢相信，立刻又喜出望外。

「……哎呀呀，是萬老師呀！難為您還記起我來了。屋裏坐，屋裏坐……」

從屋子裏的擺設，看得出她至今仍單身一人過著日子——房間不大，靠右牆角擱一張單人鐵架床，還有小書櫃、單門大立櫃、五屜櫃、小食品櫃和一隻鋼管沙發；五屜櫃上蹲一臺二十寸的彩電，這時正在介紹「麥氏咖啡滴滴香濃」……整個佈置還素雅整潔；大概因為門閉得太久，一股陰沉沉甜膩膩又涼颼颼的廉價脂粉的味兒，久久不散。

聽說我是來檢查驗收「雙文明單位」的，也許因為有了話題，夏蘭仙的神情自然了些。就談起她們單位，語氣不無自豪：「我們供銷社，一直都是『雙文明單位』，每年的利稅，在全縣同行中也最高。我是大前年，自己要求由門市部調倉庫當保管的，偶爾也幫著跑跑貨源……我們岩鷹鎮，商品經濟發達，老百姓早過上小康生活啦！莫看供銷社沒幾個人，待遇不錯咧……萬老師幾個娃兒了？怎麼還一個人過著？嘿嘿，是眼光太高，挑三揀四吧？要我說，一個人過，終究是件苦事兒啊！」

日光燈下，夏蘭仙那標致的臉頰更嫌蒼白；畢竟是奔四十的人了，微笑時，魚尾紋又細又密。她端坐在書桌前，兩手擱在並得攏攏的大腿上；穿的衣褲都是好毛料，做工也考究，卻未能給她拘謹的精氣神兒添彩。看得出來，她仍在掙扎著，想做一個平常又幸福的女人。可是生活並沒有去理會她的掙扎，還是悄悄從她身邊溜走了。

我的突然來訪使她顯得興奮，沒話找話，滔滔不絕。畢竟多年沒有來往，就這麼不疼不癢地聊著些家長里短，還不算太冷場。無意間，我發現半掩著的門縫裏有一對眼睛正偷偷朝裏面瞧。夏蘭仙也看到了，立刻顯得有些彆扭，問：「是胡經理吧？找我有啥事兒？」門縫裏的眼睛一閃，似乎也受到驚嚇，伴著隱隱的腳步聲，很快消失了。

夏蘭仙掩飾地訕笑，又開始不厭其煩，一個接一個地打聽和她一批進團的老人員的近況。聊了會兒，門縫上又有人偷偷朝裏面瞅。夏蘭仙說：「是小馮吧，進來坐……」那人又輕輕地溜走了。

夏蘭仙滿臉尷尬，索性走過去將門扇敞開，沉甸甸感歎說：「單身女人的日子難過啊！其實我都認出來了。這些有家室的，總愛偷偷摸摸溜這兒呆坐，叫人擔老大的心。平日裏，除了洗澡、睡覺，我都是將大門敞開，這樣連鬼也不願上門了，像怕沾臭氣……唉，都怪我自作孽，年輕時不知利害，現在後悔，也悔不過來了……」

她垂頭喪氣，大眼睛怪可憐地眨巴，苦澀的倦容隱藏著饑渴。我的心裏也不是滋味，言不盡意地安慰她幾句，站起身告辭。夏蘭仙對我的來訪十分感激，說因事先不知，沒作啥準備；然後，再三邀我第二天一定過來吃晚飯。盛情難卻，我點頭答應了。

那天晚上，我竟失眠了。第二天快九點鐘，才被同仁從睡夢中叫醒。早餐之豐盛，連我這個經常跑鄉、經常受人恭維的人也瞠目。鎮上的頭頭腦腦都笑眼眯縫陪吃，極盡殷勤。

酒至半酣，門外風風火火走進個穿西裝的青年，滿臉尷尬地湊供銷社胡經理耳邊嘟噥幾句，又一同來到鎮長左右。胡經理湊鎮長耳旁沒說幾句便被打斷。鎮長滿臉不悅揮手說：「吃罷飯再議！」

原來出了件傷風敗俗的事兒，小鎮上這會兒已經議論紛紛：清晨，一位賣菜的農婦在供銷社廁所裏發現一死嬰，茅坑的踏板上還留有新鮮血污！農婦大聲嚷嚷，吸引得好些人都去看了。

胡經理表態說：「這事有關供銷社的精神文明，我會儘快查個水落石出。」驗收組組長老向是個已退居二線的老同志，當即指示我一併跟過去了解一下情況。

供銷社的小會議室很寬敞。經派出所所長、胡經理等幾個單位頭兒們逐一排隊，夏蘭仙和鎮上的另外幾個風流女子成了重點懷疑對象。

我說：「昨晚我還去夏蘭仙的宿舍小坐了一會兒，似乎沒看出啥異常跡象。」

胡經理說：「隔著肚皮的事誰說得準？有的女人懷娃，快臨盆，外人也看不出吶！」

接著，派出所長對準備分頭去調查被懷疑對象的幾個單位頭兒進行了具體佈置。與會者也開始收拾各自的公事包或筆記本。大家正待散去，鑲嵌著大塊花玻璃的門扇，突然響起幾下怯怯的敲門聲。

夏蘭仙竟找上門來了！進門時雙手緊貼褲縫，害臊得不敢正眼看人，白臉頰浮著紅暈。

「胡經理……打攪您們開會了。外面人七嘴八舌亂猜測……那娃不是我生的，真的不是！」夏蘭仙艱難地抬起頭說，從那對含淚的眼睛深處，看得出心靈裏的舊創傷又在淌血。她似乎擔心別人會打斷她，重重喘一口氣，連忙又說，「我曉得只憑我空口白牙，大家肯定不信。只怪自己過去犯過錯誤，怨不得大家……胡經理，我想求您派個管治保的女同志，陪我去一趟鎮衛生院。我，我願意作婦科檢查……免得人家老指我的背梁骨罵，我老得去背這不乾不淨的黑鍋……」

胡經理輕撫下巴思索，微微笑回答：「你不要太緊張嘛！正研究著吶，要相信群眾相信黨！」

「真不是我！這麼些年來，我生怕再犯同樣的錯誤，一直不敢放鬆對自己的要求，只要天一擦黑，便關門一個人待屋子裏；偶爾有人來坐會兒，大門就一直敞著……我曉得空口無憑，老輩人也說『畫虎畫皮難畫骨，知人知面不知心』……胡經理，我還是要求去作婦科檢查！」

夏蘭仙痛心疾首哀求，雙手捂臉，嗚嗚哭了起來。派出所長和胡經理，一時好像也拿不定主意。這當口，次第又闖進來兩個女孩，衣著時髦，扮相風流——神情都氣鼓鼓的，眼眶裏都盈著淚花。當兩個女孩弄清楚夏蘭仙來這兒的企圖，目光作短暫交流，然後異口同聲，也要求上衛生院作檢查。會議室內有人嘀咕，有人竊笑，剎那間亂套了。

派出所長皺眉頭說：「都別嘰嘰喳喳！既然自願要求去作檢查，我同意。」

胡經理附和說：「我也同意。夏蘭仙若是清白的，我們供銷社的名譽也就清白了。小龔，你這就陪她們去趟衛生院，費用我們出，快去快回！」

我說：「這麼做恐怕不妥。又沒個證據，而且涉及到個人的隱私及名譽——怎麼能夠憑道聽塗說，就讓她們去接受檢查呢……」

胡經理打斷我，陰陽怪氣說：「正因為沒證據，才需要檢查。況且我們並沒有強迫誰。那你也說說，看看還有啥更好的辦法？」

夏蘭仙連忙說：「是我們自己願意，覺得這樣最好。萬老師您就莫再阻攔了。這麼大的醜事兒，只有弄清楚了，大家也才安心。」

我只覺心頭堵得慌，沒有再說什麼，眼睜睜看著三個女子魚貫跟小龔身後，出會議室去了。

四

因為昨晚已答應了，下午，我又來到夏蘭仙的宿舍。她滿臉堆笑喜出望外，旺旺生了盆木炭火讓我烤，忙顛顛又在電爐上炒了幾碟子下酒的菜餚。

「萬老師請喝酒吧。也沒啥好招待，我沒料到您還會再來。咯咯，通過這一次，以後大概沒人再會懷疑我了吧？您不曉得，因為名聲不好，這些年，我背了好多冤枉啊！」她說，眼眶裏又不自禁泛起淚花兒——不過，看得出心裏還是蠻舒暢。

我心裏怪不是滋味地呷一口酒，又呷一口酒，感歎說：「這種脅迫、檢查，嚴格說是不合法的。其實，你，還有那兩女孩，到底何苦來？你們完全可以伸直腰板，堂堂正正做人嘛！」

她苦笑著擺擺頭，說：「重新作人難啊！就好比白布掉染缸裏，怎麼用心洗刷也枉然。在縣文工團待的那段日子，我實在太傻，太不懂事……自從受處分後來到岩鷹鎮，一言一行我都格外留神，沒敢再結交男人朋友。雖然蠻想正正經經嫁個男人，作牛作馬伺候他也成——誰願意娶我這種女人呢？我站哪兒都有人在背後指指戳戳，沒法兒，才要求來守倉庫。結果還是差點遭冤枉……」

她的臉仍然很標致，歲月銷蝕，又留下了風塵的痕跡；她是在真心悔恨當初那種生活，然而創傷太深，只怕一輩子都無法癒合了吧。氣氛太壓抑，酒菜難於下嚥。我勉強作笑模樣，出主意說：「你沒有想過去一處完全陌生地方，哪怕去打工？」

「三十多歲的人，又沒其他謀生本事，把單位丟了只怕會更受人欺。不過在陌生地方，大家倒是並不另眼相待。嘿嘿，這一個多月業務忙，我幫著去榛子嶺、板廟等邊遠高山跑了十多趟散貨的貨源，嘗到了被人尊重的甜頭哩！」夏蘭仙說，臉上露少有的甜甜笑意。

我說：「乾脆去當專職採購員，打交道的天天是陌生面孔！」

她連連擺手：「不行不行，供銷社還沒有過女採購員。您不曉得我們鎮上的人，怎麼議論外地來的女採購員，都說是『母狗子』咧……」

她沒有沾酒，只吃了很少一點飯，話倒說了不少；大概因為被檢查證明了清白，十分興奮吧。

天色漸漸暗下來。夏蘭仙的談吐不自覺有些收斂，不再咯咯笑，嗓門也壓低了許多。太冷場也使她不安，左右為難，最後，忍不住去把半掩著的門扇完全敞開，不好意思地朝我苦笑。

七點半鐘，我起身告辭了。外面天寒地凍，沒有幾個行人。四周，黑黢黢的山影如古城牆橫亙，托一長條瓦灰色天宇。新月慘白，幾顆小星時隱時現，瑟瑟縮縮顫抖。夜色靜悄悄，聽得見香溪水淙淙流淌著。

我鬱悶地吐一口濁氣。

黃昏

一

太陽剛落山，霧靄就開始從溝底朝山腰爬；東、南、北方向，稍高些的山頭暫時還罩在夕陽裏。西邊天際浮幾條羽紗樣薄薄雲帶，一動不動，懸老鷹岩岩頭。

萬永福大概已酒足飯飽，一個人又操沙啞嗓門吼起了山歌。又是花鼓調《王昭君歎五更》，什麼「歎漢王，無情義，奴在冷宮受孤淒……」天天老一套，我都能哼哼了。

萬家院子離縣城三十多華里，七戶人家彼此都沾親帶故。論輩份，萬永福還在我之下，屬「老侄」一類。他比我年長二十三歲，前天，在那棟新近落成的水泥小洋樓內，剛擺過慶祝六十大壽的酒宴。院子裏的七戶人家都來送了恭賀，都誇小洋樓造得氣勢，誇他的兒子能幹！據說萬永福蠻不服氣，還仗著酒興頂撞了客人幾句。鄉鄰們當然不會和他計較。

坎下的譚婆婆在世時，曾和我講起過他：萬永福家過去很窮，爹娘都老實巴交，只養了這麼一個兒子，十分寵愛，勒褲帶搜牙縫，勉強供他讀了四年私塾。因為出身低賤，又有點文化，土改那陣子，工作隊曾想動員他出去工作。萬永福自生下地，腳板很少走出過萬家院子，更別說進城，就拒絕了。他文不得，武不得，渾渾噩噩，一直被鄉親瞧不起。

我認識萬永福還是當「知青」時候。爹媽叫我回老屋落戶，借住在譚婆婆家。記得是四月天，農活特累人。本地有「割穀的酒，插秧的飯」一說，意思指飲食得比平日充足。有一天在桃花溪插秧，歇晌時，萬永福捧只大土缽笑眯眯湊過來。土缽滿滿尖尖盛著雪白的米飯，竟沒有菜。我瞅一眼他那尖嘴猴腮模樣，心想：怕有一斤多米的飯咧！吃這麼多草也該長點兒肉啊！他斯文地小口扒飯，將灑褲腿上的米粒兒撿進嘴巴慢慢咀嚼，眼睛盯我碗裏的煎雞蛋搭訕說：「我們這地方不錯吧，一年有半年吃大米！不像高山佬，頓頓包谷稀飯洋芋砣，把喉管子都撐粗嗟！高山佬年年都得背點黃豆來找我們換米過年。有個人換嗟一口袋穀子回去，大年三十煮穀子吃，穀殼子磨得一家人都滿嘴血泡哩……」他開心地大笑，黑臉皮上的皺紋密得像絲瓜絡。又埋頭扒飯，饅頭似的飯堆上很快露出一個大黑洞——約半寸厚的白米飯下面，竟然全是煮得稀爛，呈墨綠色的嫩紅薯葉兒！

看到他如此安貧樂賤，我說：「高山人難道連紅薯葉也吃不上？榛子嶺我也去過，那兒的姑娘，臉巴胖嘟嘟紅豔豔，好水靈標致！」

「像猴子屁股，醜死嗟！」他不屑地說，似乎很自豪自己的臉皮又黑又瘦，接著強充硬漢大口嚼紅薯葉，綠茵茵的湯汁順嘴角吧嗟。「嫩薯葉好吃咧，甜的！」他出身「上中農」，比不得「貧雇農」，政治上其實也屬灰溜溜。

兩個年輕後生坐在田埂上喝酒。萬永福又磨磨蹭蹭過去，拿起還剩一點兒酒的瓶子輕輕搖晃，嘟噥：「如今莫想喝到真正的燒酒了，賣酒的總喜歡摻水……」「關你屁事！」一後生粗暴地奪過酒瓶，將剩下的酒平均倒進兩隻土碗。

萬永福大失所望，悻悻地淺笑，手捧土缽又縮回到我身邊。仔細地吃乾淨飯，咕嚕咕嚕灌下半土缽溪水，他長長歎一口氣，說：「年成硬是一年不如一年羅！從前，我們這地方可富足哩，姑娘們怕吃苦不願出門，守著房子等招女婿！那個時候，嘖嘖……」

二

萬家院子其實稱不得富裕地方，七棟模樣兒差不離的舊土坯房子（五戶瓦頂，兩戶茅草頂），疏疏落落撒向陽的山坡上；山坡貧瘠陡峭，幾株松樹如營養不良的駝背老人在山風中哆嗦。桃花溪繞山腳汩汩流，溪溝兩邊是臺階也似的不規則小塊梯田。亂石砌的高坎年年垮，年年得花大氣力重修；水田少，旱田又太瘦……是最近幾年，鄉親們才得以溫飽。

調文化館後，我幾乎每年都回萬家院子小住。萬永福的體態一年比一年發福了，臉上打褶的黑皮舒展開不少，身上還添了好些鬆鬆垮垮的肥肉。他脾氣倒沒變，仍愛講虛面子、愛吹牛、愛哼個山歌。

新安過來的時候，我正架著二郎腿，靠在壩子上的竹躺椅裏納涼。新安比我小十歲，皮膚如他爹一般黝黑，滿身長著鐵疙瘩肉。他在桃花溪邊緊傍機耕路挖了個石灰窯；人壯得像牯牛，渾身有使不完的力。老婆負責跑銷售，一年據說能賺一萬多塊錢。

「跟我爹硬是沒法兒待一處過了！」新安一屁股坐在我對面的石軲轆上，倔倔巴巴嘟噥。

「他看啥都不順眼，總是吵！過去因為沒吃沒喝，吵；如今有點錢了，他吵得更凶！」

「他到底為個啥？」我訕笑著問道。

「他那張嘴巴，倘若一天不指教人，只怕太陽會從西邊出！溝那邊開拖拉機的滿娃子，經常幫我們運輸石灰，聯繫買家。前天他來給我爹做六十大壽，就被我媳婦請到和爹並排坐上席。爹立刻把臉黑喪起來，滿娃子寒暄也不接茬兒。後來還跟我媳婦吵，罵她盡接交些不走正道的狗！您想想，我們石灰窯又不挨公路，得罪了開拖拉機的，不就是得罪了財神爺？滿娃子過去的確是個懶傢伙。開拖拉機後變得蠻勤快噠。我那個石灰窯，賺錢全虧我媳婦人緣廣。做買賣不比種莊稼，各種人物都要巴結，要吃得三巴狗屎！爹坐屋子裏啥都不曉得，只怕以為錢像桃花溪的石頭，隨手揀得到？」

新安的媳婦我見過，蠻白淨蠻水靈，是從老鷹岩那邊的高山上娶來的；第一次遇到時，那媚眼兒裏就透著機靈。她規規矩矩稱呼我「麼爺」，然後恭維「寫文章的人腦子如燈籠兒亮豁」！沒聊幾句閒話便直奔主題：「麼爺認得的人多，也幫我們聯繫幾處需要生石灰的單位嘛！」說話時她身子頻頻扭挪，笑靨兒一直掛在腮上。

新安掏香煙敬我，自己也叼一支狠狠吸一口，又繼續嘮叨：「吃晚飯時爹多喝了幾杯，又指教起我來，說他一輩子沒求過人，沒輸過志，『虎死不倒威』！又說水泥屋子陰森森像廟宇，沒有半點居家的熱乎氣；說掙了錢就該『吃光喝光滿面紅光』，浪架子起屋如同過去的地主，最苕不過！……說到最後，竟罵我不該讓媳婦跟滿娃子的車進城，把他的老臉也丟盡了——她是跟車去結上個星期賣的幾車石灰賬，又不是去做見不得人的醜事！再說，我媳婦這些天味口不好，是我讓她順帶去醫院檢查懷上娃沒有。我給爹解釋，他嫌我盡護著媳婦，還揍了我一嘴巴！氣得我渾身哆嗦，飯都吃不下。他倒沒事人似的，搬一把椅子坐壩子上，又搖頭晃腦哼起了山歌……」

我說：「人老了，脾氣難免古怪。你爹一輩子心高氣傲……如今能住在水泥小樓裏吃穿不愁，也算得有福氣啊！」

「我這爹古怪得特別吶！縣城都沒去過，倒像天下事全知，天底下他最明白！攥在了他手中的錢，恨不得一個掰兩半花；看誰掙錢多，又視作冤家對頭！太陽是過去的熱乎，月亮是過去的亮！有一天，他捧著我剛買的《月朦朧鳥朦朧》看了兩頁又丟一邊。我媳婦問，『寫得好不好？』他嘟噥說，『也不能說不好，畢竟是書嘛。孔夫子說，學而時習之不亦樂乎也！又說逝者如斯不舍晝夜也！還有一簞食，一瓢飲，在陋巷，人不堪其憂，回也不改其樂也！這樣的好文章，如今幾人識得？』……我爹對您蠻敬佩，誇您是萬家院子出的大秀才！麼爺，待會兒請您幫忙去勸勸他，叫少嘮叨些老皇曆，只管吃飯喝酒……」

我點頭應允。新安站起拍拍屁股，說還有事兒要找坎下譚婆婆的麼兒子，去了。

三

萬永福沒有哼歌了，孤零零坐吱吱作響的舊太師椅裏，茫茫然望著晚霞；聽到腳步聲才猛地扭頭，蠻熱情地朝我打著招呼。這會兒，西邊天際的雲朵燃得正旺，紅雲彩邊緣如鑲嵌了耀眼的金光！又有兩隻斑鳩飛進竹園，先歸林的麻雀聒噪得更歡了。

「小叔兒也在沿山觀風景？坐坐，還要住些日子吧？聽說城裏又修噠不少棟七、八層的洋房子，一格一格的像雞籠，只怕出氣兒都不勻均！」

我不置可否，微微笑著遞過去一支香煙。

「還是我們萬家院子好哇，天地清明，水秀山青，硬是神仙住的地方咧！」

晚風冷丁送過來一串銀鈴兒也似的嬌笑，打斷了萬永福的話。原來是譚婆婆的麼兒、麼兒媳婦和新安，三個人正站在一塊岩包上比比劃劃說著什麼。萬永福抖索索點燃香煙，眉頭緊蹙，顯得憂心忡忡。

「唉，過去蠻本份的娃，如今也學會打扮啦！種田的漢子，偏要學『外碼子』模樣，穿尖頭皮鞋，脖子上繫個吊頸的花帶帶，莨不莨莠不莠，叫人噁心！」「外碼子」是萬永福對外地人的蔑稱，和「高山佬」一樣，都屬於讓他看不上眼的人。

他沉甸甸喘一口氣，又說：「出了嫁的姑娘，也整日瘋瘋癲癲，哪兒像我們萬家院子過去的媳婦？都是讓男人給寵壞噠！種田的人，不以田土為本，喂些什麼意……義大利蜂子、安哥拉拉兔子，名字都繞口，聽說還都是從外國傳進來的種吶！從清朝時候起，外國佬就想瓜分我們中國這塊肥肉，一會兒鴉片，一會兒洋槍洋炮——他們能安啥好心腸？」

我嘿嘿笑搖了搖頭。萬永福莫名其妙，朝我瞪眼睛。我說：「你操的心還真不少。義大利蜂釀的蜜你嚐過沒有？」

「去年春上，譚婆婆的麼兒知道我討厭洋鬼子的東西，悄悄給新安送來過兩罐兒。味不正，到底趕不上我們本地的土蜂糖！」

我勸慰說：「老也老了，管不住的事，就睜一隻眼閉一隻眼算噠！當今社會，日新月異。何況你大半輩子都沒出過遠門，有好多新鮮事物——」

「秀才不出門，全知天下事！」他氣憤憤打斷我，脖子上綻幾條青筋，極輕蔑地撇撇嘴唇，「你到底太年輕，也是讀洋人的書太多；又讀過幾本子曰詩云？我們那個時候讀書，稍不用心，先生就會用竹板子打手心打屁股！哪像現在……」

「打屁股打手心又怎麼樣？還不是住了大半輩子茅草屋，吃了上頓愁下頓！」新安不知啥時候回來了，笑嘻嘻站在我身後幫腔。

萬永福惡狠狠瞪兒子一眼，伸脖子乾咽下一口唾沫，罵道：「狗日的，嫌老子沒本事？老子過去是怕當地主遭槍斃！老子現如今視富貴榮華如糞土！沒聽過歌謠裏唱：皇帝請我當女婿，路遠迢迢懶得去！再說，茅草屋蠻好，冬暖夏涼！諸、諸葛孔明先生住的就是茅草屋嘛，劉皇叔三顧茅廬，他都還懶得下山……你曉得個屁啊？」

萬永福過去住的茅草屋，我依稀還有印象，是整個院子裏最破敗的一間：泥巴糊的牆面早讓風雨洗刷得坑坑窪窪，山牆上露幾條一寸多寬的裂縫；只要遇綿綿陰雨，腐爛的茅草裏就朝下掉肥蟲，看了叫人噁心哩！於是，我忍不住逗他說：「人家諸葛亮住的，是蓋有三重頂的高級茅廬吶！你的那間，下雨天屋頂掉肥蟲，寒冬臘月又順牆縫朝屋裏灌北風！」

他張口結舌，臉膛一下子漲得血紅，眨巴眼睛沉默片刻，竟胡攪蠻纏說：「君子固窮！肥蟲雞吃噠更肯下蛋！牆縫嘛，到冬天糊一層黃泥也就行噠！」

新安進屋捧出一杯涼茶遞我，一面無奈地歎息說：「我爹住了大半輩子茅草屋，倒像皇帝住金鑾殿一般知足……」

萬永福這下真動了肝火，跳著腳大聲斥責：「忤逆不孝的雜種！欺負老子沒掙下家當？竟忘了你身從何處來？！老子是知足常樂！老輩人也說，『想金銀是銅，想富貴是窮！』錢財生不帶來死不帶去……」

新安沒敢再頂撞，對我小小聲解釋說要去窯上，埋著頭匆匆走了。萬永福氣呼呼盯兒子老遠，囁嚅著還在罵：「雜種，仗著掙得到三、兩個錢，和老子說話也沒個尊卑了！老子一輩子安貧樂賤，是不願去發混帳財！小叔兒你是有學問的人，你說說這世道，咋會變這樣兒了？都在比著掙錢，比著去買那些吃不得穿不得的耍貨！古書上也云：志士不飲盜泉之水，廉者不受嗟來之食！現如今道德仁義全沒了，發噠財的兒子比有骨氣的老子更受人恭維……你是曉得的，老輩人用葉片兒、瓦片兒也可以擦屁股。如今還都要從縣城裏一卷一卷地買揩屁股紙——

都感歎掙錢不容易，又都把錢不當錢！」

大概是手指給煙蒂烤疼了，萬永福止了聲低頭瞧，慌忙送唇上又吸了一口才扔。他真的吵累了，眼神茫然望我，百般無奈，又氣憤，又沮喪。

四

晚霞已靜悄悄褪去豔紅，天、地、崗巒像一張蒙塵的舊照片。一隻烏鴉從院壩上空掠過，「呱呱」啼叫著，在暮色中盤旋。

我的心情有些沉重，有點苦澀；耳畔隱隱飄一種如遊絲般纖弱的嗚咽聲，更使我莫名其妙心亂。我收回目光，發現萬永福正用骨節粗大的手掌抹淚。他沒有來得及掩飾，也十分窘，羞赧地不由分說拖我進屋，要請我喝酒。

小客廳裏窗明几淨，白牆上貼著好些花花綠綠的年畫兒；擺設有一張長沙發、一對單人沙發、一張大圓桌和四把折疊椅。萬永福從碗櫃裏找出幾碟兒涼菜，挺認真地擱成梅花形狀，慢吞吞斟酒，一面感歎：「人老不值錢。如今我像他們養的看家狗！除了吃點喝點，作不到半點主啊！講件事小叔兒你評評是非：新安他媳婦原本是高山佬，嫁到我們萬家院子，才算從糠窩裏跳到了米窩裏。俗話說男主外女主內。她仗自己能說會道，滿世界跑！出門的時候，又抹頭油又擦香脂，常常昏天地黑才回屋；有時候還像母狗子，熱熱鬧鬧領回來一大群外碼子……給我做六十大壽的那天，他們沒同我商量，就把不三不四的買賣人推到上席坐著。我顧全大局，強忍到席散，才指教兒子。新安媳婦還蹦出來幫腔，說得罪不起，又訴說在外奔波如何艱辛——可又有誰逼她呢？她如今厲害吶，當著我們整個的家！今天吃中飯時，開拖拉機的滿娃子要借八百塊錢，她沒說二話就答應了……她眼中哪有我們爺兒倆啊！小叔兒你可以找你媽打聽，萬家院子的媳婦裏，從古到今，看看有這樣的女人沒有？最氣人的是新安那苕貨，還幫她說話……」

（說到傷心處，萬永福咕嘟嘟喝酒，竟嗚嗚哭出了聲。我手忙腳亂，勸慰了好一陣子。）

「……過去，要說那日子也苦，春荒時候，常常得吃糠咽野菜。生產隊長也刁鑽，只怕胡攪蠻纏的主，專會欺負忠厚斯文的戶！可那時候回到家中就不一樣，長是長，幼是幼！五九年大饑荒，一天，我故意悄悄地將一個高粱漿粑粑擱水井坎上。新安的娘撿到後好喜歡，藏匿在衣兜裏，拿回家後首先孝敬公婆！那時候，每人每天才一個漿粑粑吶……」

萬永福已經有了醉意，一聲趕一聲地歎息，眼睛望天，斷斷續續只顧自說：「如今的人，就算是父子兄弟，眼睛也只盯在錢上，都變得忤逆啦！看著別人家蓋水泥房，新安他們也忙著蓋了一棟。上個月，譚婆婆的麼兒子買了臺大電視機，新安倆口子也忙顛顛打算買——都攢著勁兒比闊，把禮義廉恥、道德文章全都看輕了！任怎麼說，我還是覺得過去的日子有味道些。采菊東籬下，悠然見南山！這些天，我時常夢見我的茅草屋……」

……我一直認真聽著，很少搭腔，覺得萬永福的話不無道理。我也認為生活的目的不應該是極盡奢侈；單單為更奢侈的生活而終日碌碌，似乎也實在犯不著——道理的確又很難說個透徹，越思索，反而更覺糊塗了。

萬永福還在有一口沒一口地呷著酒，醉眼迷離，竟扯開嗓門唱起山歌：

趕「五句子」我不怕，
我住在天邊雲腳下。
老巴子[13]是我的趕仗狗，
月亮是我的走馬燈，
皇帝是我的親外甥！

最後，我好說歹說，費了好大勁兒，才奪下他手中的酒杯。他完全醉了，手舞足蹈樂呵，柔若無骨。我架著他上床睡覺。躺倒在床上後他還在唱，有氣無力，如蚊子哼哼。

新安和他媳婦都還沒有回來。

屋外空氣涼爽，萬家院子已經溶進暮色中。草蟲嘰嘰啾啾，月光下的景物一派朦朧、平和。譚婆婆壓兒家那方向，電視機裏還在嗲聲嗲氣地唱著流行曲；不時還夾雜有年輕人爽朗的說笑聲，活潑，歡快，勢不可擋……

13 老巴子：鄂西方言，指華南虎。

凡人三記

最近半個多月，為將息過份疲憊的大腦，我信馬由轠，去幾個鮮有往來的親戚家走了一遭，裝回來滿腦子紛繁思緒。入夜，獨坐案前，情隨事遷，欲罷不能，生出來好些感想。窗外雨淅瀝，風嗖嗖，更添如縷情思。索性提筆，記下一鱗半爪。

表姐

「——是表弟！哎呀呀……維民，來稀客啦！」

表姐認出我，尖叫起來，還是以前那般活潑潑熱辣辣；人瘦了點，臉上敷淡淡的粉，皮膚保養得極地道。和表姐夫維民是第一次見面。他身材頎長，溫文爾雅，像不善言辭，淺笑著給我沖了杯麥乳精。我進屋時，他正擦拭傢俱。整套國漆傢俱泛棗紅色亮光，用油漆繪著圖案的打臘地板光可鑒人。聽人說，他是在K市文化館工作。

「……前些年他也喜歡寫點什麼，如今『江郎才盡』囉！」表姐介紹說，又扭頭朝他嗔道，「瞧你這身打扮，去換套衣服嘛！」

維民進臥室換衣服。表姐坐長沙發上陪我聊天。讀中學時她和我同班，記得校辦壁報上常登有她寫的詩。後來，就進了市文工團。

我問：「現在你還寫詩嗎？」

她眨巴眼睛說：「婚後的生活是散文，哪來的詩情？」咯咯笑後又歎息，「女人嘛，沒辦法呀！」

說話間，維民從臥室出來了，衣著挺括，線條清晰。表姐瞅一眼，皺眉毛說：「褲子穿下一些嘛。皮鞋也該擦擦了。」就站起，幫丈夫扯扯褲腳，整整衣領，「頭髮，去用我那把梳子，也認真點兒梳！」

維民腦殼耷拉尷尬地訕笑，又進臥室裏去了。

「一副標標準準庸俗的家庭主婦模樣吧？」表姐自嘲說，重又坐下，「哦，對了，我不打算當演員了，準備承包我們團新辦的小賣部。賤是賤相點兒，每月可多收入幾百塊吶。」

「聽說你在舞臺上還挺紅的，不可惜？」

「屁股大個縣級市，第一流的劇團演兩場後也買不出票。加上舞廳、迪廳、電影、電視競爭，眼巴巴看著別人發財，不是個味兒呀！」

「維民他們文化館效益怎麼樣？」

「還不是心眼活的賺大錢！維民是油畫系畢業，前幾年常幫外單位寫寫畫畫什麼。去年有單位提出給點報酬。多勞多得本無可非議，他卻臉紅脖子粗，說：『我有工資。你們給錢就是羞辱我！』館裏另一個搞美術的悄悄攬些寫寫畫畫的活兒，千兒八百地裝進腰包，還埋怨維民假清高擠兌他。維民一氣之下擱筆了。如今搞文物史料的蒐集整理，倒也清閒。」

我說：「現如今，錢是個熱門，上九流、下九流都津津樂道。一個時髦的話題。」

維民又從臥室出來了，搭訕說：「昨天聽到個笑話：一個發了財的年輕司機看上一個業餘喜歡寫詩的民辦教師，打聽到她雖然天天寫，卻只發表過一首，十七行，每行一塊錢。他托人捎話，說姑娘的詩十塊錢一行他全買下。那姑娘約他見面，告訴他彼此缺乏共同的語言，並勸他多讀點書。司機納悶，共同的語言不就是錢嗎？大著膽子說：『不缺，明年我多跑些長途貨，運價再扣點，能收入兩萬多……』」

「真會損人！」表姐咯咯笑說，抬手腕看表，「哎呀，該去幼稚園接菲菲了。你也和我們一起去吧？」

「你們去吧。」我說。坐了一天車，我還真懶得動彈。

這對恩愛夫妻挽著手出去了。

維民比表姐大十幾歲，聽說他父親是夾在彭德懷倒臺的餘波裏，六二年被雙開後遣送回原籍的右傾機會主義分子。一九七八年表姐愛上他時，的確擔了不少風險。

菲菲蹦蹦跳跳進屋，蓬鬆的捲髮一顫一顫，見有陌生人，猛一愣，怪嚴肅地上下打量。

「菲菲，喊舅舅！」表姐笑瞇瞇介紹說。

菲菲沒喊，皺眉頭挺認真地問我：「你怎麼穿縐巴巴的衣服？」

我呵呵笑說：「都是好料子吶，可是，沒人幫舅舅天天洗，天天熨啊！」

表姐也笑了，解釋：「你舅舅是搖筆桿子的。」

菲菲一臉好奇，又問：「搖筆桿子能掙多少錢？我們大班娟娟的舅舅是採購，掙錢才叫多！老給娟娟買連衣裙、小西服、皮鞋，還買一盒一盒的各種軟糖！」

「瞧這娃，怎麼說話呀！」維民的臉潮紅了，有點兒不知所措。

「菲菲，千萬不要以為別人家什麼都好。你這是長人家志氣滅自家威風哩！」表姐細細聲講著道理，也顯得有點心煩。

「就是！娟娟說，她舅舅一個月掙幾千塊錢咧！」菲菲撅小嘴巴瞪我，氣衝衝扭頭上陽臺玩去了。

表姐望我苦笑，黯然神傷說：「環境如此，獨兒更難教啊！菲菲喜歡帶小夥伴來我們家玩。為不傷她的自尊心，我們盡可能地把自己、把這個家打扮得像個樣兒——可我們畢竟稱不上最有錢。說了不怕你笑話，維民他爸每月還給菲菲寄兩百塊錢，每月全花個精光。維民原本是個我行我素、不修邊幅的書生，也跟著受憋，跟著疲於奔命；別說專業，把好多正經事都荒廢啦！」

維民連忙擺頭，說：「我沒啥，四十歲的人，大腦縱然有時候不安份，心力也不濟啦！倒是苦了你。過去為愛情，你放棄了原本屬於你的鋪花前程；現在為家為菲菲，還得你操心勞力去奔波。你付出的太多了……」

「又說蠢話了，書呆子。」表姐淺笑說，扭頭又望我嘮叨，「我們菲菲好聰明！是去年，我在陽臺上教她背唐詩。雨剛停，東南天際掛一抹彩虹。我說：『菲菲看見彩虹了嗎？也作首詩！』她脫口說：『天上掛著彩虹』，環顧周圍的群山皺眉頭思索一會兒，又說：『山上刮著綠風』！那會兒他還沒滿五歲咧！」

「我真盼她快快長大，倘若二十歲出詩集，我也許還能給她的書配插圖……」維民幻想著，嘿嘿笑說。

「好啦，該去做晚飯了。」表姐站起身脫西服，系上花圍裙進廚房去了。維民也脫掉西服，紮上圍腰，蹲洗菜池旁的角落裏，默默點燃煤油爐……原來是在給菲菲開小灶。他炒花生仁，炒瘦肉雞蛋，煮青菜蝦仁湯，還炸了兩尾小酥魚。三菜一湯分別盛進一只只小碗小碟兒裏，像兒童們玩「過家家客」遊戲。

我無所事事，想找本雜誌什麼的翻翻。書架上除了幾本過時的《美術》、《美術研究》之外，只有《父母必讀》、《怎樣培養聰明的孩子》、《為了孩子》、《早期智力的開發》、《小朋友》、《大灰狼的故事》……有好幾百本，整整齊齊擺著。

我懶洋洋倚廚房的門框上，笑嘻嘻看著他們倆口兒忙活。表姐在大鍋裏炒我們吃的菜餚，有白菜炒肥肉片，木耳炒肉塊，紅燒鯉魚，菠菜雞蛋湯……也十分豐盛。看樣子，八成是因為我來了才如此。我是稀客。

大表姐

大表姐是我大姨媽的大女兒，和住在城裏的表姐不沾親。她住在離縣城七十幾華里的古井鎮，國營林場的工人。大表姐夫是個電工。改革開放後，他們承包了一座磨面、碾米、榨油的小加工廠。

我到的那天，他們家出事了。她的妹妹服敵敵畏自殺，正送在衛生院搶救。大表姐看見我，沒說一句話就嚎啕大哭。表姐夫給我沏茶，厚嘴巴翕動幾下，欲言又止。

大姨爹、大姨媽死的那年，表姐的一個妹妹和兩個弟弟，一個十歲，一個八歲，一個剛滿週歲。那時候，親戚間也湊不出多少閒錢。大表姐十五歲進林場作臨時工，獨力擔起了重負。林場很小，職工多是些走投無路的右派分子；場長也是一位在仕途上累遭磨難的老人，總之都極富有同情心。就這麼大家拉幫著，默默朝前過。一年，兩年……大表姐結婚時，穿的還是綴有補丁的衣衫。

那場窮酸的婚禮我參加了。乍一看，表姐夫和她不般配。大表姐雖然窮，雖然瘦，畢竟豆蔻年華，婀婀婷婷，是古井鎮上有名的標致人兒！表姐夫又高又黑，背微微有點駝；眼睛不大，高顴骨，厚嘴巴。細想想也難怪：一表人才或者油腔滑調的男人，肯過來幫大表姐挑如此沉重的家庭累贅嗎？

「表妹究竟為什麼事這樣做？」

「為……其實一點小事。」表姐夫搓著手含糊其辭，又低頭勸大表姐，「莫哭了，剛才三弟來說已經脫離危險了。表弟是稀客，你也該陪他聊幾句親熱話。我去燒火做飯。」

大表姐哽咽著講了妹妹自殺的原由：昨天，預備進城買柴油的九十塊錢不見了。她想起妹妹一直鬧著要買登山服，就喊來問。妹妹耷拉著頭不吭聲。大表姐火了，抄她的衣服荷包，搜出錢，責備了幾句……

「表弟，我該怎麼辦呢？如今辦加工廠的越來越多，生意清淡，每月賺一千多塊錢。雖說吃飽穿暖和勉強夠，可也不敢大手大腳胡亂拋灑。小弟也大了，男娃也愛打扮，眼巴巴盯著他二姐，比著找我要吃要穿。不給吧，真再出了人命，我作大姐的，臉往哪兒擱啊！」說著，又嗚嗚哭起來。

這個表妹的脾氣，大表姐結婚時我領教過。她十二歲，哭鬧著也要穿花衣裳。我勸她說：「你還是學生，別盡想著怎麼打扮。」她瞪我一眼，反問：「你為啥穿好衣服？」

這時候三表弟從醫院回來了，進門就嚷：「沒見過這種人，給她輸液時還喊疼！我就不客氣，說：『不顧臉不要命，還怕疼？』這會兒又喊肚子餓，叫我回來弄點吃的。」

「想吃了？好好，我這就去弄。」大表姐抹一把淚站起，從碗櫃裏抓六個雞蛋，急匆匆地朝廚房跑。

三表弟在床沿上坐下，忿忿地又感歎：「老輩人說『窮人的娃早當家』，二姐倒利索，半點也不替大姐想想。大姐拉扯大我們三個容易？你看看這個家，結婚這麼些年添了個啥？人倒拖累得像老媽子……小弟跟二姐學得可以啦，也不曉事！大姐的命真苦！」

荷包蛋煮好了。大表姐不放心，要親自送去。我說：「我陪你去。」華華在場院裏玩耍，攔住我們，大眼睛瞟冒著熱氣的藍邊大碗，怯怯地說：「媽媽我餓。」大表姐說：「媽媽沒空。去找你爸爸！」華華蔫蔫讓道兒，一面小聲嘟噥：「三姨病了？住院了？是給她送的？」

第二天，二表妹被接回家中；氣色還有點蒼白，衣來伸手飯來張口，默默承受著大表姐的護理，顯得心事重重。

我還要去杉樹坪村看外婆。等候班車時，我說：「別無原則寵他們。二表妹比你還高，還結實，該讓她自食其力，自己承擔責任。」

大表姐笑笑說：「找個工作也難，她心裏煩呢！我和你表姐夫一沒臉面，二沒關係。林場間或倒有零工做，爬山鑽樹林她又不願意去。如今的姑娘眼光都高，比不得從前囉！」

我苦笑說：「怕得撐到兩個小弟都找了媳婦，你和表姐夫才能稍稍喘口氣兒。」

大表姐臉上漾慈愛的笑意，說：「春上有幾戶託人來說你二表妹，讓我回絕了——她才二十剛出點頭呀！眼下我倒擔心：經這麼一折騰，誰還敢娶她？雖然這麼想，不攤上合適的人家，我還是不答應的。與其胡亂推她嫁出去吃苦，我寧願養她一輩子！」

我說：「這三個表妹、表弟，真多虧了你——」

她打斷我的話：「一母所生，我又是老大，還論什麼吃虧佔便宜？這兩年，我也悄悄存了幾千塊錢。日子一晃就過去，無論嫁出去還是娶進門，他們三個結婚，總得辦得稍排場點才好。日子好過了，辦喜事兒都比闊咧！不像我和你表姐夫結婚，啥都不敢指望。唉，苦日子總算熬出頭了！」

汽車開動，黃塵遮住了大表姐纖弱的身子。好久好久，她那微微含笑的面容，仍不時地在我眼前浮動……

外婆

杉樹坪被一座座不高的小山包圍著，山巒上遍生合抱粗的端直的杉樹，綠顏色透迤綿延，直至天際。十多年前，我曾在那兒住過一陣子。外婆講：「早先，這裏有好多四、五個人手拉手也箍不住的大杉樹，五八年大辦鋼鐵，給砍噠不少燒了。」

我下了汽車，沿機耕路又步行了十多裏，遠遠就看到外婆站在門外，正用細木棍修補小菜園的籬笆。我小跑步大聲喊：「外婆！」

「哦——哦？」她緩緩直起腰，笑眼眯縫打量好一會兒，竟沒認出。

我摘掉眼鏡，把臉頰湊近她那被蛛網也似皺紋所包圍的眼睛前：「我是海娃子呀！」

「呵呵，真是海娃子來了咧！都長鬍子噠，變大樣啦！」她抓住我的胳膊肘兒上下瞧著，好激動，好高興！

這地方也大變樣了。周圍的山巒都像過了剃刀的腦殼，光禿禿沒了綠色。唯有外婆屋後的兩座小山仍呈黛青色，鬱鬱蔥蔥，生機盎然，格外招眼！

「你是在看山？沒得看頭囉！兩個多月工夫，全給糟蹋光啦！」外婆邊說邊擺頭。

「羅得才你認得不？和你小舅同學，下學回來第二年入黨，年底就當了大隊書記。堵資本主義道路、割資本主義尾巴那幾年，他才凶哩，批這個鬥那個，幾次差點逼出人命！如今已經當鄉長囉。就是他們家幾弟兄，最先把柴山、自留山上的成片杉樹砍光，連小碗口粗的也沒剩下，聽說賺了十幾萬塊錢！別人看得眼紅，跟著砍，這山就成這個樣兒了。上個月，機耕路上好熱鬧，汽車連汽車，一天到晚不斷線！有人編順口溜：要想富得快，先砍杉樹賣……」外婆給我遞煙沏茶，一邊氣憤憤嘮叨，還是從前那個勁兒。

我說：「屋後那沒砍的山，一定是您家的囉！」

外婆呵呵笑，很自豪地說：「只有我的山是青青的！那些人把賣樹的錢花完嘍，再看到我的山青青的，他們才會難受，才會覺得心疼。」

她開始為招待我忙活，逮一隻烏皮老母雞殺了，抓幾把木耳、香菇用冷水發著；又取一塊柏枝熏的臘肉用木炭火燒，然後弓腰在灶臺上細細刮，細細洗。

我說：「外婆越活越年輕，簡直就沒老！」

她笑得更響，說：「我是個勞碌命，越忙活越精神，坐著享清福，反而渾身不舒服。」

外婆生有二男三女。么舅六五年高中畢業後當兵，七九年在中越邊境的戰鬥中犧牲時是副營長。八〇年么舅的骨灰盒送回來後，縣民政考慮到大舅文革初期就已經含冤而死，接外婆進福利院住了半年。聽說她怎麼也不習慣，人更瘦，最後，不由分說又回到杉樹坪。我媽喜歡講外婆的故事，說她脾氣燥，身體結實，膽子也大，做什麼事都得理不讓人；土改，合作化，一直是辣角兒。媽還說：「你外婆若不是有老有小拖累，現在最差也蹲老幹部大院了！」我說：「外婆那脾氣，五八年就得觸楣頭！」媽也點頭承認，說：「那倒也是。」

如今，老屋裏只有樹兒陪她過。樹兒是么舅的獨生子，十一歲。聊了些閒話，不知怎麼扯到大表姐。外婆說：「菊芝和她爹一樣，心眼好，太忠厚。多虧她，否則那個家早散夥了。」

我點點頭，沒敢把「敵敵畏」的事告訴她。

飯菜做好了，樹兒也回來了。樹兒身後還跟著個中年漢子：新西服遮住了屁股，褲腳管也卷了幾道；料子和做工蠻考究，絕非出自無名裁縫之手。

「喲，來客啦！是樹兒他姑媽的大相公吧？」他似乎還認得我，遞過來一支香煙。

外婆一臉的不高興，沒讓坐也沒沏茶，冷冰冰問：「賣杉樹的錢又花光噠？」

「嘿嘿……我替您找了個闊主兒，肯出大價錢。您山上的杉樹，好賣一萬多塊吶！」

「出兩萬多塊我也不賣！你兄弟、侄兒帶頭把樹砍光噠，給子孫後人留一片望不到邊的長茅草的山！你當幹部好意思啊！」

「嘿嘿，您可千萬莫將好心當成驢肝肺。」扭頭又對我說，「你外婆有功於國家，大兒子讓四人幫整死了，么兒子是烈士，憑什麼只能眼巴巴看著別人發財？分山林的時候，我就格外照顧了。嘖嘖，你外婆那片山，杉樹又直又粗，人見人愛！」

「你少聒噪，我說不賣就不賣！」外婆不容商量大聲說。

「您，您也莫發火嘛。我是擔心，過些年政策又變，國家重新又把山林收回去。真到了那麼一天，您不是竹籃打水一場空？」

我實在按捺不住，提醒他：「說這種話，有失副鄉長的身份啊！」

外婆也惡狠狠說：「這樣的幹部，開除嗟才好！」

羅得才的臉上像潑了血，不再嘿嘿笑，直喘粗氣；發狠的話到底沒敢說出口，在屋子裏來回轉兩圈後，悻悻地走了。

吃晚飯時外婆似乎還惱火，閒聊也結結巴巴不利索，勉強地笑也頗費力氣。

飯後，樹兒陪我來到外婆屋後的那片山林。合抱粗的大杉樹遒勁挺拔，葉稠蔭翠；灰喜鵲在樹冠上鳴叫著，令人心曠神怡！

樹兒說：「羅鄉長家裏還等著兩個木材販子。我說婆婆不會答應。他不相信，硬要來。活該他碰一鼻子灰！」

我微微笑問：「若依你的，這杉樹賣還是不賣？」

樹兒低頭揪衣襟角。是件七成新的藍布衣裳，洗得很乾淨，肩頭有兩塊針腳細密的手工補丁。末了，他不好意思咧嘴笑說：「婆婆說不賣，還是不賣好。」

我胸中陡地湧莫可名狀的惆悵。物質社會，商品經濟，什麼東西用錢買不到？對於一個十多歲的山裏娃，金錢當然也更具誘惑力。

窸窸窣窣的腳步聲漸近——外婆拄著拐杖，也順小路上山來了。

「山上長滿滿樹，青枝綠葉，看著才舒服。鳥雀子們也才有個落腳、唱歌的去處。山又跑不了，一輩傳給一輩；上輩人傳給你青山，你傳給後人是長茅草的禿山，好意思？！樹兒，婆婆死後，這山林就歸你噠。親戚朋友或你自己做正經事要用木頭，挑粗的砍幾棵。千萬莫學羅得才吃祖宗飯，造子孫孽……」外婆望著山林喃喃說。

樹兒的臉潮紅了。他不安地望望我，又望外婆，認真嚴肅地點兩下頭。

「老趕仗的」和他的山崗

一

就是這個徐老頭，穿一套嶄新的深藍色滌綸中山裝，背著手，挺著胸，邁動羅圈腿，帶著「黑皮」逛大街。

他呆在城裏整整一年了（在床上躺了兩個多月），傷口已經痊癒。閒著，沒有發胖，皮肉變得鬆垮垮了；背上、大腿上留有幾道駭人的長疤痕，幸虧沒傷著骨，還是原來的徐老頭。「黑皮」進城後學會了沉默，上下樓梯時，也不再戰戰兢兢，蔫多了，尾巴也夾起來了，眼睛裏沒有了凶光；因為得拼命忍受，鼻樑旁邊起了皺紋。牠倒是長胖了。

……接孫子進山玩的那天，可都不是這付模樣。他和牠天未亮就上路了。有月伴兒，隱隱辨得清方向。下著露水，臉上涼颼颼，摸一把，手掌濡濕了。空氣也涼，吸進肺腑怪舒服的。穿生漆溝。過墳耥坪。到橡樹嶺下面時，天色已經麻麻亮，霧氣正緩緩地朝山腰爬。「黑皮」突然站住，悶著嗓門嗚嗚哼嘰。他側耳細聽，眨巴眼睛觀察，臉上漸漸露出笑紋。用手輕輕撫狗腦殼，牠趴下，不再出聲。他彎著腰朝山梁潛行，腳板踩著吸透了潮氣的橡樹落葉和細草蔓，窸卒聲幾乎聽不見。「飛禽走獸，各有路徑。」雉雞逃命喜歡奔山梁子。他在雉雞必經的灌木叢裏布好馬尾套，退到一塊避風的岩板下打聲呼哨。就聽見「黑皮」開叫，林子炸了！雉雞撲騰騰飛幾十步遠，太胖，只好又落下，一窩蜂竄山梁子來了……這事兒很平常。

扛著土銃，右手倒提三隻活鮮鮮的雉雞，搖搖擺擺進了岩嶺鎮。好幾個婆娘圍上來爭著要買！「黑皮」昂著狗腦殼，大大咧咧，怪精神。他賣了兩隻，得五塊錢。尾巴最花俏的貴賤不賣，說要留著送孫子玩。城裏來的班車還得等一會兒才到。他雄糾糾走進祝麻子開的小酒店，解開腰帶上的牛角（裝火藥的）和小布袋（裝鐵砂的）重重擱桌上，吆喝：「來半斤包谷酒！」老夥計了，祝麻子分外殷勤地端酒上菜，還餵了「黑皮」幾節豬下水。湊過來兩位龍鍾老頭兒，一胖一瘦：胖老頭生一隻紅酒糟鼻子；瘦老頭的腦殼像一大塊揉皺的陳年土布包個小骷髏。都端著小酒杯，一小口一小口地呷著酒。

「徐老頭，你怎麼還不進城裏去跟兒子享福呀？」

「就是。嘿嘿，您老真正好福氣羅，莫有福不會享！」

神農架這一帶，稱獵人為「趕仗的」。徐老頭是老趕仗的，幾十年來，岩嶺鎮上百十戶人家，經常吃他打的野牲口肉……

二

如今，雖然待在城裏，徐老頭仍天濛濛亮就起床——一輩子都快過完了，突然要你睡懶覺，那簡直就是受罪。他一個人站臨街的陽臺上，看提著包裏行李的人，急匆匆朝客車站走；看聳立在灰藍曙色裏的高樓；看從附近鄉下趕來、挑著新鮮蔬菜的娘們；看漸漸黯淡的街燈……幾乎天天如此。兒子聽見動靜，照例會躺在床上輕輕埋怨幾句：「爹，您就多睡一會兒嘛，也真是的……」

徐老頭想：我睡夠噠！大腿抽筋，腰也酸疼，身骨子睡得像麵條樣軟溜溜噠！我一輩子都沒睡過他媽的這麼多瞌睡！他懶得說。

兒子師範畢業後，便在城裏工作了，如今已是文化局局長。兒子十分孝順，早晨豆漿油條遞到手上。中午沒空閒，就叫一家餐館給他送紅燒肉蓋澆飯。晚飯總是極豐盛，酒斟得滿滿的雙手遞上：「爹，您喝酒……」

這裏沒有生長包谷苗的田土，沒有野牲口出沒的山崗；沒有氣喘，沒有驚駭……新縫好的衣服放床邊的椅背上，伸手就能拿到。他不用劈柴，不用生火，甚至不用起床！太閒了哇，力氣從渾身的汗毛洞洞裏朝外撞湧！然而，除了逛逛街，他無事可做。

開頭的幾個月，他臉上堆謙恭的笑紋，從東街走到西街，也沒個人同他搭訕。也坐過茶館，翻天仰地躺在竹椅裏，扯著大嗓門對斯斯文文的同齡人講山裏的故事：

「嘿嘿……你們曉得『上席』不？就是明鬃羊[14]給趕急嗟，掉過腦殼，屁股抵石壁，前腿直著，腰弓著，像水牛準備頂架，一動不動等著和你拼命哩！這時候，趕仗的可以消停瞄準，一槍把牠放倒……嘿嘿，這種事兒，要運氣好你才碰得上哩！」

他呵呵笑自得其樂，仰脖子灌下了一整杯茶。聽的人不過淺淺一笑，似乎不相信，似乎不感興趣，笑完了，回頭跟自己的伴兒聊。他們談種花、談電影、談金魚、談飲食、談補藥、談打太極拳……他被涼在了一邊，悶悶的、呆呆的，不是個味兒。

兒子也曾叫他學著去打打太極拳。他簡直懶得聽，心裏直好笑：那麼緩緩地扭腰舞膀子，像騷婆娘賣俏，能延年益壽？我才不去打他媽的太極拳！只要不給老虎咬死，我肯定會比他們活得長久些！

太陽漸漸高。街面上漸漸熱鬧。人們早看慣了這個沉默的、帶著狗的壯實鄉下老頭，不過偶爾地瞥過來一眼。他感到格外的冷，把大手縮進袖筒裏。他想：「大寒」要到嗟吧？住在城裏天天他媽的一個樣兒，春天也不綠，冬天也不白——你簡直不要記著二十四個節氣嗟！在山裏，這個時候，可是趕仗的最好時節啊！又想起了那件狼皮襯裏的舊便衣夾襖來，「三九」天，趴雪窩裏也熱乎；腰上繫根繩，更來勁兒！

……就是去年的今天，徐老頭在城裏接了孫子。在岩嶺鎮下了汽車，小華聽說要一路趕仗

14　明鬃羊：鄂西俗稱，指蘇門羚。

進山，快活得直拍巴掌！

「爺爺，大山裏頭有老虎嗎？」

「有。難得碰上。」他拍拍銃管，「打虎要膽！在山裏轉，刀槍就是人的膽。」

短刀已經吊在孫子的褲腰帶上。小華抽刀刀劈斷一椏嫩枝條，虎虎說：「我不怕！」

是晌午過後。太陽暖暖照著，他們上路了。山路曲曲彎彎，凹凸不平，有藤蔓絆腿。小華走得很吃力，不時小跑幾步才勉強跟得上。「黑皮」滿崗子亂竄，趕出一隻野兔。徐老頭順過銃管，幾乎沒瞄：「砰！」野兔一頭栽倒。他趕過去提起野兔瞅一眼：頸骨打斷了，三瓣嘴兒咧開，露一丁點染血的舌頭。扯一把草揩揩血，然後繫後腰上，說：「哈哈，大吉。山門開著啦！」

「爺爺，怎麼叫山門開著？」

「野牲口死噠，嘴咧著叫『山門開』。閉著嘴，舌子不露叫『閉山門』，不好；槍仔從舊眼兒——就是從眼睛、鼻洞、耳朵、嘴巴和屁股洞打進去最不好，要馬上歇手，半個月都不能去趕仗咧！」

小華聽得新鮮，又將信將疑，嘿嘿嘿大聲笑，說：「爺爺迷信！」

孫子是讀書人。徐老頭一字不識，不願和孫子爭輸贏。他倆眼眯縫，郎聲打著哈哈，吩咐：「扯根藤紮腰上，莫讓衣服扇啊扇。走，我們鑽老林去！」

黑老林裏，山毛櫸樹、橡樹、松樹混雜生著，一株緊挨一株。有的樹幹幾個人也摟不住。

人像行走在悠長的窄巷裏，看不見天，照不進陽光，陰陰森森。地上積半尺厚的腐葉，零星生幾莖又細又黃的艾草；胳膊粗的紫黑色葛藤纏著樹，擋著路，像蟒蛇張牙舞爪……小華打個寒顫，隱隱有點兒怕。徐老頭鑽老林和「黑皮」一樣靈巧敏捷。他說：「除了熊，別的野牲口不喜歡這麼陰涼的地方。」他知道不會碰上熊，故意說說試孫兒的膽。他想：要是只有我一個人，我倒願意碰上牠媽的大傢伙！我有刀槍。我的力氣也許還能夠殺死一頭熊！

走出老林。是一片灌木枝柯的開闊地，鋪厚厚一層雪，上凌了。「黑皮」趕出一隻獐子。追了一里多路，獐子被逼上一棵歪斜的岩柏，四個蹄兒踏一椏橫生的碗口粗枝上不敢動彈。「黑皮」圍著岩柏打轉兒狂吠。徐老頭提著土銃不緊不慢跑過來。他知道「黑皮」只要發現「腳叉子」[15]，追到天邊也不會掉氣[16]。小華大汗淋淋，大口喘著粗氣；第一次看見獐子上樹，很驚訝。

「喲呵，還是一隻麝獐咧！」徐老頭說，砍一根長毛竹，又割一根粗葛藤，在梢頭打一個活環兒。他用竹杆頂著環兒，瞅准機口，冷丁套住獐子的長頸，猛力拖下樹。「黑皮」還想咬，挨了徐老頭一巴掌……

15 腳叉子：獵人行話，即野獸足跡。
16 掉氣：獵人行話，即失去蹤跡。

三

城裏就是鬧嚷。一大早，百貨公司門口也那麼多人。徐老頭在人堆裏看見了女兒，燙著雞窩頭，穿一件老虎皮斑紋的短呢子大衣，像城裏姑娘，裏一股香水氣。

「……嘻嘻，爹，您也真起得早哇！」

「成天就曉得東逛西逛，不膩？」徐老頭皺眉頭說。他四十歲那年女兒出世，老伴卻大出血丟了性命。女兒吃別人的奶水長大，也讀到高中；漂亮水靈，苦熬著一心要嫁城裏人。去年二十五歲，虧她哥操心，嫁了個快四十的開車的。

「我哪有力氣幹重活？也找不到我想幹的活兒……爹，您看這塊料做褂子好不好？」女兒說，抖開花布在身上比試。

他懶得望花布，望女兒白嫩的臉巴生悶氣。「老郎疼婆娘，少郎講名堂。」她男人也太寵壞她嗟！他說：「力氣是奴才，越使越出來！餵你奶的劉嬸子，如今還背得動一背簍包谷！」

女兒撇嘴說：「像劉嬸嬸那麼過一輩子，才造孽哩！」

「造什麼孽？人家飯有吃的，活有做的，兒孫滿堂，睡著嗟笑醒嗟哩！我看你才造孽，腳底下沒有一寸自己的地……」

女兒又笑了：「要地做啥？嘻嘻，靠他的工資加獎金日子也過得。他剛從廣州買回來一架彩電，比哥哥的尺寸大。您閒空來看，好看咧！」

真是窮漢養嬌嬌！小時候什麼都由著她，怕屈了她；找婆家也順她脾氣。徐老頭心煩地想：閒噠一年多，還快活——她怎麼不曉得著急呢？

城裏真不是個好地方！他想，水泥樓像不長樹不落鳥的岩板，屋像鴿子籠；到處都給水泥封死噠，草也不長，接不到地氣！

年關將近，人群中添了好些背背簍、穿肥厚棉褲、套翻毛獸皮背心的辦過年貨的山裏人。看著這麼些眼熟的東西，徐老頭感到親切。他喜歡那一處設在勞動街的集貿市場，喜歡站血淋淋的賣野牲口肉攤子前，嗅著血腥味，想著年輕時跟虎豹搏擊的情景……「黑皮」也會豎起尾巴，腳爪不安份地移動，輕聲吠吠。今天沒見到賣野牲口肉的。他有點失望，搓搓手，又背起手，來回走了幾趟。

又往河街走，打算轉回去吃午飯。沒走多遠就碰上小華。孫子笑笑嘻嘻，攥十多塊錢：「爺爺，爸爸叫您買點羊肉。他們明天放假。快要過年了。」

羊肉攤子上，只剩下兩隻連著頸椿的前胯。另一邊，三、五個人圍著一個賣活羊的，似都嫌太貴，又都不願意走開。是一隻大騸羊，估計有一百多斤，很壯。徐老頭想起了自己前年打死的那頭明鬃羊——一百五十三斤，秤砣還翹著！

「喂，賣好多錢？」

那漢子一臉病態，有氣無力說：「七十五塊。」

「貴噠點兒。」他說，實在想買這隻羊。伸手掏錢，錢包忘了帶，指頭觸到內衣荷包裏的麝包子（麝香揣懷裏烘乾成色最好）。他掏出來，連同小華攥的十塊錢一起遞給賣羊的，說道：「我沒帶那些錢。這麝包子揣懷裏一年噠，乾透噠。」

圍觀的人大眼瞪小眼，像看西洋景兒。一高挑個兒青年，從賣羊漢子手裏拿過麝包子聞聞，跟徐老頭商量：「賣給我。我給你八十塊錢。」

徐老頭拿眼睛瞪青年，奪過麝包子又丟給賣羊的：「麻煩你上藥材公司跑一趟，六十五塊錢准值！」說罷解下羊繩牽著，頭也不回走了。

那高挑青年跟了過來，討好地搭訕：「大爺，您老在哪兒弄的麝香？俏貨吶……」

小華搶著介紹：「我爺爺去年用葛藤套的咧……」

城裏年輕人的這種德行，徐老頭不喜歡：除非想賣東西給你，或找你買東西，不然，就算屋連屋，也懶得搭理，懶得跟你嘮叨閒話。——錢算什麼？有，可以吃香喝辣；沒有，緊緊褲帶也過去了——仁義才值千斤啊！他拍拍那青年的肩膀說：「算噠！小兄弟，解放前我就見識過像你這樣的！我們沒緣份。」

小華還在炫耀：「我爺爺是老趕仗的！那天，他還打死了一隻老虎……」

徐老頭挺胸朝前走，在心底感歎：只有小華不把我當廢人！這麼住在城裏，我也真他媽的成一個廢人噠！他太思念他的山崗了。家就在山頂上，四周大山綿延直抵天邊。早晨，濕漉漉的薄霧繚繞，大老林藍茵茵；夕陽下蒼蒼茫茫，像畫兒懸掛在天上。挎著土銃立門前小壩子上，山崗在你腳下，是你的天地。並不是說有什麼特別，因為山上有野牲口，他喜歡山；就像田土，平平常常，因為長包谷苗，才顯金貴。

四

樓下甬道裏，剛買回來的那大騸羊一直咩咩叫，屙了一地羊屎，撒了好幾泡羊尿。住一樓的胖老太太找上門，操著下江口音抱怨。徐老頭陪笑說：「待會兒我就去把牠殺了。」因為有羊叫，聽著開心，吃中午飯時，他多喝了兩杯酒。

短刀有一整年沒嘗到血噠，刀口像蒙著霧氣，刀背上生了幾星鏽斑。小華問：「喊爸爸回來幫忙不？」

「不要。殺一隻羊的力氣爺爺還有。」短刀插進褲腰，心情陡地好暢快！徐老頭呵呵笑比劃，「今天，爺爺殺個『跑跑羊』給你看！」

天空明晃晃像玻璃，辨不清是藍是白。城區四周的山頭積著雪。北風鬆一陣緊一陣，河邊蹲幾個洗菜女人。河灘上，十多個娃娃圍著一個老頭、一條黑狗和一隻羊。更遠處，老城牆上聚幾個閒人，正朝河灘這邊張望。這會兒，小華兩手緊揪羊繩，心裏怦怦亂跳。徐老頭慈祥地笑著，文縐縐的中山裝使他更像滑稽戲中逗人樂的角兒。他說：「娃娃們都隔遠點兒，當心血濺到身上噠。」

把大騸羊夾胯下，拔出短刀用牙咬住。羊咩咩叫，扭脖子撅屁股掙扎。徐老頭跟著踉蹌幾步，心底好快活！——真是一隻好羊，真有勁！我就喜歡這樣有勁的羊子！

他鬆左手，在嘴邊握緊短刀；同時右手更使勁地朝後扳羊角。羊仰著頭掙扎得更厲害了。他深深吸一口氣添勁，吼一聲：「嗨！」手起刀落，從前胛捅進羊胴體，又飛快抽刀，右手鬆，右腿微微抬起。羊自胯下竄出，血由刀口噴射出老遠，灑在白光光的卵石上。「黑皮」發歡了，尖聲吠著追趕；像鬧著玩，用嘴頭衝撞羊屁股，並不真咬。一個娃兒駭得跌倒，哇哇哭起來。徐老頭忙丟了刀，跑過去抱著她哄。

受了至命傷的大騸羊踉蹌跑著，沙啞著聲音悲鳴，終於倒下了。幾個膽大的娃兒又圍上來。「黑皮」不讓，齜牙輕吠幾聲，然後有滋有味舔著泛泡沫的鮮血。徐老頭就著鞋底板揩乾淨短刀上的血痕，感到風光極了。小華蔫蔫走過來，表情複雜，細聲細氣呢喃：「……羊真可憐！殺『跑跑羊』好野蠻。」他吃了一驚，眨巴著老眼莫明其妙，像不認識孫子。

兒子、兒媳下班回來時，羊已經拾掇好了，羊皮晾臨街的陽臺欄杆上。小華講述了殺羊經過。兒子苦笑說：「這下讓城裏人開眼界啦！誰見過白刀子進、紅刀子出的事兒？爹，您真像個小娃兒。」

殺「跑跑羊」，古已有之，事兒很平常！晚飯後，滿樓都已經議論開，都說「太野蠻」。徐老頭心口堵得慌，又鮮又香的羊雜碎湯也吃不下，酒也喝不下，靠沙發裏狠勁地吧噠著旱煙。兒子泡一杯濃茶恭恭敬敬遞上，說：「爹，一起看電影去？」

徐老頭只看過一回電影，瞅不過一鍋兒旱煙工夫就出來了——沒勁，儘是穿著體面衣服閒逛的破事兒！他古怪地乾咳幾聲。兒子一臉微笑站住。

「……我，我想回山裏去住。開年後，我的那塊口糧田該點[17]包谷噠……蔸包子也能賣大價錢……」他羞耷耷說，咧嘴巴訕笑，也不知笑什麼。

兒子愁兮兮說：「您還沒苦夠？錢在抽屜裏，您想買啥隨便……」

「老子不在乎錢！」徐老頭說，有點火了，「有吃有穿還買啥？過不慣！曉得啵？這些天硬是老夢著我的山崗。住山裏時，我可沒做這樣的夢！」

「您是多年做慣了手腳。住城裏久了，慢慢也會習慣的。嘿嘿，說句不怕您罵的話，我還想早點退休，百事不管，悠閒自在……一起看電影去吧。」

「我不去！」

……屋子裏又靜悄悄了。徐老頭又點燃一鍋兒旱煙，索性站起，來回走動著。他想：回山裏若再遇上大牲口，我也許要繞道走噠。老囉，這事兒很平常！待山裏過生活，要永遠有力氣，永遠不老，才好咧！

腦子裏像過電影，竟然又想起同小華一起進山時遇到的事：

……爺孫倆，牽著獐子趕路。獐子蹄兒撐地，死賴著。「黑皮」威脅地吠幾聲，獐子就猛地

17 點：愕西方言，種植的意思。

朝前竄，扯帶得人直趔趄……那天，小華好開心哇！「山裏實在好玩！難怪爸爸要接您進城，您都不肯！」

孫子喜歡山裏，徐老頭好高興！本來，再翻過一個山包就看得見房子了。他要屙屎，便將獐子繫小路旁一棵麻殼柳樹幹上。屙罷屎，正繫褲帶。「黑皮」突然嗚嗚叫起來，前腿直後腿曲，弓腰縮尾巴打顫。獐子也扯著葛藤打轉兒，亡命似地想逃。吹過來一陣風。他聞到了氣息：「老虎！」小華霎時就嚇白了臉。

徐老頭飛快拉孫子躲一塊岩板下，他自己則趴岩板頂上小心翼翼觀察。一陣樹枝斷裂的嘩嘩聲，老虎出現了：右前爪鮮血淋淋，已經被「鐵貓子」[18]咬斷——是一隻掙脫了鏈條的老虎！老虎咬斷獐子的頸脖，又昂起頭，朝相距不到五十步遠的岩板嘶吼著。土銃已頂上火。徐老頭有幾分高興：再近些兒，我就更有把握啦！

「黑皮」不敢上前，仍戰戰兢兢輕吠著。徐老頭深深吸一口氣，瞄準了虎腦殼——小華嚇壞了，起身往灌木叢跑去——老虎躍起，銃響了，聽聲音打進了皮子，卻沒發生作用。再裝火藥已來不及。他丟了銃，幾步追上小華，順手從腰上扯下短刀。背後一陣涼颼颼！剛容轉身，老虎已瘸著腿撲過來。他不能躲，脖子縮著迎上前，右臂順勢緊緊扣住虎頸，裹著長毛巾的腦袋死命抵住虎下巴骨，短刀閃電一般捅進老虎胸腔。老虎倒了，抽搐，後腳掌的利爪深深勾進

---

18 鐵貓子：一種環狀捕獸器。

徐老頭的大腿裏；又猛力抽搐，大腿給撕開幾道口子……

咬著牙從老虎暖烘烘血糊糊的肚皮下拱出來，徐老頭差點沒疼昏死過去。小華在虎頭旁邊蹲著，肩頭一聳一聳嗚嗚哭泣。

「莫哭噠。頭一回見到，哪個都會駭得跑。」他坐起，勉強咧嘴巴笑笑，「你已經夠勇敢了！過來，幫我把傷口捆緊……死死地捆，免得血流完噠。你，帶『黑皮』喊幾個人來抬我。不遠噠，喊得應的。然後，去大隊部打個電話，讓你爸來……」

五

……是一隻了不起的老虎！雜種，害得老子當了一年的孱頭，一年沒有揚眉吐氣！

陽臺上，徐老頭憑欄感歎。陡地覺得冷，肚子也有點點餓。隔壁的電視機正嗚裏哇啦鬼嗥，夾雜著老頭老太的大聲嘮叨。「砰！」什麼東西摔破了。徐老頭忙探身望腳下：一束電筒光照著毛頭摟未過門的媳婦親嘴。他縮回頭，啐一口，朝屋子裏走。吵聲、笑聲、鬧聲，追著往他耳朵裏鑽。「該死的貓，把花缽也撞翻噠……」

總之，耳聞目見都令徐老頭苦惱。他是局外人，像一滴油珠，溶不進水裏。他想：人大概分成兩種：天生城裏人和天生鄉下人。兒子和女兒倒像城裏人，待城裏就習慣噠。——但是都是我的兒女呀？一定因為他們沒下死力氣挖荒田種過包谷，沒拼死命趕過仗！

又想：假如吃不飽肚子，穿不暖衣服，或者爬不上山崗嗟，進城靠兒子倒也是一件愜意事。可是我還有力氣，有很多力氣！只要回到我的山崗，我可不是個廢人！

一股北風推開虛掩的門吹進來，徐老頭打個寒顫。城裏的冬天連雪片兒也不存，就是一個勁兒的冷，冷得手骨頭疼！他把盛羊雜碎湯的鍋子放木炭火上，拿來一瓶酒獨斟獨飲。「黑皮」湊過來，前爪搭老頭膝蓋上搖尾巴伸舌頭。牠今天好像也很興奮。徐老頭割一砣生羊肉喂牠，又坐下，喝一大口酒，親親熱熱對狗嘮叨：「過年嗟就跟我回去，好不好？」

「黑皮」討好似地，晃了晃狗尾巴。

「嘿嘿……你也是個野蠻傢伙！今天喝血嗟，開齋嗟，也想山裏啦？……老輩人說，『吃不下飯是沒餓倒的，睡不著瞌睡是沒累倒的。』一點兒也不錯！在山裏趕仗，我的味口一向總是極好！」

徐老頭大口吃肉，大碗喝酒，眯縫眼睛，想他的山崗：山裏的這個時候，好大的雪啊！樹枝壓彎嗟，有的壓斷嗟，一眼望去一片白！人在雪地上是一丁丁黑點兒，野牲口在雪地上，也是一丁丁黑點兒。白茫茫的山崗上，人吆喝，狗嘶叫，遠看像黑螞蟻在白紙上蠕動。趕仗的人，趟著雪，端著銃，短刀懸手腕旁，喘著粗氣呵呵笑，好快活啊！冒險也快活，丟性命也快活！反正一點兒也不冷！

……終於，他有點醉了，自言自語：「山崗才是我的。能在山崗上走走，總是好的。等過嗟年，我一定回去！」

母與子

一

兒子醒了，迷迷糊糊地眨巴眼睛。

望左邊：爹的枕頭空著；坐起身瞧右邊，把花棉被也掀翻一個角兒。娘半張著嘴睡得正香甜；碎花布衫兒的鈕扣散開著，露一隻軟綿綿的大乳房。兒子立刻感覺到餓，撲上去，用雙手捧住使勁兒吮。

年輕的母親也醒了。

「啪！」她用巴掌打兒子圓滾滾的屁股，含含糊糊嘟噥：「快五歲啦，還吃奶……」仍一動不動地翻天仰躺著。

巴掌有點點重，屁股有點點疼。兒子全不在意。母親高興時總喜歡拍他的屁股，或輕輕擰他桃紅的臉蛋兒，都會有一丁點兒疼。他「嘿嘿」笑，朝前蠕動，又捧起另一隻。奶汁已經不多了。乳房像充氣不足的皮球，不甚豐滿。

年輕的母親索性閉上眼睛，任兒子在胸脯上做每天醒來的第一件功課。她也有自己的功課。她在思念打獵去了的丈夫。

……天濛濛亮。屋子裏伸手幾乎不見巴掌，丈夫就醒了，不聲不響爬過來，用牙齒咬她的嘴唇、舌子、後頸窩、肩膀……然後，摸索著穿起衣裳下床，摸索著背起土銃和昨夜裏就烙好的嫩包谷漿粑粑。三隻獵狗也醒了，嗚嗚哼嘰著，在床鋪旁撒歡哩。「咚！」准是把裝火藥的牛角碰掉下地。丈夫壓抑聲音警告：「狗雜種們，莫把娃子吵醒噠！」

又是一陣窸窸卒卒輕響。「吱呀——」門開了，漏進一塊灰白色亮光。「吱呀——」亮光又縮回去。丈夫走了。屋子裏闃無聲息，更顯得暗……

漸漸地，屋中擺設看得分明了：粗圓木垛的右牆上釘著一張黑熊皮，旁邊懸掛著紅辣椒串、煙葉和大蒜坨；屋樑上吊幾隻新鮮麂腿，和八、九塊柏枝燻過的野豬肉，還有一個碩大的黑毛茸茸的熊掌！丈夫壯實得像條牯牛，是這一帶出了名的獵手。肥熊掌發奶最好！自從生下娃子，幾年來幾乎沒有斷過頓。

丈夫去年就做了手術。其實她還想至少再生一個丫頭，湊個「好」字。她今年才二十五歲，胖胖的又有精神，吃得飯屙得屎，做得動費力氣的活！丈夫卻說：「如今，只生一個娃的人家，政府喜歡。我們是貧下中農，不聽政府的話可不行！」丈夫經常進城賣野牲口的皮毛和「麝包子」、黃連粉什麼的，見過大世面。

眼前的兒子，是她的命根子，是他們的希望。

兒子已吐出乳頭，一絲不掛，正站在床沿朝地上撒尿。她坐起身，手裏拿衣裳，眼睛看兒子：好白好胖喲！膀子、腿杆像藕節，頭髮烏黑，大眼睛翹嘴巴，比他爹還要標致一百倍！兒子專心致志地還在撒尿，沖得床前的泥巴地「嘩嘩」響。母親大聲斥責：「這麼大一泡尿，怎麼不出去屙？要把床漂走啦！」

兒子撒完尿，打個寒顫，感覺冷，自己抓起衣服往身上套。年輕的母親「咯咯」笑，幫兒子穿衣裳。兒子說：「娘，我餓噠！」趿拉上鞋，一溜煙跑進廚房，很快，又捧一團野兔肉出來，邊走邊啃。

母親舉手臂作打人的姿勢，嚷道：「放回去！吃冷肉肚子要疼的！」兒子一點兒也不怕，歡蹦亂跳地出大門。她無可奈何笑，衝著背影吩咐：「把羊子放了，趕後山去！」一面繫圍腰進廚房，抓一把松毛塞進灶膛，點燃火燒洗臉水。

羊廄的門比兒子高出半個頭，他得踮起腳才能打開廄門。大騸羊領頭，七隻羊一隻挨一隻出來，圍住小主人咩咩叫，伸舌頭舔他的衣襟和小手。兒子突然可惜剛才白白地把尿屙在床前。羊最喜歡吃撒過尿的草，憋到這會兒屙，讓羊吃幾多好！

天色尚早，濃重的霧像毛毛雨，幾十步之外什麼也看不清。兒子揮動顫悠悠的細櫟樹條兒，和小羊羔玩躲貓貓，一會兒工夫，臉上濕漉漉一片冰涼。修長的包谷苗葉片上，小草上，松枝上，粉紅或淡紫色的野花兒上，全蒙了一層茸茸的細水珠兒。

灌木叢中傳來斑鳩「布穀、布穀」啼叫。兒子撿一粒石子兒扔過去。斑鳩撲騰騰飛起。他跟著追，褲腳管和花布鞋兒也給露水濡濕了；臉蛋沁油汗，紅樸樸像猴屁股蛋兒。終於累了，坐一塊大青石板上，噫噫呀呀唱母親教他的歌謠：

斑鳩咕咕，打把挖鋤。
挖塊生田，種塊胡豆。
胡豆不開花，鍛噠種芝麻兒。
芝麻不結角兒，種幾窩洋芋果兒……

兒子越唱越高興，站起身，吆吆喝喝同鳥兒比嗓子。能走路後就在大山裏滾爬，他已經叫得出不少樹的名字和鳥的名字。

二

太陽離東山一竹杆多高了，人才吃早飯。年輕的母親又忙著往豬槽裏倒早食，然後掩大門，右手荷鋤，左手提一個「小三洋」，帶著兒子下田去薅草。「小三洋」是去年娃他爹進城賣麝香和狼皮時，買回來的洋玩意兒，耍貨！

……兒子問：「牠也沒得腳，怎麼叫小山羊？」母親答不上來，一起去問娃他爹。他搔搔後腦勺，回答：「這是貨牌子。比方……有的牙膏叫『小白兔牙膏』，有的紙煙叫『飛馬牌』。『小山羊』也是這麼個意思。」兒子刨根問底：「到底是小山羊牌什麼呀？」爹成竹在胸，順理成章說：「小山羊牌留聲機嘛！你看，他把聲音都留在這個癟盒盒裏咧！」有好幾天，三口人圍著吃飯的小方桌，娃他爹教，母子倆學。很快，連兒子也能熟練地使用「小山羊」了。他們單家獨戶住著，方圓十多裏內沒有人家，添了這麼個洋玩意兒，日子容易過。

和平日一樣，母親鋤草，兒子坐樹蔭下放「小三洋」。這時候，藍天上沒有一丁點雲彩，太陽已經快要當頂了。

「……吐魯番的葡萄熟了，阿娜爾罕的心兒醉了……」「跑馬溜溜的山上一朵溜溜的雲喲；團團溜溜地照在康定溜溜的城喲……」

兒子小手托小臉兒，等唱完一盤又換一盤。兩盤磁帶唱完，兒子也玩膩了，關開關，朝密匝匝的包谷地喊：「娘來呀，陪我一起玩嘛！」

「來噠來噠！」母親從遠遠的地角鑽出，一路小跑，一邊扯包頭的毛巾揩臉上的汗。兒子捧著水壺迎接，喊：「娘喝口水，多歇會兒！」

母親接過水壺喝幾大口，伸手輕輕擰兒子的嫩臉說：「寶貝兒，快回蔭涼裏去！太陽毒，莫把臉皮子曬黑噠。」

兒子邊走邊問：「爹在老林裏曬不著太陽，怎麼那麼黑？你天天曬，怎麼那麼白？」

「我是苧麻皮子，越曬越白！」母親得意地咯咯笑。丈夫也常誇她的皮子生得白淨。她想：男人就是要皮子黑紅，才像男人，才有力氣！兒子已經走進樹蔭，又轉身往陽光下跑，說：「我的皮子也越曬越白！」她大笑，抱兒子回樹蔭裏坐下，先拍他的屁股，又搔癢癢。兒子笑得喘不過氣。她也笑得喘不過氣。母子倆倒草地上盡情瘋顛，打著滾兒樂呵。

「娘呀，怎麼過年的時候太陽不烤人呢？」

「傻娃子！過年的時候天上下大雪，水結冰噠，太陽當然不烤人嘍！」

「怎麼今天的水它不結冰呢？」

「六月天結個什麼冰？盡問些古怪話！」

兒子三歲那年，他爹買回個花皮球。兒子玩了會兒，問：「皮球沒腳，怎麼會蹦呢？」他爹望都懶得望說道：「裏頭裝的有氣嘛！」兒子大概想看看氣是什麼，悄悄找一把彎刀，把皮球砍破了。

母親做姑娘時沒有玩過花皮球，沒聽過「小山羊」牌留聲機。小學也只讀到四年級。那幾年學生鬥老師的「黑幫」，老師灰溜溜的，天天引學生上山挖田、割草。讀到四年級還認不到幾個字，讀不通信。老爹從牙齒縫裏摳食供她讀書，討不到個好結果，乾脆給她退學了。一晃一晃，都結婚當娘了。當娘了又怎麼樣？沒結婚時伺候爹媽，結了婚伺候男人，縣城都沒去過！她這麼想著，心裏竟有點空落落……

城裏人她倒見過。是去年收包谷的時節。那天太陽蠻大，包谷攤門前壩子的曬席上。她撕殼兒，擰粒兒。包谷衣殼像鋪草綿軟，倦了，就倒上面睡。太陽曬得肚皮生疼才醒——原來兒子又偷奶吃了，把她的乳房和肚皮都坦露著。她坐起扣鈕扣，才看見那個城裏來的畫畫兒的標致姑娘。

城裏姑娘畫的是她家那蓋厚櫟樹殼的垛壁子屋，和壩子上曬的包谷；把兒子趴她身上吃奶也畫上去了；還有屋後的松林、岩壁、藍天、小鳥……

她問：「……畫這些有啥用啊？」

城裏姑娘說：「美呀！地傑人靈！你們娘兒倆好漂亮！」

她的臉陡地紅了，呢喃：「大山裏悶咧。城裏才好看吧……」正說著，溪溝那邊又閃出個城裏男娃，也提著盒兒背著夾子。男娃拿過畫兒看，捧著姑娘的肩膀跳著嚷：「真美！」她更不好意思，臉又臊紅了，忍不住厤起膽子，問了些城裏的情況。後來，丈夫就回來了，不搭理人，滿臉不高興。城裏人也就走了——倆人肘彎子勾一起攙扶著，蹦蹦跳跳說笑，好親熱好快活！她一直呆呆望他們走老遠，丈夫吼，她才轉身。

「爹，他們畫我吃奶有啥用？」兒子也蠻興奮，纏著他爹問。

「能有啥用？吃飽了撐的！」他爹惡聲惡氣吼。望著她又說：「都是些城裏的二流子！就會摟摟抱抱跳醜舞，騎腳踏車滿街胡逛。再不就穿露半邊屁股的花褲兒，男的女的擠一個大水泥池子裏洗澡……」

那天晚上上床之後，丈夫還說了好些城裏人的壞話，還使勁擰了她大腿一把……

想到傷心處，又覺得好笑。只怕是吃飽了穿暖了，心也閒了，才胡亂想；只怕也盼走路時有男人扶著？也穿條露半邊屁股的花褲兒在水泥池子裏洗澡？騷哩！沒羞！

兒子在懷裏睡著了。年輕的母親稍稍調整坐的姿勢，背靠一株麻殼柳樹杆，合上眼。五顏六色的光斑，在眼瞼上閃爍……當姑娘的時候，幾多想早點成個家！結婚那晚上，硬是不敢望丈夫的臉。丈夫力氣大，能把她舉到和肩平齊；兩條粗胳膊像銅鑄的，親嘴時摟得人氣都喘不贏。生娃……哎呀好疼喲！把丈夫也嚇壞了，抱著她哭，以為她要死了……

山風輕拂，知了軟綿綿唱著。她也睡著了。

三

晚飯做好了。兒子嚷餓，先吃了兩碗。

年輕的母親也有點點餓，卻不想吃，坐門檻上望起伏的山巒和黑森森的老林出神。西天燒著霞，樹林、岩壁、包谷葉、兒子，都罩在紅光中。一隻大岩鷹在高高的天上盤旋。

兒子站壩子上望晚霞，喃喃說：「太陽又過山那邊去了……」口氣有點點沮喪。又問，「爹說山那邊蠻遠是縣城。縣城裏這個時候看得見太陽嗎？」

「天黑了哪兒會有太陽？縣城晚上有電燈，屋裏有，路兩邊掛的也有，亮得很呢！」母親露歆羡的神情說。這些都是丈夫告訴她的。

「電燈是啥樣兒呀？」

「電燈也是燈，像玻璃瓶兒，不燒煤油，燒電……」正說著，從小菜園的柵欄下傳過來鵪鶉的「啾啾」悲啼。她扭頭望，看見一條兩尺多長的黑菜蛇，正咬著一隻小鵪鶉的翅膀。兒子反應快，早操起劈柴撲過去。她怕兒子吃虧，忙抓起一根細棍兒跟上。

黑蛇想溜。兒子手起棍落，砸到蛇身上。黑蛇鬆口，昂起上半截兒，吐著蛇信子示威。兒子又打一棍。母親趕到，瞅准蛇七寸至命一擊。蛇蔫了，把身子亂扭。

受傷的鵪鶉撲騰著。兒子丟劈柴，彎腰捧起鵪鶉遞給母親，說：「你幫我照護著！」又撿起劈柴，朝蛇猛捶。

母親找來「雲南白藥」，敷小鵪鶉出血的翅膀，拿花布片兒包紮好。兒子已經用枯草莖和爛棉絮在雞籠上給它做了個窩兒。鵪鶉掙扎著要跑。兒子用手罩住說：「莫跑呀，睡覺呀！我天天去捉小蟲子餵你！」鵪鶉不聽，小腦殼一個勁兒在指縫裏亂鑽。

年輕的母親望兒子笑笑，說：「這雀子性烈，養不住，放牠走算噠。說不定，牠的娘這會兒正到處找牠哩！」

兒子悻悻地呆立了好一會兒，依依不捨捧小鵪鶉下地，鬆開了手。小鵪鶉拍翅膀啾啾叫，搖搖晃晃跑過場壩，消失在菜園裏。

兒子皺了皺眉頭，像大人樣吐一口長氣。

遠山漸漸朦朧，屋子裏已辨不清楚東西了。母親點燃煤油燈，朝溫著飯菜的鍋底塞把松毛，憑天色，知道娃他爹快回來了。

兒子似乎忘記了小鵪鶉，伏在油燈下開「小三洋」，弄得音量一會兒大一會兒小，還「噫噫呀呀」跟著唱。陡地像想起什麼，「啪」地關了機子，說：「娘，我長大了，就進城把電弄來。我們也燒電來點燈，把樹上、屋簷上也掛燈！」

兒子還在想電哩！母親好笑，說：「聽你爹講，那電，要用鐵絲才牽得來；還說鄉鎮府買機器了，可以把麂子溝的水變成電。再過兩年，我和你爹就送你上小學，還送你讀中學，讀大學！你要好好讀書，長大了當幹部，讓娘也沾光！」她跟丈夫已商量好，兩年後，乾脆把家遷到離石堡寨近些的地方，讓娃讀書方便。石堡寨離這兒十八里，有三十幾戶人家，有一所小學；而且山腳一天過一輛通外面的班車。

兒子卻說：「我長大了不當幹部。我要跟爹一樣，扛杆銃，上山打老虎，打野豬！」

年輕的母親說：「人讀書噠才有用，才可以去娶個城裏姑娘作媳婦。」

兒子說：「我可不要城裏的媳婦兒……」

「沒得出息！」母親大聲嚷，不希望兒子像丈夫，將來也是個趕仗的。上個月，麂子溝的老獵戶粗樹大伯就讓野豬拱傷了屁股，到現在還起不了床！上個星期，她提了兩隻老母雞去探望，粗樹大伯的半邊腿還紅肉翻翻，腫得厲害。回來後，她一連幾天都吃不下飯，晚上還盡做惡夢。

兒子倔咧，臉漲通紅說：「啥兒呀？爹比你行！爹就不說城裏好！爹還看見過電燈！」

母親語塞，想打兒子一個嘴巴，又舉不起手。她想：變女人划不來！男人跑四方。女人只能燒火作飯、種田、生娃子……有時候，她真悶啊，特別是當兒子玩累了睡覺後，丈夫不在家，手裏又沒啥事兒可做……

她說：「……都快要上學念書嗟，和娘說話還沒大沒小。」聲音有氣無力。

兒子顯得柔順了些，說：「我只想進城玩玩，去賣山貨，掙蠻多蠻多錢！也帶你上城裏去，給你買蠻多蠻多稀奇物件兒！」

年輕的母親望著稚氣的兒子。這會兒，兩張白淨標致的臉巴都漾著笑，露一樣圓圓的深深的酒窩兒。母親說：「好！等你爹下回再進城，我們娘兒倆，說什麼也要跟著去看看世界！又不是沒路費錢！」

這兩年丈夫掙了不少錢，用手帕兒包著，壓在紅木箱最底層，可以買很多很多的東西！城裏究竟有些啥好東西？她不曉得。她有四套只洗過一水的新衣裳。兒子的比她還多！傢俱，用具，也添置了不少。她覺得夠了——又沒人跟她比闊！她實在想去看看城裏人是咋個過日子的。婆婆在世時，喜歡給她講故事：「……皇帝娘娘遇上紅火大日頭，就躺在樹蔭下乘涼。太監們規規矩矩，站旁邊使勁給她打扇兒。睡一大覺瞌睡之後，皇帝娘娘有點餓，就喊一聲：『太監！去給我拿個柿餅來！』……」那時候，因為肚子老餓著，她聽了很羨慕。

那個時候，她爹進城去賣點山貨像做強盜，一家人都跟著擔驚受怕！要吃飯、穿衣、點燈，要出坡做生產隊的活路……該操的心太多，人也太累。那個時候只感到苦、累、餓，日子一天天混過，也平常。

現在，雖說飽暖不愁，倒好像腦殼沒有吃飽似的，悶乎乎，空落落。只怕真的是人心不足，好了還想好？

她又聯想起那一對畫畫的城裏人，和他們所說的「美」；所說的那些從沒聽說過的新鮮事兒……屋子外面，山風送來林濤聲。隱隱地，彷彿還夾雜著幾聲狗吠。

母與子都感覺到了，臉上露欣喜的神情；於是尖著耳朵又仔細聽。

「嗚嗚——」林濤聲更響，震人耳膜，蓋住了其他的聲音。從門縫裏灌進來些微山風。濁黃的煤油燈光搖曳著，人影兒晃晃蕩蕩。

母與子手牽著手走出大門。狗吠聲越來越近，越來越清晰。

兒子朝星空下的遠山大聲喊：「爹，你打到老虎噠沒有？」

沒有回聲。

「爹，你到底打到噠啥呀？」

……兒子一聲趕一聲，喊了三遍，聲音也漸漸帶哭腔。母親蹲下來抱起兒子，說：「莫亂喊噠，你聽嘛——」

果然，遠遠地便傳來粗啞的嗓音：「哎——」

這時候，年輕的母親再也忍不住了，亮開嗓門，像喊山歌一般：「哎！打——到——噠——啥——呀？」

「野——豬——，好大——好大！」

「打到了大野豬呢！」兒子拍著小手雀躍，又喊：「爹！這回進城，一定要帶我和我娘一起去！我們買鐵絲把電牽回來！」

年輕的母親心裏笑著暗自思忖：這頭大野豬肉，說什麼也得運進城裏去賣！這一回，就算挨幾巴掌，也要死賴著跟去看看城裏的風光！大野豬啊，你真是幫了我的大忙啦！

她輕飄飄想入非非，甚至覺得天上的星兒也在眨巴眼睛笑哩；青紫色的夜幕下，那熟悉的崗巒和老林都變得格外好看了……

山風斷斷續續送過來年輕獵人的沉重喘息。母親把兒子放下地，囑咐說：「莫亂動，你爹累噠，我幫他去扛。」說完疾步朝前跑。她只感到渾身勁鼓鼓的，好像勁兒太多，正癢酥酥順汗毛洞洞朝外淌……

「爹——」兒子快活地喊，順阡陌追趕過去迎接。

一小時會晤

一

……大黑狗挨了我一竹棍，頸毛倒豎後退幾步，齜牙咧嘴狺狺，聲音在紫醬色岩板和褐黃色草坡之間悠悠地蕩。天和地更嫌空曠。

李老頭從黑森森的門洞內探出半截身子，嘴角鄙夷地痙攣，黑臉膛上皺紋亂跳；手中一米多長的銅頭煙杆白煙繚繞，模糊了他枯槁的容顏。那棟木結構的板壁屋像出土文物，呆滯滯蹲在大山的陰影裏。畢竟已是春天了。滿山的青錭櫟、杜仲樹，都已經綻出指甲大小的粉綠色葉片兒。土場壩的坎下，櫻桃花、梨花，粉團團開得好香豔！

蘭花自始至終沒露臉，任憑我隔老遠瞅著昏暗的門洞瞅得兩眼發直！依早先的脾氣，我真敢一把火燒了這五百塊也不值的破屋，然後甩五千塊錢，再給蘭花蓋間新屋！（「……咯咯，怎麼老愛說『依早先的脾氣』，你才多大？」蘭花笑瞇瞇抿小嘴兒責備說。）蘭花今年才十七歲。為那句口頭禪，她好多次弄得我怪狼狽的。早先，廣州市那些袒胸露背的風騷妞兒我也能應酬自如，現如今卻常常不敢正視蘭花的丹鳳眼！怪不怪？

悻悻地又往回走，一肚子火無處發洩，我胡亂地揮舞竹棍，阡陌兩旁的嫩草和細灌木枝柯紛紛揚揚橫飛。走進櫟樹林，竟兜頭碰見金豔，手叉細腰站土路中央甜甜笑著，肥腿杆一剪一剪窈窕靈活。

「頭兒，當心那大黑狗把你撕了！」她戲謔地說，猛旋腰肢，披肩長髮裙裾般張揚。她是我的女管家，比我大三歲，深得我父親信賴。自從那次她半推半就委身於我之後，矜持文靜已成昨日黃花，只要呆一處就喜歡有意無意甩長髮撩逗。

「狗嗓子真洪亮啊！正所謂多情反被無情惱……咯咯，『五加白』、『雷司令』——特意來給頭兒壓驚。走哇！」她妖冶地又說，彎腰提起擱腳邊的柳條小筐，率先離了小道。滿目儘是合抱粗的毛糙的櫟樹樹幹，半尺厚的腐葉輝映著斑駁的夕陽，黃金一般燦爛；窸窣之聲驚動了剛歸林的鳥兒，嘰嘰啾啾滿林子撲騰。

在沒有路的密林深處，金豔走得好歡勢，好性感！

……我席地而坐，大口喝酒，狠狠地撕扯著熏麂肉。金豔用『雷司令』潤潤嗓子，開始嗲聲嗲氣地哼起流行曲：「認識你的時候，你還剩著光光的頭……」

一定是發現我臉上漸漸有了笑紋，她猛地跪下，如狼似虎撲進我懷裏……男女間那事兒，只要有過一次，再聚首免不了又如此。我也無意克制，內心的確覺索然無味。金豔受雇於我們家快五年了。我爹一眼就瞅准她是塊料，甚至動過撮合的念頭。「女大三，抱金磚！」爹曾經這樣說。這麼些年，爹的長途販運土特產的生意越做越發！兜裏有錢之後才知道，物質享受也像做愛一樣，回過頭思索，總覺得沒勁兒，咀嚼不出半點美好。金豔掙錢狠心花錢灑脫，愛我也大膽——主仆顛倒，細想想，還真有點不服氣。

「喂，中午老頭子打電話來了，黑木耳、杜仲、天麻、黨參，行情仍看漲。讓我們儘量多收，全部半公斤小包裝，先湊三、五噸快點送過去。」半裸的金豔似自言自語，慵懶地呢喃說，身子仍仰面平躺在衰草枯葉上。

黑木耳、天麻，除需要適時採摘或挖掘外，晾曬也頗有講究。我吩咐說：「明天，你就帶十幾個人，分頭去周邊轉轉，就地指導農戶們加工。力爭十天內帶一批乾貨回來。」

金豔坐起，望著我似笑非笑說：「蘭花也跟我去。憑她的人緣兒好辦事……」

「放屁！」我厲聲打斷她，眨巴了幾下眼睛，又撫慰地輕擰她的下巴，「別他媽像個醋罎子。蘭花走了，瘸腿的李老頭誰伺候？這邊裝袋也缺人手，還不得靠她張羅。」

金豔狡黠地哼哼，重又躺下，不再望我，怨怨幽幽地望著藍天。

二

土特產收購站設在一間過去生產隊廢棄了的大糧倉裏，黑木耳、香菇、天麻、黨參、杜仲……就地作簡易包裝之後，一律用大貨車運往上海、廣州。我還免費為想發財的山民們提供專業書籍和技術諮詢，在這一帶贏得了好名聲。

第二天，我起得有些遲。裝袋的姑娘們已經忙活好一陣子了。蘭花看見我，抿著小嘴兒淺笑，小小聲問：「昨晚讓我們家黑皮嚇喪膽了吧？」

「黑皮好凶啊，害得我做了一夜的惡夢。瓦爾特獵裝也讓牠撕得慘不忍睹啦！」我捏腔拿調，嬉皮笑臉胡謅說。

「咯咯，哄人呀？我在板壁縫裏都瞧見了，昨晚你穿的是風衣。我們黑皮從不亂傷人。從前趕仗時，也是聽到爹的口哨後，才對野畜牲下口的。」

「你爹沒有把我當作野畜牲？嘿嘿，真太謝謝他了……」

「你還好。都說你爹是個畜牲……」蘭花一臉兒笑說，信賴地望著我。我語塞，尷尬極了——幸虧其他姑娘都在庫房那邊忙活。爹曾花一百多塊錢睡了個十七歲黃花閨女的事，我也偶有耳聞。聽說那閨女後來讓人販子給賣到河南去了。爹是從窮困屈辱中滾爬出來的，除親生兒子之外，把誰都不當人！

去年春天，我剛來這大山裏不久，就碰到個「打野食的」同我爭貨。我略施小計，那傢伙棄下百多斤天麻落荒而逃（他也太黑，用花俏的廉價塑膠製品作交換，幾乎算白拿）。那天是在梨樹溝邊漫步，我吩咐金豔，就按我們的收購價格，親自去給幾戶上當的山民送還他們應得的錢，並再三告誡她，不得充樂善好施模樣……蘭花剛巧那一刻蹲在一塊巨石下洗衣裳，竟被我這麼個偽君子給深深感動了——初次見面，我就怵於她的那雙冰清玉潔的大眼睛——我那麼做，只不過因初來乍到而造勢，是對老實巴交山民們的欲擒故縱。蘭花實在是太單純、心地太善良了。

耍點小手段糊弄單純善良的山民真是太容易，讓你得手之後非但沒法兒沾沾自喜，甚至還有點自慚形穢。從都市中奸詐的生意場抽身來到這深山裏，打個比方：就像從浴血的前線回到了大後方，看什麼都恍若隔世！

下午，處理完幾件瑣碎事，我就一直在用布幔圍成的臥室裏胡亂翻著金庸和三毛的舊小說，強忍著慾望，並沒有如往常一般，去找蘭花耍貧嘴。金豔不在身邊，讓人覺得輕鬆。一旦渾身輕鬆，又滿腦子都是蘭花那稚氣活潑的影像，滿耳朵都是她咯咯的嬌笑！

屋子裏的光線漸漸暗淡，聽得見姑娘們在收拾工具家什[19]。猛地記憶起蘭花曾說過，下班時要來借幾本書回去看。我忙扣整齊衣裳，端端正正坐書桌前，耳朵努力捕捉著布幔外的任何聲響，胸腔裏漾一種空落落辨不明白滋味的悽惶。

「嗨！好專心啊！金豔姐今天不回來了？」

「晚飯後我們聊聊？我在櫟樹溝等你……」話脫口而出，表達了意思的萬分之一，又卡殼了。總算有勇氣講了心裏話，臉皮還破天荒感到發燒。

「怕不行。爹曉得了，會用銃打你的……」

「請一定來。嘿嘿，我講廣州見聞，你聊山裏故事……」我故作輕鬆，露平日的大大咧咧模樣，口氣卻不容置疑。蘭花疑惑地望我，勉強笑笑，呆呆站一會兒後車身走了。我沒有送，

19 家什：鄂西方言，泛指各種小器具、物件。

手足無措忐忑不安，罵自己犯神經：不就兜裏有幾個臭錢嗎？同這樣一個渾身溢乾淨清爽氣息的姑娘待一起，你他媽談什麼呢？

三

六點剛剛過，我便開始不自覺地頻頻看表，沒來由覺得煩躁。

這幾年，冷酷血腥的場面我經歷得多了，自認還算個硬漢子。究竟從什麼時候開始，從哪兒冒出的這酸溜溜兒女柔情？還記得大前年在廣州，一個穿迷你裙的標致妞兒朝我胸肌上嬌嬌播一拳，然後撫摸我的臉巴誇我像席維斯‧史特龍！現如今有些女娃，格外偏愛那些體壯如牛性情如魔鬼的男孩；好像越不把她們當人待，她們倒越歡心——一種非洲或歐美傳染過來的時髦病吧？到末了還是沒意思，沒勁！

七點整，我磨磨蹭蹭抵達了櫟樹溝。晚霞明麗如火焰，順溝谷底朝山腰爬的霧靄一律呈粉紅色。巨樹參天，樹冠飾得天宇斑斑點點；溪水在亂石叢中叮咚，曲裏拐彎流往山外。溝對面的斜坡上，一條片石砌的羊腸小徑連著蘭花的家。

我選擇了個稍僻靜處，將荔枝、香蕉擱一塊巨石下。香蕉還是上星期進城時買的，早熟透了，外面幾支泛少許黑褐色淤斑。

天空由莽蒼蒼大山拱衛，高高在上，呈不規則的多邊形；山林鬱鬱蔥蔥，如敦厚的長者，襟懷豁達不露聲色……讀中學時，我曾經還立志要當作家。這會兒我枕著巨石咬文嚼字遐想，不過是為反抗百無聊奈吧？其實我倒並不覺得太焦躁，私心甚至認為，就這麼等待下去，也蠻不錯的！

霞光無聲無息褪盡，天色一下子陰沉了不少。那條片石小徑為灌木叢所遮掩，稍遠點兒就什麼也看不清了。心弦繃得太緊吧，好幾次，似乎真地聽到了蘭花腳步踩出的沙沙響動，汗毛裏好幾次都溢出歡快來！大山裏真安靜啊。下意識又瞅手錶：七點二十六分。就聽見從大石頭的另一邊，傳過來很疾很沉重的腳步聲。我有些慌亂，並沒有挪窩兒。

「頭兒，別躲啦！都說『有其父必有其子』，真他媽應驗了！」一聲斷喝有如晴天霹靂，原來是金豔！

「混賬！」我牙齒咬咯咯響低聲說，總算抑制著脾氣，並沒發作。

「瞧你那急的樣兒！忘了帶錢是不？我來替你付，咯咯，仍沿用你爹開下的價目，可以吧？」金豔浪笑著說，猛一揮手，十多張嶄新的「大團結」花蝴蝶樣翻飛……

我瞭解金豔，氣頭上或者說逼急了，她什麼髒話都吐得出，光天化日脫得一絲不掛也敢！蘭花這會兒，恐怕正顫顫兢兢立灌木棵子後面進退兩難……讓她耳聞目睹這一類骯髒事實在是罪過！我乾咽一口唾沫鎮定情緒，緩緩鬆開已捏成拳頭的手，彎腰拾起「大團結」遞給金豔，一字一頓地厲聲說道：「倘若不放心，你可以蹲斜坡上那片櫟樹林子裏監視呀！楞什麼楞？滾吶！」

大概是怵於我少有的鐵青臉色，她耷拉著腦殼沉思一會兒，車身走了。

重又仰面攤倒在鵝卵石上，我懶洋洋抬起左手腕：已經是七點五十五分了！我坐起，茫茫然望著那金色外殼上露紫褐色淤斑的熟透了的香蕉、和寶石般豔紅的荔枝，不由得怒從心頭起，咬著牙，狠狠地砸過去一拳頭。

沒有什麼好等待的了。憤懣的情緒也開始漸趨平復，但我似乎仍不願離去。朝上游走十來米，就是去年春天，蘭花曾洗過衣裳的地方。春天啊，你真的是讓人萌生希望的季節嗎？我出神地望著這塊被灌木枝柯掩映的斜草坪，依稀竟看見蘭花，正朝我甜甜淺笑——我知道不過是幻覺，還是興奮得不行，自欺欺人，在心底呢喃著。

「蘭花……」

「嘖嘖，買了這麼多荔枝和香蕉，怎麼都弄爛了……」

「……嘿嘿我，太笨手笨腳了。金豔剛走沒一會兒。你沒有看見？」

（是中午休息。蘭花一邊扒飯一邊翻閱我的那一箱書籍。「……金豔姐好標致，像掛曆上的美人兒！——她怎麼走了？害臊？不喜歡聽誇獎的話？就是標致嘛……」）

「你爹呢？他知道你來這兒了嗎？」

（「……我爹沒傷腿之前，論趕仗，方圓幾百里內無敵手！黑皮也是百裏挑一的好狗！可惜，我爹沒能親耳聽到你剛才吩咐金豔姐的那一席話。人心換人心嘛。日子長了，大家就會慢慢相信你們的。聽說你們還差裝袋的姑娘？今晚我便去四鄉八嶺約些人來。」）

「我、我。其實，我和金豔都算不得好人……」

（「……誰是好人，誰是壞人，都有雙眼睛看著哩！我頭一次看見你爹帶著你轉山時，也沒個好印象，認為你和《月矇朧鳥矇朧》中的那鼓手大概同一類型。說到底，這世界上還是好人佔大多數。金豔姐是你的未婚妻吧，你們倆真幸福……」）

「錢越多，越難得幸福——我是說我。你也別笑。有好些事情你沒有親身經歷，還不大懂……不經歷，不懂，才好。」

（「……咯咯，好笑死了！你是『飽漢不知餓漢饑』。有錢能辦好多事情！再做半年，我也可以攢下一小筆錢了，先治利索爹的腿，然後，也想去看一回山外的世界……」）

……天已經全黑了。四周山林一片闃寂，只有溪水不倦地咕咕流淌著。我心氣平和仰面躺著，無所顧忌，同蘭花聊得難捨難分；好像已經忘了身在何處！整整一年的光景，從春天到春天，我們就是這麼認識的。

露水冰涼，濡濕了我的臉頰。看表：八點五十分鐘了。

一小時的會晤令人陶醉——這恐怕是我自記事以來，最最愜意舒心、最最最富魅力的好時光！四周伸手不見巴掌。這會兒，依金豔那要強德行，只怕還蹲在黑糊糊的櫟樹林子裏吧？我陡地這麼想，深深的悲涼立刻襲上心頭——實實在在也替她覺悲哀。

四

新的一天又開始了。天空湛藍。太陽很好。

「昨天傍晚我原本打算來的，黑皮偏偏要跟著。牠不喜歡你。我擔心牠會亂叫……」蘭花柔聲慢氣解釋，看不出有任何異常情緒。

「沒事兒。一個人轉轉也蠻不錯……嘿嘿，黑皮很有眼力。我的確沒有你想像的那麼好。」我聳聳肩膀訕笑說，儘量裝作若無其事的樣兒。想到她如峭壁上生長的蘭花，竟是那樣的可望而不可及，鼻腔內陡地一陣好酸疼。

「對不起。我不是故意要傷你的自尊心……」

「沒事兒，我真的蠻開心。騙你，我就是畜牲……嘿嘿，大家都已經來了。你，也幹活兒去吧。」

獨自沿布幔圍成的小臥室轉了幾個圈兒，心灰意冷，怪沒意思。金豔一聲不響鑽進來了。從昨晚起，她一直沒再露面，仍緊繃著臉，神情憔悴萎靡。

「別他媽無事生非。別再同自己過不去！我暫時還沒有壞到那地步！」我圓瞪雙眼，將嗓門壓得低低的說。

「仗著有幾個臭錢，就又想勾引黃花閨女？勸你別太喪盡天良。你不配！」她氣勢洶洶說，聲音也不大。總算給了我一點面子。

金豔一語中的，說到了問題的核心！我粗魯地一把將她攬進懷抱，萬分苦惱地歎息說：「我們倆才是天生的一對，一對兒濁物！」

她似乎早料到我會這樣，嫣然一笑，瀑布樣的披肩長髮紛紛揚揚，笑得又淒涼又妖嬈。我長長地又歎一口氣，做戲似的，親吻了一下她的右臉頰。

外面是質樸單純的勞動者的世界，說說笑笑的逗樂聲仍如往常一樣。蘭花軟乎乎甜津津的笑聲夾雜其間，聽起來，已如天堂裏的仙樂一般遙遠了。昨晚的事兒並沒有給她澄澈的心靈蒙上哪怕一丁點陰影，怎麼說，畢竟值得慶倖。

也許，我應該儘快離開這兒。我這種人，也許怎麼也擺不脫那條佈滿物質誘惑的老路。醉人的一小時會晤，只能永遠地珍藏在心底了……

白霧

一

1

「好霧！像夢一樣！」寧寧尖聲感歎，撒嬌似地朝藍天伸展雙臂，雀躍著，嬌喘著，「宏運快上來，真正的仙境哩！」

「見鬼！都快要給累死啦！」宏運又被突兀的石棱絆了個踉蹌，一隻手緊緊抓小路內側的岩壁縫，用另一隻手揩著額頭上的汗，「這就是利方岩？風景的確不錯！張伯，怎麼還看不見有人家？」

「出這條小峽谷，再朝左拐，就有個小院落。一色用木桶粗的端直櫟樹筒子垛的木屋，厚櫟樹殼蓋的屋頂，簷口壓一溜兒薄石板……」寧寧的父親將妻子拽上岩坎，愜意地叉著腰，仰頭打量被厚重樹冠篩得支離破碎的一線藍天，「離第一次來這兒時，已經好多年羅！那時候我讀高中三年級。」

「實在走不動羅。」寧寧的母親氣喘吁吁望丈夫一眼，拿不准是不是乾脆坐會兒歇歇，「幾十年沒來，你所認識的那位大爺，沒準兒早過世了。」

「孫大爺肩寬臂長，身體相當強旺，還是個蠻不錯的草藥醫生哩！」寧寧的父親端直站濕漉漉陰森森的霧靄裏說。利方岩岩頭沐浴燦爛的陽光，浮在輕紗也似的白霧之上。「孫大爺如果還活著，大概有九十多歲了吧……」

（「……槍炮聲熱鬧了三天三夜，才慢慢停歇。利方岩下面的那個老龍潭，水都給血染紅了……」孫大爺吧噠著旱煙說，黑洞洞的眼窩習慣地仰望著，「共產黨的兵，國民黨的兵，都死得不少。夜半，兩個敗下來的新四軍悄悄溜進我屋裏。沒有受傷的那個人手提盒子炮，掏十塊光洋給我，求我藏他們幾天。我堂客挺著個大肚子，嚇得在床上直哆嗦。天漸漸亮，提盒子炮的新四軍漸漸有點慌。末了，他擱光洋在桌上，跪下叩個頭，扭頭一個人跑了。那個受傷的新四軍，右腿血糊糊的。我背起他，從後門鑽進黑老林，把他藏在一個只有我知曉，只藏得下一個人的老岩縫裏。我又去扯來些止血生肌的草藥，細細嚼爛，替他糊在給子彈打了個對穿的血窟窿上……」）

「伯母，喝點飲料吧。張師傅您也來點？」李軍卸下沉甸甸的綠帆布旅行背包，次第朝外掏著易開罐和夾心麵包，「嘿嘿，難怪都說深山老林裏的人壽命長；這空氣，吸肚子裏也甜津津哩！」

「住久了肯定會乏味！」宏運擺弄著手中的夾心麵包，沒有吃，「山川無情，芸芸眾生一輩一輩，默默地來，默默地去——寧寧要嚼塊口香糖不？正宗美國貨！給，自己在我的荷包裏掏吧。」

「美國美國你真美！」寧寧大口地嚼著口香糖，嬉皮涎臉快活，「真想體驗一下美國人的激情生活，能親眼去瞧瞧也不錯！」

「混賬！」父親嚼著夾心麵包狠狠地瞪女兒，「美國人若都像你，也建不成現在的美國！」

「倒轉去幾十年，說這種話會揪你去掛牌遊街！」寧寧的母親淺笑，推一下丈夫，「走吧，溝谷裏太陰森了。」

「老一輩們也實在活得太窩囊了！」宏運瀟灑地聳聳肩膀，「想怎麼個活法，完全是自己的事，犯得著去效仿誰呀？怕誰呀！」

「伯母您走好。」山路太窄。李軍攙扶著寧寧的母親，背著沉重的旅行包，走得彆彆扭扭。「快到了吧張師傅？」

「到了到了！」走在最前邊的寧寧的父親興致勃勃，身子已閃一塊兀立著的鐵青岩板後面，「前面的老皂角樹下，那三間垛壁子屋就是。老樣子，一點兒也沒變哩！」

「認識你的時候，你還留著光光的頭……」寧寧和宏運渾身輕鬆，手舞足蹈，齊聲唱起了流行曲，「妹妹你跟我走！哥哥我不能夠！過去的歲月任它漂流，任它漂流……」

「……你們要找孫老頭？去年秋後就死囉。」纏著白布大包頭的山裏漢子疑惑地望著這一群城裏人，「他是個苦人，做慣了的手腳。頭天還去他堂客的墳前轉了會兒，晚上還請我喝了酒。岩嶺的金家丫頭扯豬草時讓青竹鏢[20]咬了，他摸黑還去陰溝坎上揪來草藥，嚼爛後幫她敷上。第二天中午，還沒見他的影兒。我搡開破門進屋，已經喊不應了……」

（「……我藏好新四軍，順路還割了一大捆牛草。隔屋子老遠，就聽見堂客殺豬樣呼天喊地。保四旅的兵，把我堂客倒吊在老皀角樹上。審問的官兒正用棍棒戳她的大肚子。」孫大爺盤腿坐墳包前的草地上，黑洞洞的眼窩仰向藍英英的天宇，「我堂客的身子像鐘擺樣晃蕩，血水染紅了褲襠，順肚皮流過胸前，又吧噠吧噠，從鼻子尖和耳朵框子朝下滴……我跪在那官兒面前說：『求老總放我堂客！求老總殺我剮我！』『交出新四軍，我就放人。』『我、我只看見他們牽著匹騾子，朝保康方向跑了……』當官的圓瞪眼睛，狠狠抽我一馬鞭。眼睛裏陡地像給塞進兩塊燒紅的毛鐵，疼得我暈了過去……」

「……後來呢？」高中生小張恐懼地盯著老頭那黑洞洞的眼窩，「新四軍脫險沒有？」）

2

「……爸也真是！怎麼不先問孫大爺的堂客和她肚裏的娃兒怎麼樣了？」寧寧瞪父親一

20 青竹鏢：一種劇毒蛇的俗稱。

眼，不自禁折斷一枝灌木枝柯。「那位新四軍倘若能活下來，肯定早已是大腹便便、威嚴赫赫的將軍了。」

（「……新四軍問我眼睛怎麼了？我什麼也懶得說。我每天夜半摸索過來送飯，嚼草藥給他敷傷口。一個多禮拜後，他能走動了，就走了。那十塊銀元，還給他作了路費。」孫大爺哆嗦嗦撫摸著大青石砌的墳頭，黑洞洞的眼窩濡濕了，「我堂客很小就沒了爹娘。十六歲嫁過來，剛吃了兩年飽飯就……怪我前世作孽太多吧，害死了堂客，娃兒也跟著去了，弄得捧靈牌的人也沒了……」）

「雙目失明，孤零零呆這深山野窪裏，捱了這麼些年——想著都覺寒心！」寧寧低頭站在一字兒排著的兩座墳堆跟前，眼中有淚光閃爍。「可憐的人！我若雙目失明，連一天也絕不願在這世上多活。」

（「……習慣了，也沒啥不方便，白天黑夜對我反正一個樣兒！」孫大爺雙手捧大腦殼旱煙袋吧噠著。地爐子四周蹲著好幾個山民。粗櫟木樹兜燃著小火舌，劈啪作響。「二柱子的胳膊肘能抬起來了吧？草藥擱在廣箱蓋上，待會兒你們就帶回去熬給他喝。等小張同志走後，我再去後山扯些敷的草藥，明天嚼了再給他敷一回……」）

「有時候，我倒真恨不得雙目失明，省得看你們的張狂樣兒，和社會上的腐敗現象！」寧寧的父親乜斜女兒一眼，「心比天高，又有什麼用？年輕人應該知足！」

「張伯此話差矣！都知足，這世界可就沒法進步了。」宏運晃悠著頭，挑釁地淺笑，「眼前的世界五彩紛呈，日新月異，沒法兒硬要求一律咧！」

3

「伯母，累壞了吧？」李軍鋪好花塑膠布，小心翼翼擺上熟食滷菜和瓶裝白酒，「再貼塊麝香虎骨膏？您好好歇息，下山時我來背您。」

「呵呵，難得你這麼細心！」寧寧的母親兩眼眯縫，胖臉龐笑成一朵花兒，「這會兒蠻好哩。爬爬山看看風景蠻好的。我這腰，硬是長年坐充電房弄出的毛病。」

「媽媽這會兒好漂亮好精神！」寧寧摟著母親蠢笨的腰肢瘋瘋顛顛快活，「喂，宏運，去採些野花，編兩個花籃，敬獻給孫大爺和他的堂客吧。咯咯，走哇！」

「小李，也跟著一起去玩嘛！帶兩盒杏仁酥和幾罐飲料去。」寧寧的母親溫和地笑一笑，「唉，這娃太忠厚了。」

（「……您摟緊點！」大巷內彌漫著瓦斯爆炸後的煙塵。李軍拖著張工程師，順排水溝緩緩地朝坑道口爬行，「張師傅您摟緊點——」「……錢錢錢！這樣下去怎麼得了？」會議室內彌漫著香煙的濃霧。寧寧的父親手臂上纏白綳帶，捶桌子慷慨陳辭，「都知道蠻幹可能會導致啥後果，都看出癥結所在又都作壁上觀——怎麼得了啊！這次幸虧只燒傷了十幾個……」「能活著出來，還操哪門子閒心啊！」寧寧的母親眼眶紅腫，淚痕滿面，「別的工程師都沒你認真！這次真虧了李軍。該想法兒調他到井上來了……」）

「……嘿嘿，空氣太潮濕，燃不起明火。」篝火冒著青煙。李軍圓鼓腮幫使勁吹著，淚流滿面訕笑，「伯母，您還該多吃點。」

「可憐的小男孩。他壓根兒不懂競爭，不懂要贏得漂亮女孩同爭取自由一樣，有時也得踏著死屍前進！」宏運膀子抱胸前站在遠處，表情如高倉健一般冷漠，「寧寧，吻我一下。」

「我喜歡你，」寧寧踮腳尖親吻宏運，「我就是喜歡這一身桀驁不馴的男子漢氣概！」

「……正直、善良、高尚！」寧寧的父親呢喃著，將花環恭恭敬敬供在墳頭，「一輩子只知道勞作，從某種意義上說也是幸福的。」

「是兩個好人。」宏運抬起頭，望幽幽青山和明燦燦的天宇，「至少，同我不是一種人，也就和我沒有太多關係。」

「我們走吧。」李軍早已整理好綠帆布旅行背包，「伯母，讓我來攙扶著您走。」

「天邊，看起來好遠——」寧寧他們倆又喊起了流行曲；宏運如狼一般放肆，「給我一口氣，我拼命向前走！給我一條大路，我不回頭……」

二

張工程師和宏運的父親是大學同學，一個學的採礦，一個學的機械製造。因學非所用，幾年前，宏運的父親就同煤礦脫了鉤，單槍匹馬竄到海南打天下，據說已經賺到了近百萬的家產。張工程師耿直、倔強、認真，憤世嫉俗，四處碰壁——這輩子也沒打算改變了。他妻子是煤礦的充電工，體態雍容，賢慧溫柔。

李軍二十五歲，體格健壯，忠厚老實，是掘進隊副隊長。寧寧十九歲，美貌單純。宏運二十歲，頎長文弱，好作驚人語。

「五一」節，煤礦工會組織春遊。寧寧的父親逆潮流而動，也說不出為啥，率家人奔利方岩來了。緊傍利方岩的黑梁山是縣裏新闢的旅遊風景區，柏油路直抵山腳下的小鎮寨堡。春節前才落成剪綵的「黑梁山賓館」修在小鎮東頭的龍潭橋畔，典雅氣派堂皇。

利方岩距寨堡九華里，羊腸小徑陡峭崎嶇。他們一行五人抵達賓館門前時，天色早已黃昏。宏運大大咧咧踏上花崗岩臺階，淺笑著領大家分頭去了他昨晚拋二千五百元預訂的四間客房裏住下。

寧寧的父親不太喜歡張狂的宏運。如果能選擇李軍作女婿，他可能更滿意些。李軍也實在太忠厚，距離十全十美也遠。總之，國事家事都令人困惑，令人莫可名狀覺愁悵。

難得有閒暇鑽一次大山。吃罷晚飯，大家都十分興奮，疲勞全消。春夜靜無聲。山巒犬牙突兀，如濃墨繪就；瓦藍色天穹深不可測，襯托得新月格外皎潔。賓館休息廳裏，大吊燈玲瓏剔透白光晶瑩，透過側門可以看到後花園，冬青樹牆還很單薄。路燈昏黃，幾株殘留的老橡樹如華蓋高聳。青蛙在窪地的水草叢中聒噪。遠處偶爾還飄過來幾聲狗吠。

「黑梁山賓館」裏，除了他們，還住著二十多位外地來的觀光客。

三

1

「真正是月朦朧鳥朦朧山朦朧樹朦朧！我喜歡瓊瑤的小說。三毛的也棒！」寧寧稚鹿般蹀步，手撫著墨綠的冬青樹葉片，「因為教書遠不及辦企業活得瀟灑，才棄文經商吧？您文質彬彬，一點也不像腰纏萬貫的大亨。」

「大概是因我沒去過撒哈拉大沙漠，也無緣生活在臺灣的緣故吧。」曾當過大學講師的企業家用大拇指肚兒輕輕按修剪得極整齊的八字鬍，盯著寧寧淺笑，「我們一直就是這麼被教育出來的。若要徹底脫胎換骨，還需要花大力氣和時間哩！」

「回答得太棒了。簡直妙極了！」寧寧快活地拍巴掌，暴一陣大笑，「如今是企業家的世界。您一定生活得有滋有味如魚得水——真讓人羨慕啊！」

「只有青春才值得羡慕。」中年企業家輕輕咬咬嘴唇，「青春一去不復返——正在走過來的那位，是你父親吧？」

「就知道瘋瘋顛顛嘻嘻哈哈。洗澡水你媽都替你放好了！」父親緊皺眉頭訓斥女兒，「這位同志是——」

「企業家。上個月我曾在一則廣告上見過照片，一眼就認出來了！」寧寧咯咯嬌笑，又朝企業家揮揮手，「我很快就回來。我還沒有同您聊夠哩！」

「嘿嘿，忙裏偷閒，也來這大山裏轉轉？」張工程師掏一支香煙點燃，無所適從地打量一眼周圍環境，「如今經商辦企業可稱得最時髦最實惠了。恕我直言，那些個發大財的主兒，沒有幾個不是腐化墮落揮金如土！」

「真有意思。剛才您的女兒還批評我太古板太文質彬彬。」企業家溫和地踱一方步，似無可奈何地擺擺頭，「其實，三百六十行，行行都不容易啊！」

「說的也是。」張工程師自覺失言，忙又掏出香煙，遞一支給企業家，「寧寧真豈有此理，文質彬彬有什麼不好？都像狼一樣兇殘、瘋子一樣顛狂才好？總不能對其他視而不見，以錢論英雄；都把賺錢視為最高目標——您說是不是這個理兒？」

「……當過大學講師的企業家？咯咯，今晚你爸爸又有發牢騷的地方了。」寧寧的母親懶洋洋訕笑，一面扭腰抓揉著自已的背脊，「快洗澡去吧，當心待會兒沒熱水了。」

「宏運和李軍呢？他們也該前去認識一下。咯咯，同那位企業家聊天蠻有味兒哩！今天真沒有白爬山，太快活了！」寧寧一邊毛手毛腳洗澡一邊嚷嚷，澆得水花亂濺霧氣蒸騰，「媽媽，你在聽我說話沒有？」

「……不管物質多麼富饒豐裕，精神的東西仍不可或缺。百萬富翁有他的遺憾，叫花子也自有他的歡悅，不是嗎？」當過大學講師的企業家眼睛左顧右盼，兩手插褲兜裏在小徑上踱過來踱過去，「正所謂『人上一百種種色色』，信仰和追求就該多種多樣。無論怎麼去拔高，金錢也充當不了萬能的上帝。」

「您說得對極了！」張工程師興奮得直搓手，恭敬地又遞上一支香煙，「如今，頭兒們和平民百姓的眼睛都死死盯在物質利益上，棄禮義廉恥若弊履。如我女兒一般的年輕娃們，涉世不深，倒像已將什麼都看了個透亮，對什麼都大不敬，令人憂心哩！」

「……伯母，張師傅上哪兒去了？」李軍氣喘吁吁，雙手接過茶杯，並沒有馬上喝，「聶礦長剛才打電話來，叫張師傅明天早點兒回礦，說地區要來人驗收四號井。」

「……對不起，」寧寧一路小跑而來，嬌笑著喘息，一股馨香濕漉漉溫乎乎襲人，「梳頭時陪媽媽多聊了幾句。女孩子就喜歡打扮。女孩子對美懷著虔誠。」

「沒什麼。你爸爸剛走，是一個粗壯小夥子找他。」企業家從褲兜裏掏出雙手，抱胸前心不在焉地絞扭著，訕笑軟不拉嘰，「你爸爸是個標準的正派人，似乎活得有點不如意不順心？他倒是挺健談。」

「我爸爸倔呢，一條道上走到黑，跟書記礦長也拍桌子——並不為私事，其實完全犯不著！」寧寧把連衣裙領口往上拉拉，眨眨眼，舔舔嘴唇，「如今是企業家的天下，走南闖北，氣宇軒昂，神通廣大，名利雙收。最最理想不過了！」

「哪裏啊！呵呵，『除是無身方了，有生常有閒愁』……」中年企業家仰著頭輕聲吟詠，又淺淺一笑，「走動走動怎麼樣？山寨的夜色著實迷人，春宵一刻值千金……」

「……當過大學講師的企業家？」寧寧的母親有點興奮，「你沒有打聽是一家什麼性質的企業？寧寧老這麼閒著也不是長遠之計……」

「十一點的那趟車最早了，明天我們就坐十一點的車回去。」寧寧的父親一臉兒和藹，擱茶杯在小幾上，緩緩吸一口香煙，「那位當過大學講師的企業家，畢竟不同凡響，談吐既一針見血，又幽雅風趣入情入理！」

「剛才在花園裏，我倒蠻想多聽他講講，又渾身不自在，出氣都不勻均。」李軍搔頭皮嘿嘿訕笑，怯生生望張工程師夫婦，「我這個人，倒底還是上不得臺面。張師傅，您說膽兒要怎麼練才能變大？」

「……海南、漠河、西藏、天山、內蒙古你都去過？」寧寧伸長脖子驚訝，扭腰晃腿嬌笑，「嘖嘖嘖，真正羨慕死人了！」

「你們青年才讓人羡慕，無憂無慮，快活自由如小鳥兒。幸福只與青春作伴！」中年企業家眼睛裏燃燒起熱情，幾乎是下意識地，手臂已攬在寧寧柳絲般柔軟的細腰上了，「你，真美啊！我還從未遇見過這般銷魂的女孩……」

「你、你——放開我！」四周黑影憧憧，曲裏拐彎的蒼老的橡樹枝杆如魔鬼樣舞爪張牙。寧寧好不容易才掙脫束縛，還在膽顫心驚害臊，「你這傢伙，怎麼竟敢隨隨便便就吻我？你真無恥！」

「……對不起。」中年企業家強扮笑顏，歉意地又絞扭起手指，「啊，你實在太迷人。客觀地講，並不全是我的錯，美麗總是動人心……你請走好，慢點兒，留神別摔跤。」

2

「宏運、宏運你醒醒！你這個瞌睡蟲，原來一個人歪在沙發裏悠哉遊哉做好夢吶！」寧寧氣急敗壞，費了好大力氣才扶得宏運坐起，「太出乎意外，太不尊重人了！那個混賬企業家，假模假式的衣冠禽獸，口蜜腹劍的偽君子！繞了半天圈兒，原來是想對我非禮！」

「聽你爸說，你同一位什麼大學講師散步去了。我到處找都沒找著。」宏運仍睡眼惺忪模樣，懶懶地揉幾下臉頰，「誰想吻你？老頭還是年輕人？他在哪兒？到底出什麼事了？」

「……年輕人，你們好哇！」當過大學講師的企業家瀟灑地從甬道拐角處迎面走過來，大概打算回樓上臥室裏去，「哇——好一對青春年少的標致人兒，實在令人羡慕啊！」

「你好。」宏運僵僵地呢喃，兩隻嘴角不自主朝上翹了翹，顯得手足無措，「再見——」

「宏運，你真是個窩囊廢！」無可奈何目送企業家步履從容消失在樓道口，寧寧怔怔地好失望，「為什麼不朝他的混賬臉上砸一拳頭，唾一口？！連自己心愛的姑娘都不敢理直氣壯保護，你還算什麼男子漢？」

3

「師傅，您瞧那個企業家，好像剛起床的樣子」太陽快當頂了。李軍同張工程師並肩站「黑粱山賓館」的臺階上，臉上露顫顫兢兢的笑意，「先生，您早上好！您今天不走？」

「樂不思蜀，捨不得離開啊！」企業家笑吟吟伸過右手，「小夥子好身胚！」

「你好。昨天聽君一席話，覺得太有道理了！」寧寧的父親又要掏香煙，見企業家指指喉頭擺手，終於作罷，「為丁點蠅頭小利，就兩眼血紅如虎狼爭食，如此氛圍我實在難於適應。如今好些個年輕人，除了權力、錢財，把什麼都沒有放眼睛裏！」

「三十歲以後才明白，要來的早晚會來……」中年企業家憂鬱地哼幾句流行曲，又訕笑，「我勸老兄還是別太認真。或者強迫著適應環境，或者緊閉心扉獨善其身；畢竟生活就是生活。再見吧老兄。再見，祝你們一路順風。」

「不過才一夜沒見，怎麼換另一副模樣兒了？」張工程師朝漸漸走遠的企業家直眨巴眼睛，好心煩，好失望，「這些喜怒無常的闊佬，神經病！也真不值得跟他們推心置腹！」

「瞧，班車開過來了。寧寧他們哪兒去了？」母親緊皺眉頭，焦急地四顧，「寧寧！這個鬼丫頭，寧寧——」

「伯母，您別太招急，車還得停一會兒咧。」李軍已將帆布旅行包背上肩頭，立師娘身後，用目光幫忙搜巡著，「來了來了，在那兒哩！寧寧！宏運！快點兒！」

「鬼地方！快中午了，霧靄還不見散！」宏運臉色陰沉，無目的四顧著，「利方岩在哪個方向？隱霧中看不清白囉……」

「天上有個太陽，水中有個月亮。」寧寧漠然地哼著曲兒，有一下沒一下地踩著節拍，似乎一點兒也不急，「我不知道，我不知道，我不知道哪個最圓，哪個最亮……」

蜘蛛

一

「怎麼不睡了？天還早嘛……」丈夫兩眼瞇縫，迷迷糊糊嘟噥，翻個身，機械地朝妻子的胸部伸過來右手。

「該起床了。團裏也還有事，昨天說好的……」妻子小小聲說。

「星期天也幹活兒？媽的，就你們文工團屁事兒多！」

丈夫色瞇瞇訕笑，索性把左手也伸過來了。乳房被搓揉得火辣辣生疼。妻子微微挪動身子，小嘴巴已經撇成圓形。——只要他情緒好，就履行義務或顯示權力似的；肌膚之親已呈麻木，格外令人厭惡！她這麼想著，無可奈何噓一口濁氣。

「歎什麼氣？該不是想野男人了吧？」

她緊閉眼瞼一動不動，暗自慶倖丈夫畢竟沒法兒猜出腦子裏的思想波動。也許該裝出自尊心受到傷害的樣子——又擔心可能節外生枝，反而誤了難得一次的幽會。

每當他想額外多親熱幾下，多得到一些滿足時，妻子總會露矜持厭倦模樣！丈夫興味索然，懶洋洋鬆開手。她順勢披衣下床。

快九點鐘了。白光從素色泡泡紗窗簾上篩過，毛茸茸朦朧，更慘白。她小心翼翼推開窗簾，貓兒樣舒展著腰肢。那纖細的腰、飽滿的臀、渾圓的大腿，在丈夫眼裏，更像一隻泛著油光、刺激人食慾的烤鴨！

「羅胖子昨天就打招呼了，約今天去他家搓麻將。真是的，啥屁事非得星期天幹？」丈夫一面朝黑毛糁糁的長腿上套牛仔褲，一邊嘟囔；一米八五高的粗壯身坯，一副縱慾過度的鬆鬆垮垮模樣兒。

「參加地區調演等著要本子吶！沒辦法，我也不願這麼忙活。」她說，沒抬頭，匆匆抹了把臉，然後去點燃煤氣灶預備早餐。丈夫甩耷著手跟過來，頗耐煩地前後轉悠著，意猶未盡似的，抬起肘彎蹭她的胸脯，或者操巴掌輕拍她的屁股。嗔怪無異於挑逗或火上澆油，只會刺激他更來勁兒。她不動聲色，拿幾袋速食面丟進鋁鍋。一股勃發的興奮如潛流，在她的心底忽上忽下亂竄著……

柳如月壓根兒就沒有真正喜歡過丈夫。領結婚證那會兒，龐龐在肚皮下猛力躁動，頓時攪得她六神無主——那時她就開始暗暗後悔了，捫心自問，自己還算是個知廉恥的人。當初怎麼會那般草草，便將身子給了他？她十七歲時，身高已有一米七五！起初怕會駝背，舉手投足總留意要挺胸亮胳。同趙東林的友情告吹後，她才懵懂地為自己的身高發愁。接著蘇志高出現了，一日數遍地圍著獻殷勤，讓她簡直沒了思索的餘地……人大概同貓一樣，到了季節，就耐不住寂寞，忍不住要發那種淒淒慘慘戚戚的啼叫。不過人知廉恥，只能掖掖藏藏彆彆扭扭地在心底叫，只能叫給心聽。

蘇志高呼嚕嚕扒完麵條，沒顧擦油膩的嘴巴，搖搖晃晃赴麻將席去了。

藍天如洗。空氣中彌漫著遊絲般春的馨香。沒有了管束，似乎倒並不急著去幽會處。柳如月站陽臺上憑欄遠眺，不安份的身心漾起點點愜意和靈活；還有犯罪感，搔得心兒既畏畏葸葸又癢癢酥酥。這會兒，趙東林大概已蹲那株老水柳下了，正壘著鵝卵石挨光陰吧？趙東林吹小號，偶爾也作個曲或配配器，二十七歲，和她同齡，卻只有一米六高。當初正是因為怵於她的個頭，怯生生中斷了已十分熱乎的往來，使十九歲的柳如月臉蛋貼枕頭灑了好多淒清的淚。今年春節後，她寫了個小歌劇《桃花，桃花……》，偏偏請他幫忙配器。不知不覺間，死灰復燃了。第一次幽會令她很有些驚惶，緊張得要命又快活得要命！趙東林帶了些糖果、食品和飲料。兩個人你餵我一口我餵你一口，幸福得頭暈目眩……銷魂的感覺好似牛反芻，夠她在等待的日子裏無數遍地咀嚼。

柳如月獨坐屋中磨蹭時光，也可以說在聚集反叛情緒吧。說來令人傷心，她所神往的快樂如此渺茫，希望的魚肚白彷彿永遠在天邊！這會兒，她看到的只有燙金的「五好家庭」獎狀，還有獎狀旁那隻一動不動蹲蛛網中央的雌蜘蛛。那雌蜘蛛正躁動著黑毛茸茸的鉗狀螯肢，渾圓的腹部蠢蠢上翹，四對步足一顛一顛，卻並不見挪窩兒。一隻雄蜘蛛不知從哪兒冒出，謹慎小心地接近蜘網。雌蜘蛛的不安顯然因牠而發。雄蜘蛛小得可憐，老鼠樣一步三猶豫朝前湊著，冷不防還是讓雌蜘蛛鉗住。牠吱吱叫掙脫，逃竄也像老鼠，眨眼便沒了影蹤。

是最近的事，柳如月通過螢屏才見識了雌雄蜘蛛間充滿血腥的性愛場面。蜘蛛醜陋，一般不會讓人產生好感。柳如月為這荒謬的生命之覓所吸引，只覺得既古怪又親近，不由得沉甸甸歎了一口長氣。

終於鎖了房門，擠身熙熙攘攘的人流緩緩朝城西走。高大的身軀使柳如月分外招眼。都是因暮春的原因，都變得不太安份了吧？她暗暗地給自己鼓氣。氣溫不冷不熱，的確好極了！群山環抱，托一塊蔚藍色天穹。幾朵浮雲慢慢往西飄著。

水柳樹林裏綠茵茵陰森森，零星撒幾座面目全非的古墳塚。香溪水順林子南側汩汩流淌，如癡情女子幽幽怨怨唱歌。趙東林朝柳如月怯生生微笑，不合時宜束手呆立；本來還可以更有所作為，卻給一層鎮定的甲冑束縛住肉身。柳如月一直恨死了他那身酸不拉嘰味兒，恨到極限反而變成溫情的愛戀，像母親疼兒子。

「咯咯，又讓你等好一會兒了吧？」

「沒事兒。剛到沒多久哩，嘿嘿……」

趙東林著筆挺的銀灰色中山裝，戴一副細框架眼鏡，遠看像張明敏。柳如月挺隨便地穿著一套薄花呢西服裙。如今，她在這個地區也算得小有名氣，幾年工夫得了兩次劇本創作獎。這對於無論才氣和時運都不濟的趙東林而言，悄悄地擁有這麼個尤物，至少算是心理上的一種補償吧。而實際上，柳如月簡直成了他精神上的重負！他空有男兒身，卻只怕永無出頭之日了！

兩個人面對面坐定。趙東林削了個蘋果，然後一小塊一小塊地餵柳如月。她當然也渴望浪漫和溫情，柔軟地依偎過去，頭枕他的胳膊甜甜地嚼；神思恍惚，超脫於軀殼之外。太陽光幾乎透不進來。林子裏好靜，她聽得見他的心跳。

終於，他開始喘著粗氣吻她的眼瞼了。覺察到眼前這個男人因羞於啟齒的慾望而內心十二分窘迫，柳如月的心忐忐忑忑，苦澀又甜蜜。

「天漸漸熱起來了哩……」柳如月啟開眼瞼，凝望著樹梢說。

「的確熱。嘿嘿，蘋果蠻涼，再吃一個蘋果？」

「……簡直可以穿薄連衣裙了。又是一年芳草綠，日子過得真快啊！」

「你那劇本的配器弄好了。聽說，月底就要開排調演節目。你若還不太滿意，修改也來得及……」

「咯咯，請師傅做主嘛……又想了個點子，情緒不太好沒動筆。最近這段日子怪煩躁的，怎麼也靜不下心來。」

「又同蘇師傅鬧彆扭了？是不是團裏有誰說閒話，你聽見了？」

柳如月懶洋洋站起。土畫眉鳥在灌木叢中啁啾，啼叫得好清越好悠揚。她拿眼睛瞪趙東林，心煩地說：「神經過敏！本來滿可以輕輕鬆鬆待一會兒，舒舒服服聽聽鳥叫。」

土畫眉兒還在聒噪。透過樹幹之間的縫隙，能看到香溪水白白細細的浪花，看到對岸光禿禿的黛青色岩壁。趙東林揣摩不透她的心思，沮喪地茫茫然瞅著通往縣城南門洞的小道，突然又說：「我來的時候，看見莎莎也在那邊柳林裏蹣跚……」

「怎麼不早說！她來幹啥？我怎麼沒遇上？」柳如月四下打量，緊張地說。綠空氣更嫌粘稠，水柳的修長枝條如鬼影幢幢……末了，她漠然一笑，笑靨如浮霧一樣空洞慘白。在一般人的印象中，柳如月懦弱賢慧聰明，同好些個自慚體壯的大塊頭女人並無二樣。其實，她骨子裏極不安份又極其倔強。她的確稱不上風騷，算不得蕩婦；雖然有時候她還真盼著臉皮能再厚一點。

「……喂，站起來嘛。再摟住我好好親親，還敢不敢？」

趙東林心驚肉跳四下望望，遲疑幾秒鐘後，猛咬牙關撲上；好貪婪，手指幾乎摳進她脊背裏！柳如月沒料到他也有像畜牲的時候，血陡地熾熱，燒得渾身滾燙！

「我，我看到的不是莎莎。我不認識，故意說的……」趙東林重濁地喘息，顫顫兢兢的笑意僵臉皮上，節節巴巴解釋著。

「你真混……」她含含糊糊嘟噥，情緒如洪水決堤奔突迸濺，心兒興奮得噭噭叫！隔年的枯草莖被輾壓得窸窸卒卒呻吟。她忘乎所以，不自禁在他肩頭咬了一口。他失聲「哎喲」，鬆開手，輕撫著那排血色牙印發呆。她也呆住了，簡直無地自容。

「我真後悔，原本我們應該是夫妻……」趙東林耷拉腦殼，還沒從亢奮中恢復常態。

柳如月根本就沒敢奢望離婚。她不過盼個能把她當人尊重、聽她訴說衷腸的異性朋友。默默咀嚼了好些痛苦和騷動之後，她仍毫無把握斷定眼下是不是愛情……到目前為止，至少還不曾太越軌。趙東林還在訴說對她的一往情深，始終耷拉著頭，聲音徐緩低沉似乎發自肺腑。她神情專注，像聽柴可夫斯基的《悲愴交響曲》。

「女人只要有人愛……征服女人太容易了。」她不無遺憾地在心底歎息；戒心仍未鬆馳，柔情空自繾綣……不知不覺間，太陽已叨著西山的樹梢。趙東林又絞扭起手指來。柳如月安慰地同他握手告別，也覺依依難舍。

柳如月照例先獨自走出水柳林，步履匆匆，硬著心腸沒有回頭。

這會兒家裏倒也沒啥急事等著。龎龎春節後就留給宜昌市的婆婆爺爺了。丈夫只要俯身麻將桌前，經常得夜半才歸家。

二

與柳如月走出水柳林的同時，貨車司機蘇志高「砰」地甩上房門，饑腸轆轆又下了樓。大半天工夫輸了一千九百多塊。接著吵架掀麻將桌，還差點動刀子！

錢倒沒啥，跑一趟長途就能賺回——是太敗興！聯想起早晨起床前後的情形，蘇師傅更覺晦氣。捫心自問，佔據著這麼個有頭有臉的老婆，他私下也曾沾沾自喜。「我老婆可不是戲子，是寫劇本的作家！」他喜歡這樣對朋友們介紹。全縣每年一度的「五好家庭表彰會」，他笑逐顏開衣冠楚楚，端坐在前排雖然彆扭難受，心裏仍極風光。在這個陳設頗現代化的家裏，若沒有看見老婆，他簡直連一刻鍾也呆不住。不能說他不愛，是別一種愛法。

蘇志高搖搖晃晃，順街沿往廣場那邊轉了一圈兒，悶悶不樂又上樓回家。還沒進門，就聽見柳如月正快快活活地小小聲哼著歌兒：

「不顧臉面不害羞，叫聲哥哥你帶我走——」

是濁重的腳步聲才使她抬起頭；歌聲也嘎然而止，多少受了點驚嚇。她正在剖魚，兩隻手血糊糊沾沾膩膩。手中幹著活兒，最容易掩飾心境。

「媽的，老子約你到朋友家玩，你懶得去。野哥哥瞧不上你，你偏要巴結！」蘇志高雙臂抱胸前悻悻地說。他一直有不安全感，所以一直蠻討厭老婆唱騷情的調子。

「語言文明點！」柳如月忿忿地瞅丈夫說；畢竟心虛，仍耷拉著眼瞼在籠頭上沖洗汙手。

蘇志高不過是作例行的預防性警告而已，並無真憑實據。他板著面孔，蔫蔫縮回客廳的長沙發裏；對這種彼此都覺格格不入索然無味的日子也習慣了。打麻將特耗精神，沒一會兒工夫，他呼嚕嚕打起鼾來。

飯菜熟了。蘇志高還仰八叉躺長沙發上，睡得正香甜。這個家庭，真像個碩大無朋的乾燥海棉，以吸盡似水柔情為本份。柳如月想，默默無語四顧，又抬起頭瞅那雌蜘蛛，病懨懨無聲地苦笑起來。

扒進兩大碗米飯，喝下三玻璃杯白酒，旺盛的精力很快復甦。蘇志高伸手捏妻子柔軟的腰，嬉皮涎臉逗笑說：「笑一笑，寶貝兒！整個星期天，還只陪你老公說了三句話！」

柳如月一聲未吭，不過臉色還是順從的。

「龐龐不在身邊怪冷清的。我們看電影去吧？港片，聽說有光屁股鏡頭咧！」他摸著油光光的嘴巴，又說。

「調動的事，你又去催了沒有？」她問。龐龐生下來戶口就落在宜昌市的爺爺奶奶家。心灰意冷的時候，柳如月也格外思念兒子。

「同老頭子、老娘待一塊兒，不自由吶！」蘇志高說。他一直就是匹沒韁的野馬。他看著妻子皺眉頭擱筷子，似乎特別著迷她生氣時的樣兒，越上火越覺好看！仗著酒興，他猛力箍住她，嘴巴亂蹭她的臉皮、耳朵、頸項；大手掌還上下使勁兒搓揉著。

「畜牲！」她說，並沒有太用力掙扎。「……夠了吧，晚上我還有正經事……」

「女人晚上的正經事，就是陪丈夫玩耍……」蘇志高氣呼呼噴著酒氣說，手臂箍得更緊，忙碌得更厲害了。

「放開我！」因擔心隔牆有耳，柳如月將聲音壓得很低，開始使大力氣掙扎了。

「好……好，我放你走……這樣野男人更省事！」他獰笑，騰出右手從她領口處朝下猛扯：鈕扣崩出老遠，上衣敞開，裙子也給褪到了腿彎……事情太突然，她完全懵了，不能自己，氣得幾乎發瘋！

「畜牲！畜牲！」她嘶喊著胡亂撲打。無奈丈夫身坯碩大，又飲了不少酒，勁鼓鼓像發了情的種牛！他鬧著玩似的把她按水泥地上，扒得幾乎一絲不掛，還狠狠在她屁股上擂了一拳。

疼痛撕心裂肺，她緊咬牙關才沒呻吟出聲兒；修長的白腿亂彈亂踢。凳子倒了。圓桌也倒了，碗兒碟兒杯兒瓶兒嘩啦啦一陣脆響。

「……喂，你們倆在幹啥呀？」住隔壁的莎莎，在外面敲門了。

蘇志高鬆開了手，居高臨下打量癱腳邊哽咽著的半裸的妻子，冷笑著說：「沒啥，倆口子親熱，不小心撞翻了圓桌。睡你的覺去吧。」

就聽見莎莎嘟嘟囔囔走了。

柳如月已爬到床上，捂著被蓋，壓抑地哭得好傷心。

「老老實實就有你福享。否則，當心給你個臉上開花！」蘇志高坐床沿上醉眼迷離說。他困倦極了，衣裳也沒脫，倒床上一會兒就鼾聲大作。

柳如月好不容易才止住嗚咽。枕頭已濡濕了一大塊。這麼粗暴地折騰已經多次了。她十分清楚蘇志高是個翻臉不認人的畜牲，說得出做得出！

三

第二天一大早，蘇志高又駕駛著大貨車走了。隔壁的莎莎過來串門，問：「昨晚上他又打你了？唉，真是個畜牲！」

屁股還在隱隱作疼。對這一次挨打，柳如月不想掩飾。不過她一直瞧不起風流的莎莎，讓這麼個女人也摻合進來斥責自己的丈夫，令她分外覺得不服氣，內心也更加悲悲戚戚。她沉默良久，緩慢地抬起頭逼視莎莎，幽幽怨怨說了句含含糊糊、不明不白的話：「人啊人，其實都是畜牲哩……」

……又只剩柳如月一個人呆在空曠的屋子裏了。她回憶起昨天同趙東林在水柳林裏摟抱著打滾兒的情形，心底油然生某種報復的快意。同趙東林待一處總有種搔得心兒懸懸癢癢又暈暈乎乎的感覺，總之無法用語言表達——逆來順受不甘心，過份越軌又不太敢，她總是陷兩難境地，活得艱澀。

她問自己：生活是什麼？冥思苦想了好一會兒，又在心底自己回答：生活不過是一碗寡淡的溫吞水；而那些雜色的、誘惑人的短暫瞬間，則是鹽粒兒！當然羅，鹽粒兒不能灑得太多。對寫作認真點兒，對其他淡泊點兒——怎麼說我也算不得勇敢者！既然姻緣是命中註定的事兒，那就朝前過唄！

懸「五好家庭」獎狀旁的那蛛網好像有動靜：雌雄蜘蛛又在幽會、親熱了。這一次，可憐的雄蜘蛛未能逃脫噩運，交配剛結束，就給雌蜘蛛的大螯肢鉗住；這會兒，大腹便便的雌蜘蛛像捧著小甜點心，正斯文地咀嚼著雄蜘蛛呢！

……柳如月眼睛睜老大，看得呆了！

月夜

一

黃昏後，北風就開始從豁口嗚嗚刮過來，打著漩兒掠過灰濛濛的峽谷，小溪溝給隱風沙裏了。簡易公路緊傍溪溝，路邊是十多間雜亂撒著、外形都差不多的老土坯房；一棟兩層結構的小洋樓如鶴立雞群，暮靄使那水泥抹面呈冰冷的鋼青色。院落後邊是一片松林，再後面：墨黑的百丈絕壁如圍牆高聳，托著一塊曬席般大的天宇。

總算沒有誤季節，兩畝多坡田終於種上了小麥，種上了明年的吃食。開門，卸下裝著鋤頭、畚箕和破化肥袋的背簍，然後摸索著點燃煤油燈，朝冷鍋裏傾進半桶水，氣喘吁吁塞一把松毛進灶膛——她沒來由地顯得有點兒手忙腳亂。

門外「轟」地一聲悶響，地皮也跟著微微顫抖。是炳坤給她捎回了一大捆櫟木乾柴，接著炳坤就進屋來了。風吹得煤油燈的微光左右搖晃，炳坤忙順手掩上大門。她猛地一怔，碎步上前重又敞開門扇，順手還把油燈朝蔽風的旮旯裏挪了挪。

炳坤傻乎乎燦笑，舉胳膊搔短粗的頭髮，像有點兒做賊心虛。她陡地就感覺到臉蛋兒熱烘烘，也燦笑了，掩飾似的沏一杯茶擱方桌上，又遞給炳坤一支「圓球」牌香煙。她說：「餓了吧？你先歇會兒。」一邊說邊疾疾地小跑步出了門。

一泡尿已經憋好一會兒了，憋得小肚子緊崩崩脹疼！出茅坑，她長長地舒一口氣，這才稍稍覺輕鬆。倘若是同自己的男人出坡，隨便蹲田邊地頭就可以撒泡尿……她這麼想著，有點遺憾地瞟不遠處的水泥樓房。繫好褲帶，她疾匆匆朝自家大門口走，只見一個青灰色的小人影兒靜悄悄立在門檻外。她認出是貴兒：兒子正呆呆地往破屋裏啾。貴兒也聽到了腳步聲，扭頭望母親，接著就撒腿跑回水泥房子裏去了。

和貴兒他爹是去年底離的婚，那棟水泥小洋樓是貴兒他爹今年秋後剛蓋的。貴兒如今有一個二十歲的晚媽。

土坯屋裏煙靄瀰漫，油燈的光亮更嫌昏黃。炳坤正毛手毛腳幫忙撥弄著燃地坑裏的櫟木疙瘩，他直起腰身，用手背揉揉被青煙薰得淚汪汪的眼睛，沒話找話說道：「我，去餵豬？你那頭豬，過年時怕能殺兩百斤肉吶！」

她說：「不忙，還要待人吃罷飯了，洗罷碗了，才有潲水餵牠。唉，一個人過日子，豬也跟著造孽哩！」話脫口而出，又使她暗暗覺難為情，切菜刀「冬冬冬」響得更疾，單薄的身子裹毛茸茸的白色蒸氣裏，愈加顯得柔弱了。

炳坤挪步到灶門口，坐小板凳上幫忙看火。切菜板就擱在土灶臺上，他距離她是那麼近：綴有補丁的花棉襖下，乳房隨著菜刀的起落亂顫得好歡！再往下便是女人的神秘身子，有一股裹著汗香的熱氣溢過來了……炳坤兩眼不自主張大，心底有些酥麻，他慌忙耷拉下眼瞼，心虛地悄悄咽一口唾沫。

「吱拉」一聲，是肥肉片被掀進熱鍋裏。她望他微微一笑，說：「這兩天實在難為你了，把你累壞了……」

「哪裏……嘿嘿，我反正一個人過，所以懶得餵豬……」炳坤答非所問呢喃，嗓子眼幹極了，聲音如接觸不良的有線廣播喇叭。他其實是想說「我們一起過吧，求你也給我生個兒子」，就是沒勇氣說。

她猜得出他想說的話，沉默不語了，盛起炒好的豆豉肥肉片，又開始煎豆腐。沒離婚的時候，貴兒他爹長年在外開拖拉機掙大錢，田坡裏的活路一直多虧有炳坤幫忙做……天裏良心，除了貴兒他爹，她從未和其他男人睡過覺！

二

幾大碗炒菜就擺在圍砌火坑的條石上。懸在櫟木疙瘩火上的吊鍋裏，煮的還是離婚時分得的隔年豬大骨。炳坤已經喝下兩瓷缸兒包谷酒了，身子正笑眯眯左右晃悠，含含糊糊在哼著歌謠。是一首古老的情歌，曲調纏綿，旋律悠長悠長：

十九月夜八分光，
七姐牽衣等六郎。
五更四處敲三點，
二人睡的一張床。

她呆呆地陪坐在火坑旁聽著，心底隱隱約約有點發慌。又抖抖地給炳坤斟了大半杯酒，她不太敢給他多喝哩。

「……王八蛋！怎麼人一有錢就黑良心？把過去的情份忘記嗟。」炳坤開始罵罵咧咧。

「是命，怨不得別人……」她小小聲呢喃，覺得自己像一片葉子，正輕飄飄從樹枝上墜下，心兒開始不自禁一陣狂跳……

燈光搖曳。四周靜悄悄，黑洞洞。炳坤一口喝乾瓷缸兒裏的殘酒，將屁股朝她挪動，不知怎麼就攥住了她的胳膊。她知道他下一步會幹什麼，她擔心的正是這個。

「莫，莫啊……」她低聲呻吟著，只感到渾身無力，腦殼都快垂進褲襠裏了。松濤在屋子外悶雷一般吼著，她渾身猛一陣哆嗦，恐怖中似乎還滲出縷縷快感來，更嚇人！她真地好想鼓起勇氣鑽進地縫裏逃避，就是馬上死掉也好！

炳坤的手攥得好緊，身子僵硬如石頭，吭哧吭哧噴著酒氣說：「我們……我……我們一起過吧？」他結結巴巴，模樣兒可憐巴巴，還是把淤積於心底的話擠出來了。

「莫，莫莫……」她頭暈目眩，血液沸騰，幾乎發不出聲來！她好渴望能夠縮在炳坤的臂彎裏昏睡過去……又想撕扯自己的頭髮號啕大哭，恨不得打炳坤一記耳光……

終於，她腦子裏一片空白，一動不動像個死人。

炳坤還在嘟噥：「求你……我們，一起過吧……」就聽見百丈岩上一隻狼拖著長腔尖利地嗥。幾乎同時，穿堂風吹滅了煤油燈。炳坤已經不能自持，像是要保護她，伸出另一隻手將她緊緊摟進懷中。他簡直不敢相信：這個灼熱的，瑟縮發抖的，莫非就是剛才在灶前晃動的那個女人身子嗎？而這會兒，從女人的碎花棉襖底下溢出的汗味兒，更刺激得炳坤發狂，使他禁不住笨拙地撫摸起那汗淋淋的頭髮和滑膩膩的後頸窩……櫟木疙瘩的腥紅微光還在火坑中忽閃忽閃。炳坤覺得自己正在溶化，渾身像被火烤炙著，像要發狂，像在做夢——這真是任何力量都無法挽回了……

……後來，她絆絆磕磕走回火坑邊，挾一塊紅炭湊煤油燈芯上，洩氣似地「噗噗」吹了好幾口。油燈亮了。還癱在床鋪上的炳坤，陡地只覺得金光刺眼，惶恐地竟然慌忙將頭拱進了鋪蓋裏。敞開的大門如深不見底的黑洞。貴兒正倚門框上怯生生望娘，眨眼又消失在屋子外面的黑暗中。她似乎沒有看見，手持煤油燈一動不動站著，腦子裏一團糟。松濤還在屋子外面低吼著，只不過稍稍弱了些。

炳坤看見一滴冷淚正從她的鼻翼旁緩慢滑下，一下子清醒了，兩隻大手磨蹭著褲腿，腦殼耷拉，眼睛盯泥巴地畏畏葸葸說：「我……我真不是人哩。我不是要欺負你。明天我們就去辦手續，好不？」

她沒有應聲，看著炳坤羞愧負罪的樣子好心酸。炳坤人老實，四十出頭了還沒娶上媳婦……她臉上掠過一絲苦笑，歎息說：「都怨我，天生是個下賤女人……你，回去吧。」聲音輕飄飄不帶一點痛苦。她真的不恨他，甚至也沒多少懊悔。這些年來，炳坤幫她幹了不少的苦活累活，今天，也算是報答了。

炳坤長像醜陋，小眼睛一笑就隱肉裏去了；頭也小，偏偏生著兩片又闊又厚的嘴巴，自幼就只會下苦力，腰板已經給壓得呈龜背狀，還是這些年，憑力氣才終於換得有飽飯吃，倒長了一身的橫肉。她願意做炳坤的妻子，恨不得連夜跟他去登記。可是，這麼做就意味著承認自己下作，當初貴兒他爹離婚的理由，就是說她「跟炳坤瞎搞」！他們真沒有瞎搞過。那時候，天一黑她就拴牢大門，仰面躺床鋪上苦苦地盼丈夫回……

下作女人！她在心底第二次罵自己了。第一次是沒結婚就懷上了貴兒，讓民兵押著示眾；她和貴兒他爹被一根繩子連著，那陣子她已有七個月的身孕，大褲衩老往下滑……

剛才，為什麼炳坤扛她上床時不掙扎？她一時也解釋不清楚。但有一點她十分明白：她不可能同炳坤結婚，絕不能應驗了丈夫的指責！閒言碎語會叫她沒法活，貴兒也會跟著沒臉見人……可一個人過日子難熬啊，沒有劁的公雞單獨關籠子裏也不長肉哩！

炳坤戰戰兢兢望她，扯起衣襟來要給她揩眼淚。這會兒，悔恨正啃咬著他那顆簡單的心，如果斷一條胳膊或者說死在她面前能減輕她的悲苦，炳坤肯定不會遲疑。

「沒啥，女人免不了會常常哭……你回去吧。」她臉上掛一絲訕笑說，甚至還輕輕撫摸了一下炳坤的胳膊。熱血湧上太陽穴，壓迫得耳朵嗡嗡直響。這會兒，她全身如跌進冰窖，連心都涼了。

炳坤呆呆站起，厚嘴巴無聲地蠕動了幾下，耷拉著頭，步履沉重地走了。

風息了，四周靜悄悄，黑洞洞。百丈岩如密不透風的高牆。東邊岩頭那塊霧狀的粉白色崖壁正慢慢暈化開去。月兒應該快露臉了吧？深山峽谷裏的人家，只有夜半才見得到月色。

三

解放前，在這窮鄉僻壤裏，很少找得到不穿補丁衣裳，吃了上頓不愁下頓的人家。那時候她們家擁有二十多畝坡地和兩大片桐林，算得衣食無憂——可惜她還不曾出世。

文化大革命開始那年她剛出生。自懂事時起，她就知道自己是地主分子的么女兒，誰來欺負都只能低頭忍著。宣傳教育讓她瞭解到自己的祖輩曾剝削過窮人。因為覺得自己是有罪之身，她毫無怨尤。她只讀了個小學畢業，一晃一晃，十六、七歲了；除一雙因勞作而骨節粗大的手，偏偏出脫得漂亮水靈！女人像桃子，成熟了，自然有人想來摘去享用。大概窮鄉僻壤更崇尚弱肉強食？光棍無賴免不了就悄悄上門欺負。幾乎每個夜晚，對於她都意味著羞辱和恐怖。硬花櫟木做的頂門槓有菜碗粗吧，十分結實十分沉。光棍無賴進不了門，就在門外講男女

間的風流事兒逗她；清風朗月的時候，也有年輕漢子輕飄飄哼些古老情歌，

十九月夜八分光，
七姐牽衣等六郎。
五更四處敲三點，
二人睡的一張床。

……還唱「十八摸」、「歎五更」等等，月黑風高時，膽大心狠的地痞甚至透過門縫朝屋子裏撒尿！她又驚又怕，瑟縮在旮旯裏渾身發抖，大氣都不敢出。醜惡見得太多，對男女間的事知道得太具體，一個人時偶爾也禁不住春情騷動……她就在心底一千遍地罵自己下作，疑惑是因為出身地主，才如此不要臉……也是遭人欺負多了，她一直暗暗盼能有個壯實的男人來撫摸她，保護她……偶爾就做相似的夢。她時常感歎：活在夢裏好快活啊！天亮了，一切依然如舊，又得荷鋤去大田裏做活路，去掙那一點點吃的，一點兒穿的。

……「破瓜」是八三年吧？貴兒他爹那年走霉運，高中畢業剛當了一年半民辦教師，就給大隊書記的么女兒擠下來了。他不願出坡做活路，頭髮蓄得老長，黑喪著臉四鄉八嶺瞎晃蕩。她在百丈岩那邊砍柴，偏偏就撞上他了；起初還幫她捆柴，後來竟將她扳倒在茅草叢中……她冷不丁被嚇壞了，似乎又有點兒需要，得接受下來……她到底沒敢喊出聲，掙扎了幾下之後就

不再動了……

日子照舊一天天過著，看不出有多大變化。那其間，貴兒他爹又曾悄悄摸進她屋子裏來過兩次，接下來又是好幾個月不見影兒。她悄悄找了他好久，好不容易給找到了。他的頭髮更長更亂更骯髒，臉皮更黑瘦。她看得好心疼啊！但沒辦法，還是吞吞吐吐將自己懷孕的事告訴了他，唬得他怔了老半晌。他說要尋草藥來把胎兒打掉。她哭得好傷心，抱著他的腿哀求他能娶她……事情最終還是敗露，兩個人挨了鬥爭，遊了鄉。她寧可丟性命也不肯打掉貴兒，最後，公社開恩，給了他們結婚證。

……貴兒他爹能幹，三、五年就掙下萬貫家財，穿西裝，抹香脂，越活越年輕。她越來越覺得自己配不上，唯有像牛馬樣苦做，希望貴兒他爹能看在眼裏。

然而他卻越來越難得回家，偶爾還帶著一個或兩個陌生姑娘在村子裏招搖，甚至當著年輕姑娘的面對她吆五喝六。她只能忍氣吞聲，實在受不了就躲避靜處淌幾滴淚，或者跑到莊稼地裏發狠幹活路……

炳坤替她報不平，四處訴說貴兒他爹黑了良心……村子裏也議論開，都嘲笑炳坤是想女人想瘋了！終於有一天，貴兒他爹平靜地說：「我們離婚吧。」她聽了就號啕大哭。貴兒他爹說：「貴兒跟隨我過。你和炳坤結婚了可以再生。」

她說：「你莫要相信旁人嚼舌根。我沒有和炳坤睡過瞌睡！」貴兒爹便嘿嘿笑說：「不可能吧，當初我找你不是蠻容易？一敲門你就開，不是還把我摟得緊緊嗎？」

她一時無話可說，承認自己的確太賤。貴兒還在讀小學時，就曾被別人指責，說是他媽沒結婚就生的，一直也不太喜歡她；常常隔遠遠瞅她，像瞅一個怪物。

拿離婚證那天，她像個犯人樣垂著手低著頭。貴兒他爹倒很大度，說願意給她五千塊錢作為添置家什的費用，還說他「同情她，因為她自從生下地就一直受人欺壓」。她聽得直淌淚，很是感激。

她沒有收貴兒他爹的那五千塊錢。一個人過日子，要那麼多錢又有啥用？她認命了，日出而作，日落而息，權把破土坯房當尼庵。聽人說炳坤一次借酒壯膽之後，曾在村道上堵住貴兒他爹吐唾沫。貴兒他爹大人大量，晃晃悠悠笑笑，讓了……

四

火坑內的櫟木疙瘩燒得只剩一小團兒了，青煙嫋嫋，像祭壇前供奉的香火。她仍舊還蹲在火坑邊，頭枕著膝蓋，恍恍惚惚似乎睡了一大覺。其實並未過多久，下弦的月兒才過中天，清輝如薄霜匝地。老土坯屋子外面，近景慘白，遠景渾濛……

是豬兒的哼哧喚醒了她。圓木垛的豬欄緊傍後門，還是炳坤幫忙蓋的。炳坤說：「餵頭豬才像戶人家哩！」炳坤十多年來一直幫她們家幹力氣活，有爛婆娘說閒話並不希奇。炳坤說：「我不怕，又沒作虧心事，由他們嚼舌根！」

她心想也是。炳坤老實忠厚，長相又醜陋，一直也是個讓人看不起的主兒。剛離婚那陣子她萬念俱灰，一度相信自己守得住！

……秋後收罷包谷，炳坤有半個多月沒見露臉。炳坤不來走動的日子格外嫌漫長……意識到這一點，唬得她怔忡了老半晌！又過了十多天炳坤才回來，瘦了許多，說在城裏打零工咧，末了，訕笑著遞給她一段碎花布料……那個晚上她輾轉反側睡不著，炳坤可憐巴巴樣兒老在眼前晃。一時令她膽戰心驚，害怕自己終有一日會管不住自己，就用手狠狠擰大腿，在心底一遍遍地罵自己不要臉！

月光皎潔，溪水咕嚕咕嚕，女兒潭平靜得像玻璃鏡。一百多年來，養漢的浪婦，隨人私奔的姑娘，據說前後共有九人給綁上石磨掀進了潭裏……這地方陰森森的，冷丁能看到幾隻老猴子在對面岩壁上長嘯。河灘上遍是大大小小的鵝卵石，她跌倒了，一隻腳滑淺水裏，感到有點兒冷。夜半三更為什麼要到這裏來？煤油燈吹熄了沒有？一切似乎又都與她無關，她麻木了，無動於衷。

……媒人是炳坤從別村請來的，臉龐像隔夜的冷饅頭，對閒言碎語似早有所耳聞。她拒絕了。事後想：如果炳坤親自來求會怎麼樣？她暗自慶倖，隱隱地又覺得傷心。

第二天炳坤倒是來了，埋著頭，一聲不吭找些力氣活幹完，耷拉著腦殼又要走。她含笑叫他歇會兒，沏一杯茶遞給他——不表示一下於心不安。事情總算過去了。炳坤仍隔三差五地過來幫忙幹些力氣活，日子就這麼一天天過。每逢夜靜更深時，她孤零零仰面躺床上，內心忐忑不得解脫，月亮是她唯一的伴兒。她似乎早就預感到終究會有這麼一天：自己的確天生就是個下賤女人，肯定熬不住的……

她緩慢站起，艱難地登上一塊巨石頂端。月亮在天空躑躅，已經快咬著西邊的岩頭了。夜色靜謐空濛，溪溝上浮一條曲曲彎彎的白茫茫霧帶。

十九月夜八分光，
七姐牽衣等六郎。
五更四處敲三點，
二人睡的一張床。

她沒來由在心底輕輕哼起這首古老的歌謠。她想：其實早就該了結了，再也無須感受孤零零的滋味、渴望不應該渴望的東西。結局正在來臨，她並不感到特別意外。她又在大腿上狠命地擰了一把，有多少年啊，一股強烈的渴望、厭倦、憤怒……一直纏著她壓迫著她，使得她無力自拔。

她終於忍不住哭了，但並不特別傷心，冷淚輝映著淒清的月光，心兒已經如夜色一般冰涼。冷不丁，炳坤那可憐相竟突然出現在如深潭一樣墨綠的天幕上了！她突然覺得：自己好喜歡他笑瞇瞇時那如指甲掐出的小眼睛，像月牙兒，比月牙兒熱乎……眼睛不小心眨巴了一下，炳坤消失了，墨綠的夜空更嫌昏黑……

不知又過了好久，她抹一把臉上的淚，雙手合十緩緩站起，虔誠地望著夜空呢喃：「等來世吧……」又站了一會兒，她深深地歎一口氣，然後猛地咬咬牙，頭朝下撲向巨石腳下的女兒潭……

「噗通」一聲巨響，驚起一隻貓頭鷹，慌慌張張朝不遠處的黑林莽飛去。接著，女兒潭歎息似地咕嘟嘟吐出一長串泡沫，潭面很快又恢復了平靜。

鬱悶的藍天

一

上坡。公路沿山勢蜿蜒。佈滿小水窪的「之」字形簡易公路周而復始，似永無盡頭。汽車「嗚嗯嗚嗯」牛喘。司機專注地開著車，直視前方，臉色不冷不熱。

那男孩緊挨著那姑娘。汽車抖得厲害，他的右肩膀就鬆一下緊一下地磨蹭她的左胳膊。男孩瘦長，蝦米樣彎在坐墊上，細腿杆交叉疊架，挺愜意疏懶樣兒。他不時地掏兩支「三五」牌香煙叼嘴上，點燃，然後扯一支遞給司機。

「去山裏做買賣？」司機問，白煙兒一顫一顫地嫋嫋，很快暈化開。

「好眼力！是買賣人，忙裏偷閒，進山去避避暑氣。城裏真它媽太熱啦！」

「你是這一帶的人？滿二十歲沒有？」

「你看呢？」

「不像鄉裏土佬兒。說不定有個家產百萬的土佬兒爹吧？」司機瞅男孩一眼。

「好眼力！」男孩說，有點得意，得意中又覺得似乎什麼怪情緒滲透進去。他顛屁股調整坐的姿勢，努力將腰杆挺得筆直。

「喂，擠得人受不了啦！」那姑娘用左胳膊肘提醒男孩，復又將腦殼探出車窗外看風景。松樹幹披一層毛毛糙糙鱗甲；紫紅的苦桃木樹幹油光水滑；麻殼柳樹幹灰白，像營養不良人的瘦臉。陽光讓樹冠撕扯得支離破碎。長尾巴灰喜鵲喳喳叫著，掠過白空氣、綠空氣，朝黑森森的密林深處逃遁。

「你也挨過來點兒嘛！多漂亮水靈的花兒，揉爛了怪可惜的……」司機「嘿嘿」壞笑著說，一邊把煙蒂丟車窗外去。

男孩怡然自得，感覺如別人在誇他戴手指上的大金戒指；好像她已經是他的妻子了。上車時他就知道，司機肯捎他們，是看在她那嬌美的臉蛋上——不舒服也就那麼一會兒。其實司機想討好也是白討好！萍水相逢，分手後彼此未必再見得著。這麼想，倒覺得自己可謂是宰相肚量，心情又舒暢起來。腦海裏又放映起在廣州時的情景：音樂茶座燈紅酒綠，只要你肯掏鈔票，就有資格架二郎腿窩軟沙發裏聽漂亮小妞唱「抱一抱哇抱一抱……」春天裏他曾在廣州待了一個多月。他已經不再是見了姑娘就臉紅、就發怵的男孩兒了。

他抬起胳膊，索性搭姑娘的肩膀上——姿勢怪帥，十分瀟灑：「喂，我說你哼個小曲兒怎麼樣？怪悶人咧！」

「隔開點兒！真討厭！」白皙修長的手掌狠狠搡了他一下，杏眼兒瞪得溜圓，逼視約兩秒鐘。

「好哇，你撫摸了我……」《你撫摸了我》是勞倫斯的一個短篇小說。男孩嬉皮笑臉，反而更緊地貼住了姑娘；見她仍板著臉色，又唱，「一笑三笑秋香先荒唐呀——」姑娘的身子熱烘烘軟溜溜。男孩似個蠟人，靠近火爐就沒辦法不朝火爐那一邊歪。姑娘憤怒地車轉身，面對著正飛快向後倒去的大森林，只給他個渾圓的脊背。

司機「呵呵」笑嘲諷說：「沒出息的『夜鶯』，別再學老鴉叫啦！」男孩不唱了，稍稍坐正些，將收回的手掌擱大腿上。西式短褲口袋裏有鼓脹的錢包。男孩竟聯想到少女結實的雞頭小乳，不自覺移動手掌罩錢包上。他臉上沒好意思露笑紋，心裏在笑。

汽車駛出森林。太陽輝映著鬱鬱蒼蒼的崗巒。公路兩側是順著山勢起伏的一塊塊包谷地，纓須須在日頭下像一支支火把。男孩朝擋風玻璃外瞅瞅，說：「校場壩快到了。小潔，我們就在這兒下車吧。」

名叫小潔的這位姑娘沒有吭聲，從車窗外縮回腦殼，懶洋洋地開始整理擱身旁的麂皮小包。這就是說她認可了——只不過那神情，男孩看在眼裏覺得怪沒勁兒。

姑娘們若不能時不時地耍點小脾氣，大概就沒法活吧？男孩解嘲地想。

二

……一覺睏醒已是黃昏後。他取一件乾淨襯衫進浴室，沖了個澡。茶几上胡亂擺著甜食、小滷菜、罐頭、香檳、可口可樂。他胡亂填些進肚子裏，就走出賓館。

那個音樂茶座距離白雲賓館很遠，過立交橋往右拐，再進一條窄街；好像是越秀公園那個方向吧。他孤獨地尾隨著一對瘦瘦高高的情侶。那女孩子的穿著和神情，誰見了都會多瞧幾眼。門票二十五元。他的荷包裏揣有好幾千塊錢。他爹老跑廣州，人緣早混熟了。跟著爹逛太不自在。第一次見識夜廣州的燈紅酒綠，反正他也不膽怯。他記得爹老掛在嘴邊的話：「人是英雄錢是膽。」真他媽沒錯！

樂隊正輕輕鬆松奏著慢悠悠的小曲兒。男孩子們身著獵裝，女孩子一個比一個更水靈；大多作對成雙，嘻嘻哈哈，旁若無人。他去小賣部來來回回好幾趟，較著勁兒似地往自己的桌兒上端啤酒和冷盤，興奮得渾身燥熱。坐下來，扯只乳鴿慢慢嚼。一個身穿血紅拖地裙的妞兒出來演唱了。吆喝啊，鼓掌啊，歡呼聲像海嘯！畢竟沒個伴兒，他有點氣餒。

女孩怎麼出現的？至今他也茫然——總之像從地下冒出，坐在他對面了……「一個人？」她問，丟一個媚眼兒過來。他點點頭，不知所措，有點受寵若驚。「北方人？」她咧著血紅的嘴巴嬌笑。他只好又點點頭，抱歉似的，也擠了個笑。他的確緊張。「交個朋友好嗎？」她軟綿綿問，溫柔得要命。他慌忙將點心朝她面前推，又遞過去可樂和香檳。那女孩很漂亮很纖弱，二十左右吧，也說不準；眼神迷離，鼻頭小巧，潮濕的嘴唇怪魅人！衣裳的領口開得很低，褲子是用蔥綠色薄綢緞做的，腿杆稍微顛動就顫顫地抖。她穿得實在太單薄。他替她感覺到一陣陣冷。

女孩子一條腿擱另一條腿上晃晃悠悠，懶洋洋操蘭花手小口吃著，神情挺隨便，像老熟人。歌女一曲唱罷，總引來一陣鬧嚷嚷起哄。他們倆吃著，時斷時續聊著，像陷熱戀中的情人兒，對亂七八糟的環境無動於衷。

「……散散步好嗎？我就住這條街上，去坐坐？」女孩子站起，邀請，嬌嬌地蘇展腰肢，不經意間，就吊他膀子上貼緊緊了。他起初還有點羞怯，惶惑，身不由已服從著。慢吞吞雙雙擠出音樂茶座。漸漸地，熱情真正上來了，慾念也上來了，渾身沁細細汗珠兒。摻著香水味的汗臭和肉香透徹肺腑，令他昏頭昏腦興奮。她像火。他心裏也騰起了小火舌，甚至沒法兒思索。他們走進了一間潮潤潤泛著黴味兒的木板小屋。臺燈的光朦朧柔和，室內陳設簡樸素雅。女孩子請他坐進唯一的鋼管椅裏，自己斜坐在窄床上；又站起，找來糖果盆兒。他強作笑顏，內心忐忑，覺得女孩子遞煙沏茶的舉動過於僵硬。他讀過不少小說，揣摸是碰上「雞」了？不過，他仍覺得這女孩孿逗人喜歡。

「我喜歡你……」女孩子呢喃，聽去挺孩子氣。他原以為「雞」們不說這一類廢話的。他傻乎乎笑，又因為笑而羞赧。女孩子抬手解開上衣的一顆扣子。那麼突然！他睜大眼睛：那光潔修長的手指又朝下滑，手臂微微哆嗦——看著女孩子脫衣裳難免動情，可是他當時難過得要命，沮喪得要命，竟有一種噁心的感覺，渴望去打一巴掌那漂亮的下賤臉皮！情慾倒是真的全沒有了。

「莫、別解扣子……」他結結巴巴說，生硬地擺兩下手。「你，也有二十歲……？」

「嗯？」女孩子猛地抬頭，像望著一個怪物。

「你，有急事等著錢花？」他問，掏幾張百元鈔票遞給她。

女孩子遲疑一會兒，一把抓過錢：「一、二、三……三百塊錢。謝謝你。」仍細聲細氣。丟錢在床上，突然，瘋也似摟住他吻一下臉皮，又拉他的手按按自己的胸脯，像用盡力氣。末了，她噓一口氣焉焉地說：「你走吧，北方土佬兒。」

一路上，他盡想著這既可憐又下作的女孩子。光天化日下，大庭廣眾前，恐怕誰都會看她如純情漂亮的女中學生。這麼想著，他心裏更難過。

步入賓館。穿白色套裙的女服務員笑容可掬。在那笑容裏，他似乎也嗅到下作味兒，說不出什麼道理。爹問他：「哪兒去了？」噴過來一股濃烈的酒氣。他懶得吭聲。躺席夢思上，手撫著剩下的幾千塊錢，慾念又上來了。回憶起剛才那女孩管他叫「北方土佬兒」，竟有點後悔……總之，都是受錢這玩意兒操縱，是錢這玩意兒的力量。想到自己現如今也算得財大氣粗，他有點得意，有點暈暈地飄飄然了……

三

順路捎帶他們倆的那舊貨車，「嗚嗯嗚嗯」地開走了。

白日頭正當頂。校場壩鋪薄石板的村道上有三、兩個行人。幾隻滿身污泥、壯狗一樣的花豬在路牙子上哼哼嘰嘰徜徉。兩大網兜禮品沉甸甸壓手，花俏的裝璜熠熠閃光。

「你到底要幹啥事？其實還可以往前多坐兩公里……」

他沒聽見，如雄鵝樣昂首挺胸，搖搖晃晃超出她一大截兒了。「真快，眨眼離開這兒七、八年了啦！當初挎著書包在這泥巴地上奔跑，像小叫花子……」他咯咯笑說。

她站住了，「富貴不還鄉如錦衣夜行。所以你才要在這兒下車。是不是啊春生！」

「又說傻話了。你呀，一皺眉頭我就知道又要說傻話了。咯咯，女孩子一皺眉頭，倒格外招人疼。」

「呵呵，充大人物了？可是誰疼你呢？」

「錢疼我……小潔，你今天怎麼啦？惹得我也跟著說傻話。」

「春生，當初你真不該退學，不該跟著你爹去跑生意。你變多了……」

「什麼呀，我這不是活得蠻好……」

他心裏無名火一竄一竄，毛燥燥好煩。藍天像一泓死水。四周青山肅立，村道冷清荒涼，悠長悠長。有人喊「春生」。接著，跑過來兩個戴舊草帽的年輕山民。都敞著衣襟，坦露出黑褐油亮的一塊塊結實胸肌。

「當真是春生，好洋氣！」其中一個說，搔短粗的黑頭發傻乎乎笑。另一個搖晃著身子說：「還認得我們不？聽說你跟你爹做生意發大財了？」

春生擱網兜於地，邊掏「三五」牌香煙邊說：「老同學老樣兒，怎麼能不認得？抽根煙吧，二十多塊錢一盒吶。」

那個搔短粗頭髮的，雙手接過香煙感歎：「天爺，到底是發大財的人！」

另一個蓄剌蝟樣長髮，操大拇指和食指輕輕轉動煙捲，問：「你們還在做香菌生意沒有？價格能比縣外貿高多少？」

「量大我們才收，價格當然比縣外貿高點。」

「我們村大概可以湊三噸多吧。喂，你說是不是這個數？」長頭髮扭頭說。短頭髮後生忙笑瞇瞇地點兩下腦殼。

「好，慢慢再談。先上館吃點什麼吧。我請客。小潔，你把網兜提著。」春生說罷，抬手臂一左一右搭兩老同學肩上就要走。

小潔不動，嘟噥：「又不是我送禮……」短頭髮後生忙彎腰提上那兩個網兜。

「你們先去佔個桌面，挑最貴的菜點。」春生說，遞兩百塊錢過去，攆狗一樣揮揮手。兩個山民相視一笑，搖擺著進小酒館去了。

小潔說：「你可別忘了，今天進山來到底是幹啥的？」

春生壓低嗓門說：「三噸多香菌運抵廣州，能淨賺一萬多塊吶！」

小潔心事重重扯著衣襟，有點茫茫然。她是鎮中心小學教師。春生昨天到的她們鎮上，約好的。明天星期天，晚上還得趕回學校。

酒足飯飽。生意也談妥。兩個年輕山民醉醺醺千恩萬謝。春生說：「一星期內，找農用車把貨送城關去。不會虧待你們。」又遞兩支「三五」牌香煙，然後，又攆狗樣揮了揮手。他好愜意，望天天寬，望地地闊；扭頭望小潔，目光剛巧碰撞上。小潔眉梢緊皺。

小潔說：「真可怕，這麼快就學會居高臨下使喚人的派頭啦？」

春生說：「放牛娃做了將軍，就該擺將軍的派頭！俗話說財大氣粗。錢這玩意兒，其實也和權力一樣——你見過有哪個官兒不擺譜？」

小潔懵了良久，呢喃：「記得一位美國人曾在一本書中說過：『錢掙到夠用，就不是最好的東西了』……」

春生說：「美國佬富得流油，是飽漢不知餓漢饑！要我說，什麼時候錢都是最好的東西！在大都市裏，你有多少錢也總不夠花！」想起春天在廣州，就想起那個收了他三百塊錢的女孩……話又說回來，自己若仍舊是個窮光蛋，小潔肯嫁嗎？春生色瞇瞇地盯著小潔瞧，似乎也嗅到了那股色情味兒，慾念也上來了。他有點忘形，美滋滋笑出了聲。

「你笑什麼？」

「嘿嘿，賺了錢喜洋洋唄！記得我讀初中時，作文常得到老師誇獎。那陣子我還夢想將來寫小說哩。其實啊，寫小說哪有做生意掙錢多？也沒有做生意快活！」

「你呀……真不該退學，不該跟你爹去做生意。」

春生提起網兜，說：「別又說傻話。還有好幾里山路要晃悠吶！唉，遺憾這鬼地方沒滑杆，要不，雇兩張坐上，『吱呀吱呀』，顫顫悠悠去拜見未來的丈母娘，才愜意！」

四

小潔和春生在同一條山溝、同一個院落裏出世。春生早半個多月。十年前，春生的爹發了財，就賣了老屋，在城區買了塊地皮，蓋起一棟小洋樓。

出校場壩，春生一路嘮叨，天上一句，地上一句，自得其樂。小潔一聲不吭跟著。下了公路，阡陌上小草青青，山道兩旁還是包谷地。他聊得唇乾舌燥，興趣也漸漸褪了。太陽光明晃晃，包谷地和綿延的崗巒墨綠油亮；天宇蔚藍，乾淨得沒有一片白雲。過獨木小橋，進山溝了。溪水淙淙，溝谷裏仍沒有一絲兒風。

「歇一會兒吧。」小潔說，就坐溪畔一株麻殼柳的蔭影裏了。春生也坐下來，嬉皮涎臉要往小潔身上靠。她瞪他一眼，顛屁股挪開點距離。他好窩火，摘一莖野花亂搓揉著。

「小潔，你真累，靠我肩頭歇歇也行。」春生說。他耐不住寂寞，渴望彼此能輕輕鬆鬆有說有笑，「你不知道你多漂亮，我多麼喜歡你！真的！」

小潔不出聲地望著他，眼睛睜大大的，分明有淚光在閃爍。淚水越聚越多，溢出來了，宛如銀子的碎屑。她掩飾地低下了頭。

「……你，怎麼啦？」

小潔掏出手絹，輕輕地擦掉淚痕，抬起頭，眼神茫然，不過沒有望他。春生百思不解，揣摩她會不會像電影或小說中失去貞操的女孩，要懺悔什麼，心底陡地透涼氣兒。

「請告訴我，你今天為啥要來這兒？」

「去見你爹娘，告訴他們我打算娶你作媳婦呀！」

「我是問你愛我嗎？請你不要以愛錢的那種情感，用愛錢的那個『愛』字。」

「天啦，你說傻話也真會選時候。我看你是教書、讀書搞得呆頭呆腦啦！」

「應該說，是因為你讀書太少，或者說做生意太早的緣故。也許男人愛女人永遠不會像女人愛男人那樣愛法。但是，你在學校時曾是個極重感情的男孩呀！我現在希望你暫時把屬於你的財產丟一邊去，暫時別仗錢的權勢，誠實地回答我。」

「你今天到底是怎麼啦？」

「不要迴避。望著我，請你說心裏話。」

「你、你是知道的，從讀小學時起，我就一直喜歡你。我，我……」這麼被強迫回答問題，令春生覺著屈辱；面對含淚的眼睛，還真怎麼也吐不出那個聖潔又幼稚的「愛」字。小潔讀了三年師範。春生做了七、八年生意。他覺得自己最近幾年已經成熟多了。又想起了廣州，想起了那三百塊錢，和手指觸摸到女孩胸脯時的快感……他慾火中燒，眼睛盯小潔露短裙外的一截兒大腿上，只差惱羞成怒了。他咬咬牙又克制住——問題好像有些複雜！

「純粹的愛心，也許在天堂裏能找得到。」他陡地記起前些日子在一本言情小說裏讀到的這句話。嬉笑著又補充說，「我們都是凡夫俗子，不如說因前世姻緣，想建立婚姻關係傳宗接代更來得實在。」

小潔緩緩點頭，手中捏一莖擰斷的綠枝兒簌簌輕抖著說：「的確實在。謝謝你能夠坦率地說出來。春生，我們差不多有四年難得有工夫待一塊兒長時間聊聊了——十六歲時我們已經相愛，只不過沒明白說。這一年多你變多了。說實在話，扮財大氣粗模樣兒，你的年紀的確嫌小……春生，我知道你已經不可能像我愛你一樣愛我了。但你肯定確實有那麼點點愛我的。我不相信錢真有那麼大力量，能將初戀蕩滌得一乾二淨？你是不是還有一點點愛我，是不是？你要說真話……」

「我，不知道……可是我的確一直喜歡你，有時候，像喜歡可以眩耀於人的高級奢侈品；有時又不像……我覺得做學生時都太幼稚。踏入生意場之後，才走向成熟。愛情是什麼？過去懵懵懂懂倒像知道點兒。如今有好多事情……」

春生語塞，沮喪極了。在生意場中碰到最狡詐的對手，或偶爾馬失前蹄，他也不曾這麼沮喪過。說這段話時，他就是覺得小潔比別的女孩子清純標致，是個引人垂涎的尤物！見識稍多了些之後，他已經不信還會有少年時曾追求過的那種柔情存在；可眼下又覺得，那樣一種純粹的愛，似乎還真存在……他真正惶惑了。

「謝謝你的誠實……」小潔仰望藍天呢喃，不再說什麼了。春生的心裏如亂麻撕扭，解不開，道不明白，吭哧吭哧憋氣，也沒話說。一時間好安靜，只有溪水淙淙流淌。

日頭已西偏。人坐大山的蔭影裏，覺天更蔚藍，像深不見底、一覽無餘的寂寥的湖面，更催人愁。春生的手不自覺又觸到揣西裝短褲裏的那鼓脹錢包。錢包像塊小頑石，硬邦邦梗大腿和手掌之間，似乎跟他和小潔都沒有關係。他好洩氣。

小潔站起來了，平靜地抻抻前襟。春生抬頭仰望，覺得她實在太可愛，相形之下，連襯托在背後的藍天也顯得暗然。

春生問：「你後悔了？討厭我不該來這兒？是不是想乾脆轉身回你的學校去？」

小潔說：「既然來了，還是去見見我的爹媽吧。我們至少還可以作朋友。」

泥土

一

王局長坐在田埂上小憩。

天高雲淡，山林鬱鬱蔥蔥。一塊塊坡田順山勢迂迴，星星點點灑幾個耕耘的人；深翻過的暗褐色泥土潮潤潤，攥一把擠得出油！不遠處的草棵子裏，兩隻斑鳩正咕咕嘮叨著。山風輕輕拂面，沁滿汗水的臉龐猛一陣冰涼。

老羅！才走了十多里山路，渾身已經大汗淋淋——土改那陣子，一天跑百多里也沒累成這樣！王局長咧嘴巴訕笑，站起身伸個懶腰，背著黃挎包繼續趕路。

昨晚老伴打來電話：「……家裏有要緊事！」沒容他開口又掛斷了，像很生氣。他納悶，差不多一夜都沒有睡踏實。

糧食局也在改革。去年提拔的副局長是省糧校畢業生，有魄力有辦法。他已經決定讓賢，上個星期已向縣委遞了退休申請。

進城三十多年，開會，彙報，下鄉檢查工作，一日三餐跑食堂，晚上孤零零躺窄床上睡覺……老婆、娃兒都在鄉下，鄉下苦啊！過去很少想這些。年紀漸大，心漸漸變軟啦！

「聽說縣計委的老周，幫我們娃在印刷廠謀噠個工作，又讓你擋啦？人家一片好心，你怎麼就不曉得好歹呢？！」

「我為堵住走後門之風，得罪了不少人。到頭來自己也這樣，老臉往哪兒擱？」

「你只有把自己娃兒困在田土裏的能耐！他今年都二十三歲噠，你幾時為他操過心？」

「……搞特殊化，老百姓會罵娘的，一輩子都不得安寧！娃，你能體諒爹嗎？」兒子那天坐在一隻小凳上看書，抬起頭，老實巴交地望著他憨笑……

……再過些日子，兒子就可以名正言順地去頂職啦！王局長心裏輕鬆，腿似乎也添了勁兒。穿過前面的黑老林就到家了，該怎樣把好消息告訴他們？老伴肯定樂得合不攏嘴。溫順老實的兒子會樂成啥樣？

人上了年紀，總思念故土。現如今，年輕娃兒們都渴望進城。兒子恐怕也不會有留戀故鄉的情緒吧？王局長陡地這麼想，望著眼前熟悉的景物，悻悻地吐一口氣。

二

進村口時已是黃昏。炊煙在院落上空纏綣，浮一丈多高就溶進暮靄。大皂角樹下，誰家又蓋起一棟兩層樓新房。王局長的家在皂角樹北邊，兩間矮蹋蹋的木肋架板壁屋，還是五六年爹媽為他結婚，操持著蓋的。

「……我偏要和她好！」是兒子的聲音，甕聲甕氣，很衝。王局長「吱呀」推開門。老伴坐灶門前的條凳上，蓬亂的頭髮上掛著草屑，泥巴色臉皮像被搓揉得儘是皺紋的陳年草紙，兩頰因激怒微微泛紅。她比王局長年輕六歲，看外貌倒像老十歲！

「瞧你的兒子！如今能幹噠，娘的話也聽不進一點點啦！」

王局長放下黃挎包，慢吞吞問兒子：「談戀愛了？看上了誰家的姑娘？」

「……皂角樹下，徐家的福桂。其實還沒說起那回事兒……」兒子回答，羞赧地笑著，站在屋子中央像一扇門板。他身材壯碩，兩道眉毛又黑又粗，眼睛也大，臉龐也寬，紅潤的厚嘴唇緊抿，露牛一般的倔強與憨厚。

「唔，那姑娘我記得，模樣標致，也老實本份，是一對兒嘛！」王局長望老伴兒訕笑。他還想把退休的事兒一併告訴他們，話到嘴邊又咽回肚子裏，說：「吃飯吧。」

……喝罷酒，兒子滿滿盛一碗米飯，雙手捧著遞上。兒子的手骨節粗大，小裂紋縱橫交錯，像蒙著一層絲瓜絡——是一雙地道的農民的手！

黃局長的手像發酵後的白麵，軟綿綿鬆巴巴。兩雙手湊一起的那一瞬，王局長鼻腔酸楚，噴噴香黃亮亮的鍋巴飯嚼著也無味道了。他很想和兒子隨便聊聊天，挨攏點兒，親熱點兒；彼此間卻又像隔著層什麼。兒子似乎總很忙，吃罷飯，客氣地笑笑，從三屜桌抽屜裏掏一本書塞進褲子荷包，出門去了。

夜降臨了，鐮刀也似的月牙兒灑下朦朦朧朧的青光。電燈從綠樹掩映的小方窗投射出一束光暈，暖暖的可人意。莊戶人家都聚在燈下，婆娘們嘮叨田坡裏的收成，男人講敘趕集的見聞；有人哼山野小調，有人拉扯著自製的胡琴……

一晃幾十年，和泥土疏遠了哩！扳包谷，割麥子，咀嚼著噴香噴香新米做的飯；或水田剛開始裂螞蚱口兒，看到天邊飄過來黑沉沉的烏雲……那種種的快活，好多年都沒有感受到了。鄉親們的寒暄也帶敬畏神色，跟親兒子也生疏，都把我當外人啦！

王局長背著手，漫無目的，孤零零地在村道上踱步。從皂角樹那邊，飄過來鄧麗君的甜甜歌聲。黑糊糊的樹影下有兩個人影兒，其中一個好像是兒子。

「喂，等會兒你把收錄機拿去。你爸待城裏習慣噠，回家來怕悶得慌……」

「不用。爹不喜歡我拿人家的東西回家……明年，我打算去買臺電視。爸明年再回來時，就不會憋悶噠。」

「我們這塊兒，不是一直收不到電視嗎？」

「聽人說，鄉政府已經安排人開始選點修轉播臺。明年就收得到噠。」

「……明年，我們真地去追花？」

「當然！我們倆加上柱娃子、玉芝，花開到哪裏就追到哪裏。嗨！才有味哩！」

「嘻嘻，養蜂人自在又浪漫，小日子簡直像浸在蜜裏一樣吧……」

很晚很晚了，兒子還沒有回家。兒子談追花也喚起王局長的記憶。小時候放牛、牧羊、他最喜歡在長滿各色野花、厚地毯也似的草坡上嬉戲。兒子能喜歡花，他真高興。

他問老伴：「你說福桂哪樣不好？」

老伴兒心煩地數落：「你真是死腦筋！托政策的福，我們的娃遲早要去頂職。政策又規定落戶口隨媽。這輩子一個家分兩處，你沒過夠？還想讓兒子再當半邊戶？」

王局長張口結舌，理虧似的沒了主張。老伴解放初期在縣醫院當護士，不知怎麼愛上了他這個從農村剛調進城的糧管員。自己粗裏粗氣，那會兒脾氣也暴燥。她秀氣賢慧，為照顧公婆，辭了工作遷到了鄉下。兒子出生不久，實行統購統銷，慢慢地，城和鄉便分開了，鄉下人再也挪不動窩了……他覺得是自己害苦了老伴兒。

「曉得指望你沒用！這個家到底你也有份，對不起，明天去幫我們種麥子！」見他不開口，老伴氣鼓鼓脫衣裳躺下，側身朝牆，一聲不吭了。

「哎哎，我正慢慢想嘛。」王局長用肘彎輕輕推老伴，「給你說，我已經申請退休了。顧問也不當。副局長年輕懂行，比我強多了。」

老伴轉過身小心翼翼問，「回鄉下來種田？」為了兒子，前些年她一直催丈夫早點退休；丈夫當糧食局長她也沒沾丁點好處。突然真的不當了，她心底禁不住泛幾絲悵惘……

「上級自有安排嘛！種田我也還可以。」

「……我們的娃啥時候去頂職？剛才，你怎麼不告訴他？」

「明天再說吧。」

三

大黃牯在前面低頭拉犁。

兒子右手扶犁把，左手揮一支顫悠悠的細條兒，嘴裏吁吁吆喝，儼然像老把式。老伴端一筲箕麥種跟兒子身後，一把一把朝筆直的犁溝裏撒。王局長雙手緊握大畚箕，腰弓成九十度，像一隻老對蝦，沿犁溝抖抖地把廄肥蓋麥種上。他撒得很不勻，一忽兒填平犁溝，一忽兒麥種又聞不到廄肥的氣味。畢竟三十多年沒正經八百幹過農活，汗水順皺紋往下淌，臉上像有小蟲子爬。滿滿一畚箕廄肥足有五、六十斤重，沉甸甸壓手。腰酸痛，腿也拖不動。吃早飯時，老伴勸他留在家裏，他還不服老！

太陽才升起一竹杆多高。他直起腰身朝兒子喊：「歇會兒吧。」

兒子已犁出老遠，扭頭望，放下犁，跑轉來接過畚箕，利索地「刷刷刷刷」，廄肥勻均地撒進溝壟，不厚也不薄。

兒子在田埂上坐下，背靠一株不大的梧桐樹，眼睛望金燦燦的梧桐葉；也許在望湛藍高遠的天空吧。兩隻土畫眉啁啾追逐，從空中掠過。兒子的臉膛露夢幻般甜甜的笑。

這山巒、田坡、土畫眉兒……無論如何，看著都舒心！王局長七歲開始，丟種、拔草、打土疙瘩，十六歲時，莊稼活都撿得起了。他喜歡津津有味回憶：大部分農活叫人腰疼筋骨酸，粒粒糧食簡直是滴滴血汗！也有喜悅——創造的喜悅和希望的喜悅！看到尺多長的包谷棒子，壓彎了腰的穀穗……甚至平平常常的雨、雪、糞便、太陽，只要是莊稼生長所急需，都讓人覺高興、親切！這種緣分，若非幼年所養成，恐怕永遠也不會有！

兒子和土地有這種緣分嗎？王局長實在沒把握。兒子正聚精會神翻一本養蜂的書。老伴佝僂著身子，沿田邊地角扯豬草。

「你不累？坐下休息一會兒嘛！」他埋怨說。

老伴直起腰，蹣跚著走過來坐他身旁：「吃不消吧？其實，三畝水田兩畝多旱地，我們母子也不稀罕你回來幫忙。你的責任是開導兒子，叫他莫太死心眼！」

王局長的膀子又垂下了，興奮的情緒隱退，心頭陡地一陣苦澀。兒子黧黑，結實，魁偉，像一塊岩板，四周簇擁著森林倒挺風光。去了城裏後又怎麼樣？沒有一技之長，土頭土腦……有些話，還真不好意思對兒子細說。

他記得五六、五七那兩年；六四年也還不錯——那時候鄉下人有自己的驕傲，一點兒也不羨慕城裏人！這幾年，農村的日子又漸漸富足起來。為什麼老伴還拼命要把兒子往城裏推？是這麼些年來，遭罪遭怕了咧！

他歎一口氣，說：「戀愛這事兒，不太好干涉；轉彎子也得慢慢來……」

歇了會兒，兒子把書放田埂上，站起身活動活動腰肢，說：「莊稼活累人咧。爸爸回去休息吧，我邊耕邊帶著掩糞。」自從懂事之後，他一直像尊重客人一樣尊重父親，在父親面前也像在客人面前一樣拘謹。

老伴說：「也好，你回去做飯。把豬草帶上，拈嫩的撒些在兔欄裏。」

四

「文革」初期靠邊站時，王局長練就了一手做飯的功夫。那陣子老伴常去看他，很欣賞他燒出的飯菜。如今時過境遷，偶爾回家後，他仍喜歡操操鍋鏟菜刀，是想品品小家庭生活的滋味吧。

進小院壩，幾十隻母雞迎上前咕咕聒噪；蜜蜂「嗡嗡」，合奏著清淡魅人的牧歌。王局長給十多隻安哥拉兔撒些嫩草，去村頭溪邊挑水，然後取一塊柏枝燻的臘肉細細刮洗。

「喲呵，回家了還自己動手？老嫂子呢？」

王局長抬頭，認出是城關小學的韓老師，嘿嘿笑問：「你幾時回來的？」

「怎麼，你不知道？我退休都半年啦！」

「你退休啦？」王局長怔住了。老韓比他年輕七、八歲，身體結實，知識豐富，是城小的骨幹教師。「你怎麼退休了？」

「有什麼辦法？每次回家，兒子哭，老婆吵，都怪我沒能耐。我只好把鐵飯碗轉讓了。」

老韓咧嘴巴苦笑，慢吞吞敘述說：「……那天進五官科檢查視力，缺口朝上我指下，朝左指右。醫生叫我上前兩步，問：『怎麼樣？』我結結巴巴說：『兩行大的模糊看得清，下面的還、還、還是不行。』醫生放下細棍兒說，『完全不行了嘛！』在診斷書上寫：『左眼0.1，右眼0.1，完全喪失工作能力，建議退休。』我這才鬆了口氣，脊背上冷颼颼。唉，平生頭一次說謊，襯衣全濕透啦！兒子頂職後，在學校燒鍋爐。別看他肚子裏沒啥墨水，變洋氣啦，放假也懶得回家；回到家也狠不得把腳板扛肩上——好離泥巴遠點兒呀！」

韓老師擺著腦殼，臊紅了臉。他們倆是娃兒時的夥伴，私下裏無話不談。

王局長聽得直發怵，心底像打翻了五味瓶兒！……自己的兒子會不會也變成那樣？不，不會的。兒子老實，到哪兒也只會像膽怯的夾尾巴小狗，爽朗地笑恐怕也未必會！

這麼想著，王局長的心裏略略感到安慰。

種田的人回來了。兒子扛著犁頭跟在母親身後，放下犁打招呼，「韓叔叔過來啦！」

韓老師笑眼瞇縫點頭，清臒的瘦臉上皺紋舒展。他對王局長說：「不是我當面誇，全村老少，哪個不稱讚你們的娃禮貌、能幹？不像我哪兒子，文不行，武也不行……」

兒子早羞紅了臉，像大姑娘一樣，低頭進廚房幫忙端菜盛飯。

老伴拿一瓶酒放桌子上，呵呵笑說：「還沒喝酒就說酒話！他是個老實疙瘩，和他爹一個樣，哪有你的娃兒伶俐？」

韓老師接過酒杯率先呷一口，邊吃邊饒有興味和兒子聊，話題是關於養兔、養蜂。王局長心想，韓老師過慣集體生活，回家閒得發慌吧。他問：「你如今也在養蜂？」

「跟你娃學吶。他可是這一帶的權威，稱得上百科全書！」

「韓叔叔莫取笑。養『意蜂』我也剛剛學。」兒子稍停片刻，又說，「『意蜂』嬌得很，照顧要特別細心。它分檔快，產糖高……我們這塊山裏海拔落差大，花源充足，倘若家家戶戶都養蜂，蜂蜜簡直可以用汽車拉！」

王局長頭一回看見兒子眉飛色舞神聊。他瞅一眼酒瓶，不是本地包谷酒，是「竹葉青」！難怪順口，喝了幾杯竟沒有發覺？他內心暖乎乎又呷一口，望著韓老師無話找話說：「我也準備退休了。老羅，看報紙不戴眼鏡硬不行了！」

韓老師臉上飛紅暈，尷尬地訕笑。王局長說話無心，觸到了老夥計的疼處，也有點尷尬。吃罷飯，閒聊總不投機。又坐了會兒，韓老師起身告辭了。

兒子說：「韓老師熱心快腸，他想把村裏的幾個孤寡老人串起來，打算租生產隊那棟空置多年的糧屋，一起來養安哥拉兔和本地土蜂……」見爹神思恍惚，止住話，也出去了。

王局長自己也理不清腦子裏的思緒。

五

從院子裏傳來一陣「嘭、嘭……」的聲響。

王局長漫無目標也走出門來。夕陽西下，仍明晃晃眩目。兒子正揮動大砍刀，把一堆茶杯口粗的櫟樹枝條剁成約三米長的木樁。老伴兒坐在石軲轆上劃篾，纖細柔韌的篾條兒似有了靈性，正忽上忽下地顫跳著。

王局長問：「你們準備做什麼呀？」

「重新搭個兩棚樓的兔窩。長毛兔嬌咧，要住得通風，向陽。有五隻母兔快下崽，原來的兔窩就更嫌小了。」老伴喜滋滋地嘮叨說。

王局長說：「好嘛，等我退休了，就回來養蜂養兔。」

兒子望父親一眼，又低下腦殼，仍不緊不慢地砍著。

王局長插不上手，幫不上忙，袖手旁觀嫌不自在，默默回屋，合衣倒在鋪上。因多喝了幾杯，不知不覺地竟迷糊了一會兒……感覺到冷，才翻身下床，又走出門外。

老伴不在。兒子在看書。太陽已經快吻著西山上的樹梢。兔窩的框架早已紮好。

王局長乾咳一聲。兒子抬起頭，望著他微微淺笑。

沉默片刻之後，他又乾咳一聲清清嗓子，說：「我，打算馬上退休，讓你頂職……」

兒子還是微微淺笑著，看不出有什麼特別喜歡，看不出激動。

王局長又說：「你和福桂的事，爸爸不反對。如果能晚幾年再談也行。剛參加工作就談戀愛，多少會分心，怕影響工作……」

兒子眨巴眼睛思量，然後，甕聲甕氣開口說：「我喜歡福桂。我們眼下還沒有談戀愛，只在一起做活路。山裏面有好多適合我們做的事。進城後又得重新開始，我擔心很難適應陌生的環境，陌生的人……山裏面也有油滑刁鑽的，不搭腔就避開了。待機關裏倘若遇上個奸詐、陰險的同事，那可不好迴避……」

「你敢擔保將來？倘若政策再反覆，又像前些年那樣折騰，種田的可沒地方躲，沒地方退……」老伴不知啥時候過來了，氣憤憤說。

「我看不會。反正我喜歡這地方！」兒子說，目光注視遠山，「再幹幾年，村裏的變化肯定更大。到那時候，說不定城裏人也想搬到鄉下來住！山裏天高地闊，樹大林深，空氣也新鮮咧！」

王局長聽得呆了，竟嘿嘿笑出了聲。

「就會憨笑！這麼些年來你在城裏當官，收購糧食，保管糧食，你可曉得種田人的苦處？」

「你是不是有點後悔了？」王局長說，仍一臉兒嘿嘿笑。

「我還悔個啥？待山裏也住習慣嘍，只要不窮，只要舒心，在哪兒不一樣居家過日子？」老伴勉強地笑著，臉上的皺紋更嫌密，眼眶裏閃爍著淚光……

吃罷晚飯，父子倆在阡陌上散步。播種過後的田塊平展展，像被太陽曬黑的皮膚。暮靄朦朧了含黛的遠山，晚風送來泥土的氣息。聽得見牧歸的娃兒們吆喝山歌……

兒子彎腰撿一塊石片，朝幾隻在田裏扒種子吃的烏鴉扔去。烏鴉驚起，「哇哇」飛遠了。兒子呢喃：「開春過後，這裏將是一片綠。麥穗兒揚花，油菜花金黃，蜜蜂嗡嗡穿梭；還有稻花、高粱花、南瓜花、蕎麥花、桃花、梨花、木梓花、槐花……能打好多糧食，割好多蜂蜜啊！離開還真有點捨不得。」

王局長背著手沒搭腔。他默默望著起伏的山巒，思緒翻湧，想了很多……

六

回城後的第二天，王局長在縣委大院裏碰見計委主任老周。

「王局長，這兩天你哪兒去了？」老周問，遞上一支帶過濾嘴兒的香煙。

「回鄉下去了。眼下正秋種秋收，忙咧！」

「你們局的招工指標批了，九名。這次就搭著把你的兒子招來算啦。老同志嘛，作內招，政策上也說得過去。你看……」

王局長說：「兒孫自有兒孫福，我懶得操這份心囉！我已經申請退休了。」

「退休？你身體還蠻好嘛，又有經驗……」老周十分意外。

「老囉！」王局長輕輕甩幾下膀子說，「有空閒沒有？到我寢室去坐坐？我帶來幾十個雞蛋和一隻肥母雞，去喝兩杯怎麼樣？」

兩個老人朝糧食局宿舍樓走去，邊走邊聊……

東南邊天空飄幾朵白雲，一群大雁鳴叫著，呈「人」字形朝南飛。王局長想，白雲下面，該是家鄉了吧？老伴和兒子，還有父老鄉親們，此刻一定正在田土中奔忙操勞……

啊，那肥沃、充滿希望、一把能攥得出油的泥土啊！

小倆口過年

一

屋子裏，日光燈柔和的光懶洋洋地照耀著，式樣新穎的椿木傢俱的漂亮木紋更顯得光彩照人；電視機默默地蹲在雕花的床邊小櫃上，擺在梳粧檯大鏡前的「中三洋」，正嗲聲嗲氣地唱著香港流行曲：

「……分離是不得已，又不得不分離，我只有偷偷哭泣……」

鋪著絲質桌布的黃楊木小圓桌上，錯落有致地擺滿了豐盛的菜餚，「青島啤酒」、「紅葡萄酒」、「竹葉青」、「三遊春」……還有「茅臺酒」，全伸著長頸子擠在一堆，瓶蓋兒還沒有打開。

厚重的落地窗簾嚴嚴實實地遮著落地的大窗戶，喧囂聲和說笑聲，還是從樓下的街面上傳了進來。突然空中「砰砰」幾聲脆響，接著是小孩們歡快的笑聲；好幾個姑娘也尖聲叫著「喲！喲！」——準是在放「沖天炮」！

今天是農曆庚申年臘月三十。一年一度的除夕之夜，來臨了。

「鏡子裏面有個姑娘，一雙眼睛又明又亮……」「中三洋」裏面還在柔聲柔氣唱著。

大衣櫃前，司機應建平正費勁地抓著他妻子周琳的雙手，尷尬地抵擋著她的「進攻」。應建平臉色灰白，腦子裏全亂了套……外面的鞭炮聲越炸越熱鬧，這些過年的人好快活；姑娘們的「咯咯」笑聲真刺耳！肚子似乎有些餓了……他頭漲心煩，腳下的步子不由自主一陣踉蹌，賊亮的黃皮鞋上早已清晰地印了一記鞋底痕。周琳正拼命地推搡著應建平，臉色泛青，淌著淚花；發狠地想把雙手從那鐵箍般的掌握中掙扎出來，燙著捲髮的頭不住點地猛撞建平的前胸。「嘩啦啦——」後退著的應建平碰倒了寫字臺上的相框，掉在水泥地上摔得粉碎。兩人一愣怔，不約而同地鬆開了手。

兩雙腳尖跟前的玻璃碎片底下，壓著一張彩色的結婚照片：周琳手捧鮮花緊緊偎依著應建平，調皮地歪著頭，笑唇下露白玉樣的皓齒；應建平也開心地笑著，嘴角上掛兩個圓圓的大酒窩，那模樣兒實在是俊。

從樓梯口傳來雜亂的腳步聲、說話聲和爽朗的大笑聲，又漸漸飄遠了。屋子裏的他們倆仍呆滯地默視著壓破碎玻璃下的彩色照片，像兩根沒有生命的木樁。

掛鐘悅耳地響了六下，應建平抬起頭，長長地吐了一口氣。他打開房門，左右環視了一下，又用手拉拉被揉皺的上衣，然後朝樓下走去。

周琳這才如夢方醒，她緩緩地走過去關上門，又踱回到三開大衣櫃的菱形鏡前：鏡中的少婦著式樣考究的長毛絨大衣，筆挺的毛料微型喇叭褲；頭髮蓬鬆，瓜子形標致臉蛋上佈滿淚痕。周琳陡地鼻腔發酸，似乎覺得有點不協調，頭腦嗡嗡響；又好像什麼也沒看見，什麼也懶得去想。

「讓我們高舉起歡樂的酒杯，杯中的美酒使人心醉。這樣歡樂的時刻雖然美好，真實的愛情更寶貴……」

是《茶花女》中的「飲酒歌」——周琳不由打了個寒顫，「啪」地關了「中三洋」，好像再也支撐不住。她猛地轉過身，撲倒在鬆軟而富有彈性的沙發床上，順手拖過被子蒙住頭，渾身像篩糠一樣，極傷心地啜泣起來……

二

在這個小縣城裏，人們常常可以碰到應建平，手裏拿著網兜，笨拙地擠在人堆裏買菜。他總是憂心忡忡，忙忙碌碌，臉上難得見到笑意，也很少跟熟人打招呼。他從不討價還價，只是默默地拿過菜，默默地付上錢，默默地轉身走去；那緊閉著的薄嘴唇，緊鎖的眉峰，似乎飽含著無奈和悲哀。

他高挑個兒，有兩條十分帥的細長腿，臉蛋清臒，皮色淡黃，一舉一動都透著斯文。他父母原本是華中師範學院的講師，是一九五七年後，才被下放到這個小縣城來的。

大概由於遺傳基因的功能，他對開貨車並沒有多大興趣，駕駛室裏總放有幾本精心包了封皮的書籍。他不會做飯燒菜（靠食堂），不會洗衣縫被（有媽媽）；不善於交結應酬，又恥於溜鬚拍馬。工作之餘，飲二兩白酒，抱一本厚書，除了眼前的字畫，書中的人物，整個世界對於他幾乎是不存在了。七八年，父母的問題全部改正，又回武漢教書去了。應建平仍然留在縣城車隊裏。但他那顆麻木的心，又不安份地開始復活。「父母們『改正』了，難道我們這些受株連的子女，還要為他們那些子虛烏有的問題付出一輩子的代價嗎？」他痛惜已逝去的歲月，心裏常常這樣想。

今年五月，他結婚了。愛人周琳是文工團的舞蹈演員。她漂亮活潑，衣著永遠乾淨、筆挺，且式樣時髦做工精細；連衣裙的色彩搭配也是煞費苦心，又恰到好處！每當開大會或者看電影，許多青年總要特意地揀條路線，以便可以很近地掠過她的身邊。應建平第一次見到周琳，正是被她那優美自然的姿態、時髦而又合身的服飾所吸引的。他們倆一見傾心，閃電般地戀愛上了。「你小子，真走桃花運啊！」一些相識的朋友總眼紅地酸溜溜跟他開玩笑。他聽了，禁不住心底一陣暖烘烘甜滋滋。

他們的戀愛是幸福的。蜜月也是幸福的。後來呢？今天呢？這會兒，大家都在快快活活地過年啊！「……大概這就是所謂『愛人的缺點，婚後才露頭』吧！」應建平低著頭在人流中躑行，腦海裏不時浮起一幅幅令人不快的畫面來：

「給！」妻子板著臉，扔過來一套燙得筆挺的衣衫，「又有兩天沒換外衣了吧？你是頹廢派詩人？是野獸派畫家？真是的……」應建平極不情願地收了紙筆，苦笑著接過衣服，拖著疲倦的步子走進裏屋。

「又看書，一落屋子就是看書！這一房傢俱就得擦拭半天，哪還有功夫看這些屁書！還有柴米油鹽醬醋茶，你也該幫忙操點心了。都是三十的人啦，圖個什麼喲！」

「……這畫展真沒意思，一塌糊塗。喂，聽說菜場今天賣香腸、鮮魚，你快去排個隊，我回家拿只小凳兒再來換你。人一定很多，怕要排好幾個小時哩！」

……「喲！」一聲女人的驚叫——應建平差點和一位迎面走來的婦女撞個滿懷。「注意，地下有黃金！哈哈哈……」旁邊一個青年湊過來開他的玩笑，臉上洋溢著節日的喜氣。應建平心煩地離開了狂歡的人流，來到城東的石橋上。四周灰濛濛的，他一動不動伏在冰涼的石欄杆上，茫茫然注視著嘩啦啦流淌的河水……

……真是「逝者如斯」啊！半個多月前，劉丹突然出現在他面前，他差點沒認出來！

「你是……啊，是你！什麼風把你吹來的？」

分別差不多有十一、二年了。劉丹長高了，臉也變黑了，衣著還那麼樸素，神情也還是那麼憨厚，甚至有點靦腆。無意間，在劉丹的藍色中山服胸前，應建平看到了一枚「中南礦冶學院」的校徽在閃光。他臉一熱，慌忙轉身解下白圍腰，心底酸溜溜不是味兒。

「這麼些年，你都在哪兒混啊？」應建平遞上沏好的龍井茶，故作輕鬆問道。

「一直在老家種地。七八年考上的大學。這幾天放假，專程回母校來看看老師，會會同學。」劉丹還是那麼溫良恭儉讓，神情還像個沒見世面的鄉下姑娘。他是應建平中學時的好夥伴，六八年「上山下鄉」，他就回原籍去了。

那天劉丹走後，應建平越發坐臥不安了——都快三十的人啦！「拿破崙在這個年紀已經準備當皇帝了！而三十歲時的愛因斯坦也已經成了科學巨人！俄國大詩人普希金，三十歲後再過七年，就該慷慨赴死，去決鬥了……」應建平突然記起不知在哪本書上讀到的這段話。他真地十分焦急：再不努力，就太晚了。

春節將近，車隊放假了。妻子的「指令」一個接著一個——辦年貨，辦年貨！他反而更沒有時間靜下來看書了。倆口兒整天騎著自行車，從東街跑到西街，從商場跑到菜場；擁擠，爭奪，斤斤計較，討價還價……想買一點點稱心的東西都得付出很多的精力和時間。應建平的好多打算，都如肥皂泡破滅了，只剩下無可奈何的歎息……

幾個很響的「沖天炮」，驚醒了沉思中的應建平。他直起身，跺了跺凍得生疼的腳，慢騰騰地又走回了家。時針正指十一點。妻子合衣躺在床上，已經睡著了。

漂亮的傢俱還在燈光下閃耀。近來，應建平討厭這些勞什子[21]幾乎到了瘋狂的地步。就是這些傢俱，這些各式合成纖維或毛料的衣褲、襯衫，這些絲光枕套、軟緞被面、繡花床單，幾乎天天要擦，天天要洗，天天要換。你工作一天回到家裏，累得腰酸背痛還得去伺候這些沒有生命的傲慢傢伙！這哪裏是幸福生活？是做牛馬，做奴隸！應建平覺得他和妻子就是背負這「現

21 勞什子：鄂西方言，泛指雜亂的物件、東西。

代物質家庭」的蝸牛，「是兩隻可憐的小蝸牛！」

結婚時，應建平的父母給了一千元。他們倆每月工資一百多元，也有近兩千元的儲蓄。當初想得多好哇，一勞永逸，三千元築個舒適的窩，然後夫唱婦隨，比翼雙飛，在通達理想境界的道路上迅跑——「四人幫」已作古，障礙已掃除——多美滿，多幸福啊！應建平還幻想寫小說，當作家呢！哼，這下可好，一天忙到晚，打扮得像商店櫥窗裏的時裝模特。生活的目的就是為了滿足虛榮心，為了讓庸俗的人去羡慕，去評頭論足，真是太乏味了。

他們時常為一點點小事爭個沒完沒了，妻子掉淚，丈夫心煩，然後是互不理睬，然後又和好……妻子漂亮，能幹，勞神費力全是為了家。捫心自問，應建平也並不是個理想化的斯多葛信徒，他也食人間煙火，需要溫暖舒適的家。但這不應該是生活的全部。

應建平給妻子蓋好被子，獨自斜靠在長沙發上，兩條長腿伸得直直的。他同情妻子，又可憐自己，心底像塞著一團亂麻，像燃著一團火。

三

……周琳撲倒在鬆軟而富有彈性的沙發床上，哽哽咽咽，傷心地啜泣了好久；半邊臉蛋陷在被淚水浸濕的枕頭裏，漸漸感到有些不舒服了。她勉強翻了個身，直挺挺仰面癱在床上，淚眼無神地望著天花板。

她的確美麗，身材苗條修長，烏黑的蓬鬆捲髮烘托著白嫩紅潤的瓜子臉，大眼睛深陷在突起的眉骨陰影裏，眼波透過長睫毛熠熠閃光；鼻樑高而且窄，如古典美人般的小嘴抿得很有個性，圓圓的酒窩兒叫人一看都感到甜津津的。她哭累了，翻身仰躺著，姿態真像入睡的維納斯；只不過眼睛還圓瞪著，神情也遠不及維納斯那般安詳。

結婚半年多了，他們沒有一天不是生活在一起，結果呢？卻越來越像陌生人。周琳已明顯地感覺到：隨著時間的推移，他們彼此之間的理解已變得越來越困難了——也許當初就並沒有互相理解過——丈夫老是孤獨地思考著他自己的心事，好像還沒有意識到自己已是一個擁有妻子家室的人。

「琴棋書畫詩酒花」……耳邊又響起了應建平那鬱悶的嗓音？似乎還聞到了酒味——真見鬼！周琳心煩地猛力拉過被子緊緊捂住腦殼。

……那是臘月二十八，應建平的好友老張過生日。中午，小倆口應邀到了老張家。老張和建平同齡，是個快活人，特別是能做姑娘們的活計，什麼繡花、打毛衣、做飯、燒菜、洗衣裳，連最能幹的家庭主婦也不比他幹得更好！

不一會兒，酒菜都上桌了。七、八個同事好友有說有笑，一致推「壽星」老張坐首席。老張還想謙讓。周琳抓住他連推帶搡，硬給按在上首坐下，直碰得酒瓶菜盤叮噹響。「哎呀小心，這酒席可不是公共財產啊！」老張呵呵笑尖聲叫道，兩眼眯成了一條縫。大家邊吃邊聊，氣氛熱烈輕鬆，都交口稱讚這滿桌豐盛的菜餚，直說得老張真有點飄飄然了。他搓著肥手打哈哈：「哪裏哪裏！現如今，若論做飯燒菜，大多數男同胞已經都是裏手行家。」

一直埋頭飲酒的應建平，這時候淺笑著開了腔：「解放婦女是當今潮流咧。再過幾年，說不定得調個個兒，得來一次解放男人的運動了。」像意猶未盡，他舉杯獨自飲一大口，竟又一板一眼地搖頭晃腦低吟起來。

琴棋書畫詩酒花，
昔日件件不離它。
而今七事皆更換，
柴米油鹽醬醋茶。

舉桌的男人們都前仰後合叫好，都大笑若狂。周琳的心裏很不自在。她閃電般瞥了丈夫一眼，要是在家裏，肯定早已跳起來了。

多麼好的一個安樂窩啊！幾乎什麼都有，無論是誰走進這屋子，總免不了會羡慕地讚歎一番。丈夫還有什麼不滿足，還在追求什麼呢？認識應建平的人都說他聰明。難道他不明白，琴棋書畫這些高雅的玩意兒，只能在戀愛時助助興罷了；琴棋既不能當床鋪睡，書畫也不會幫你抹桌椅板凳。想寫小說當作家？那更糟糕——辛辛苦苦且不說，誰知道將來還搞不搞運動呢？新房裏的全套傢俱都是應建平自己設計的，美觀，適用，周琳也常常以此自豪。漸漸地，周琳發現丈夫變了。她雖然知道現在開車不比從前，任務都定到了單車，有時候還得自己找回頭貨，是夠緊張的。可是他，比過去更懶了，收車回家就抱著書，外衣也經常幾天不換，皮鞋也經常幾天不擦。有時候，還勸她也別太陷在家務事裏，說人活世上，還有比麵包、衣著、窗明几淨更重要的東西。可她忙，她累，她沒有功夫——真恨不能生出四雙手來。「都依了丈夫的那套酸臭理論，這個家將會變成什麼樣子呢？」

屋子外面傳來玩獅子龍燈的鑼鼓聲、鞭炮聲。周琳的肚子裏一陣「咕咕」亂叫，像在提醒她，別忘了早已擺在桌子上的「團年飯」。想到作了好久的準備，又忙碌了整整一天，到頭來，連口「團年飯」都吵得沒吃成，淚水不自主又滾出了她的眼眶。

半個多月前，夫妻倆商量好，決定去武漢和父母一起過春節。可自從那大學生劉丹來家裏玩過之後，應建平突然決定哪兒也不去了。離春節已經沒多少天了。既然準備就在小城過年，置辦年貨便成了刻不容緩，分秒必爭的大事。這是他們結婚之後的第一個春節，理所當然，必須儘量搞得豐盛、體面。

這幾天來緊張得真像打仗啊！他們倆東奔西跑，話沒少說，錢沒少花，氣也沒少受，總算買回來不少東西。周琳還托人拉關係，好不容易弄到了六斤武昌魚、一隻熊掌、兩斤海參和三隻肥母雞。今天是大年三十，天剛剛亮，夫妻倆就趕緊起床，周琳捧一本《大眾菜譜》擔任主角，建平作她的助手，專幹殺雞、剖魚、燒熊掌、生爐子等粗活。無奈應建平有個怪脾氣：不管是吃飯或者上廁所，只要手眼空著總喜歡抓一本書看，到下午，該蒸的、煮的都已經上了籠下了鍋，諸多雜事也接近尾聲。應建平坐在灶前，又翻開了聞一多先生的詩集《死水》。

「……嘻嘻，有味兒！這一段寫得真好，我念給你聽聽。」看到高興處，應建平站起身跟在妻子後面，不由分說地念起來：

……「什麼是主人？誰是我們的主人？」
一切的靜物都同聲罵道，
「生活若果是這般的狼狽，
倒還不如沒有生活的好！」

主人咬著煙斗瞇瞇地笑，
「一切的眾生應該各安其位。
我何曾有意地糟蹋你們，
秩序不在我的能力之內！」

周琳正忙著擦桌子準備端菜餚，頗不耐煩地瞪了丈夫一眼。應建平悻悻地扔了書，大步流星過去幫忙。周琳甜甜笑著，額頭上沁油汗，細心地將八菜一湯在鋪著絲質桌布的圓桌上擺成眾星捧月形狀；又從食品櫃裏搬出許多酒來：高瓶矮瓶、圓瓶方瓶、紅的黃的、甜的苦的，圓桌上差點兒就擱不下了！

應建平問道：「不是說好大後天再請客嗎？擺這麼多酒出來幹什麼？」

「過年嘛，總得讓人看著像個樣兒呀！」周琳搖晃著頭，得意洋洋說；悠哉遊哉踱著方步，順手推開通走廊的門扇。

「唉，你這個人吶，虛榮心也太強了。」應建平淺淺笑嘟噥。

周琳的手已經抓住了細尼龍繩，正準備拉開窗簾，聽到這話，猛地丟掉尼龍繩，好像丟一根燙手的鐵絲。她惡狠狠撲過來，抓住應建平就往外推：「出去！我愛虛榮，你去跟不懂得愛虛榮的髒狗、野貓過去！」

走廊裏幸好沒有人經過。應建平忙虛掩上房門，轉身握住周琳的手息事寧人說：「我有口無心，對不起對不起。別鬧了，讓別人看笑話多不好？」

身心俱疲的周琳滿臉掛委曲的淚花，哪裏肯依，發了瘋似的，一聲不吭，只顧一個勁兒用力推搡著……

「……咕，咕咕！」肚子又在提抗議了。周琳忙活了一整天，這會兒實在有些餓了。她懶洋洋坐起，準備去沖杯牛奶充饑，低頭看表，已經快十點鐘了。她突然想起了應建平。她知道丈夫絕不會在這種場合下撇開她獨自一人去吃東西的。「這麼晚了還不回。到哪兒去了呢？」她不由一陣心痛，又倒在床上繼續等待……

四

夜半十一點二十三分，周琳醒了。

應建平還斜靠在沙發上，有點手足無措。他們倆的眼睛互相對視著，怨懟和愛憐的情緒在眼波中交流。不知不覺間，應建平僵硬地坐正身子，準備站起來安慰妻子。周琳突然從床上彈起，鞋都沒顧得穿，一陣風似地撲到應建平身上。她將頭緊貼丈夫的胸脯，因情感衝動而渾身顫抖，眼睛望水泥地板囁嚅道：「我的脾氣近來是越來越壞了……對不起……」忍不住又傷心地啜泣起來。

應建平的心裏也難受極了，他木然地撫摸著妻子渾圓的肩膀，嘴唇貼在搔得他兩頰發癢的捲髮上，沉默了好一會兒，低語道：「都怪我不好……」又說不下去了。

一時間，兩個人都陷入了沉思。屋子裏靜極了，除了有守夜的頑皮娃兒還在屋外零星地炸響炮仗，只有秒針的腳步在「嚓嚓嚓」地走著。終於，周琳扭動了一下，站起身來。她拂了拂搭在眼上的亂髮，微微笑說：「該吃團年飯了。你肯定也餓了。」說罷走過去穿上鞋，把已冰涼的飯菜端進廚房。應建平望著妻子的背影輕輕歎口氣，起身跟進去幫忙。

他們重新熱好飯菜，端上桌子，剛舉起泛著白色泡沫的酒杯——「砰砰砰……叭叭叭叭……」窗外紅光耀眼，迎新的炮仗已經響成一片了！

應建平和周琳端著酒杯，來到陽臺上：遠處，近處，鞭炮聲此伏彼起，噴著火焰直沖雲霄；禮花以出人意料的形狀飛速升騰、旋轉，朝墨一般的夜空撒下五彩的、閃閃爍爍的花束！還有小孩的叫聲，姑娘們的笑聲……寧靜的夜沸騰了。守歲的人們正幸福地伸開雙臂，給新的一年以至誠地祝福。

陽臺上，小倆口兒端著酒杯呆立，沒有叫，也沒有笑，又一次陷入了沉思。

連環報

圓者自轉，方者自安。

——古訓

一

1

二十世紀六、七十年代，縣城朝陽鎮沒有一棟框架結構的水泥樓房；黑瓦、黴柱、土坯山牆的木肋架板壁屋是小鎮上的主要風景。梅雨季節，走在泥濘的土街上，你偶爾還能夠看到懶洋洋徜徉著的髒豬。因為食物嚴重不足，髒豬們腿長肚癟，苦命人一樣苗條。

六、七十年代又是一個精神狂熱，幻想沸騰的年代：「跑步奔向共產主義！」「……吃水不用挑，走路不用腳；樓上樓下，電燈電話」等等美好前景，經宣傳人員的筆頭和嘴巴無數遍描繪，竟如年畫兒一般令人神往，令人陶醉……

劉修乾六、七十年代才十來歲吧，因為常常遭欺辱，又常常吃不飽，黑皮囊裏幾根細骨頭，細腰一直哈著，模樣兒像三十出頭的人。現如今，五十朗當歲的劉修乾一度當過優秀民營企業家，新長征突擊手；一度也財大氣粗，偶爾從美容廳踱步出來，說像十八、九後生也有人信！變化實在太大，叫花胚子幾經命運捏弄，硬是給塑成了資本家大款真身：粗脖子，啤酒肚，食指、中指、無名指上戴三個碩大的金戒指……他一度幾乎什麼都有！而一旦什麼都有了，就再不會有簡單的生活。就賭。就養小情人。賭瘋了似的，和小情人爭著輸。優秀民營企業家、縣人大代表等榮譽稱號也輸掉了，幾百萬家產輸得精光，企業還欠著銀行一百九十多萬貸款。冷靜下來算賬，發現小情人輸得竟比他更多，可見女人是禍水！就殺了小情人，將屍體肢解後，塞進地下室原來裝錢幣的鐵皮櫃內……

劉修乾雖然讀書不多，腦子極聰明，曉得「殺一個夠本，殺兩個賺一個」。他經過反覆思考，將目標鎖定在幾位曾打過交道的風度翩翩女強人身上：「她們活得也太滋潤，我要親手毀掉她們！」……就這樣開始了作為一個冷面殺手的逃亡生活。他失手於一次意外——警員正要收網，他卻被前妻所生的女兒以復仇的名義殺死了。

美籍俄羅斯作家納波科夫說過：「裹滿青苔的墓碑上，雖然滿可以容得下一個人的簡短生平，人們卻總是喜歡瞭解得儘量詳細一點。」我也這麼想，甚至為「瞭解得儘量詳細一點」，不惜去請求與劉有過交往的人重溫噩夢，是希望細節也許能給讀者諸君帶來裨益。

在結束這個已經夠長的開場白之前，請允許對劉修乾的女兒先介紹幾句：劉春桃出生時，她爹因為沒人做飯，揪了兩個毛茸茸的桃子站門外正嚼著，隨口便答，女娃總算有了名字。春桃瘦削、陰鬱，其貌不揚，二十多年來，一直同她娘住在一間四壁透風的破肋架屋裏，過著吃了上頓愁下頓的艱苦日子。認識的人聽到她殺爹的消息，都不敢相信，都說：「她那可憐巴巴樣兒，被別人殺倒還差不多——她還敢殺人？」

2

差兩個月就要過生日的劉春桃憔悴得厲害，給人第一眼感覺是：好像已經在鐵窗內至少待二十多年了！她幾乎沒有胸脯，焦黃的面皮明顯鬆弛，手臂和小腿上青筋爆突。據知情人提供：做閨女時她就不討人喜歡；並不是做了什麼壞事，主要是臉色陰鬱，不會笑，不合群。她夥同新婚不久的丈夫一起作的案，在現場被抓獲之後，除了從黑溜溜的大眼睛裏能捕捉到一絲絲恐怖和緊張之外，整體上給人的倒是如願以償、視死如歸的印像。

她是讀初中三年級時，才首次出現所謂「婦女生理現象」。是上體育課，據班主任講，「當時春桃哭得可厲害哪！把同學們都嚇壞了。」那時劉春桃已經一米六二高了，瘦是瘦一點兒，但「十七、八歲無醜女」！進入九十年代後期，中學生談戀愛已屬司空慣見，有一陣子，她的皮膚上也一度有過被人摸捏的印子。——她倒並不是那種「光圖快活的姑娘」：她從不尖叫（無論快活或者驚恐），瘦臉上不飛紅……遭遇到那種情況，掙脫後就疾步走開，絕不跟任何人提及。漸漸地，幾個極愛動手動腳的早熟男生都興味索然，私下唧唧噥噥叫她「石女」；甚至把對著她叫嚷粗野話作為顯示勇氣的方式：「靠一邊去！」「滾你媽的蛋！」……她讀書還算比較用功，各科成績屬中等偏上。

雖然生性不大愛說話，劉春桃卻喜歡一邊幹家務活一邊小小聲哼歌，翻來覆去是「美酒加咖啡」和「送郎送到小城外」——好像只會唱這兩首鄧麗君女士初次亮相神州時的老歌。她哼歌像做偷兒，隱隱有腳步聲過來，就會立即噤若寒蟬。座落在縣城西郊的破屋裏鮮有男性光顧，母親落落寡歡，時常遷怒於她。父親一年難得待家裏一個月，同她母親分手時還只是個懷揣二、三萬元的小包工頭。十歲以後，只聽說父親住進了開發區裏的高樓，在日報上三次讀到配有照片的介紹父親事蹟的文章。在她印象中，父親如同天上的神仙一般陌生。

劉春桃的父母原本都是菜農。菜地讓縣化工廠徵用之後，她母親被安排進了鎮辦的編織袋廠。沒有幾年編織袋廠垮了，又拖了兩年多才被拍賣。她母親作為低保對象，每月從縣勞動保險局領取九十三元五角的生活費。

3

劉修乾的個人資產，在其鼎盛時期，曾達到過四百七十餘萬元。對於他的暴死，人們表情各異，評價也各不相同。一位不願公開姓名的刑偵同志，曾在某個非正式場合嚴肅說道：

「……劉修乾故意殺人，手段殘忍，致使兩人死亡；而且還開列有一張打算逐個去殺害的無辜者黑名單，判死刑沒問題的。但死刑判決只能由公安執行，而不是劉春桃夫婦倆！都自行其是，社會豈不亂了套，又哪兒來安定祥和的政治局面？！」

小縣城雖然說地處偏遠，為了形象、政績、知名度，這幾年來，趕時髦似地也蓋起了十七、八棟貼有玻璃幕牆的七層、八層高樓。少見多怪的民風好像並未因此有多大改觀，普通百姓聽見風就是雨，特喜嗜起哄湊熱鬧。一連幾天，城西的那間歪歪倒倒的乾打壘土坯房前，午飯後就聚集起二十多個閒漢。僅僅昨天，小報記者來了好幾撥！

「現如今也只有寫殺人放火的文章好賣錢。這樁事兒死了兩男兩女，記者們肯定又要發大財羅！」說話的人名字叫胡富貴，六十多歲，劉修乾二十多年前初入泥瓦行時曾拜他為師。胡富貴逢人說人話，見鬼打鬼腔，油滑嫻熟，鑾健談的。「……莫看他有過幾百萬臭錢，吃了幾年飽飯，長了一身肥膘——可以說他其實也是個無福之人！無福之人突然發財了，大多數恐怕不會善終！話又說回來，一個靠陪笑臉下苦力的泥瓦匠，十多年工夫，日弄得報紙上有名，廣播裏有聲，漂亮女人日了無數，縣長、市長握手召見——狗日的也知足了！」

胡富貴到現在還只會砌灶臺、圍牆，搞點低檔次的牆面粉刷；是個肩頭挎吊線砣、瓦刀，四處討活幹的主兒。今天又沒找到活兒，還只吃了一頓飯。他挺隨便地席地歪門檻前，張開四肢，又聯想起劉春桃的傻男人：跟媳婦才睡了幾個月，就死心踏地幫著去追殺丈人！劉春桃的命也真硬，克死了娘，殺死了爹，害死了男人，就沒見她淌一丁點淚！

據警方透露，劉修乾死在市區一家四星級賓館的豪華套房內。警方通過指紋，已證實兇手是劉春桃的丈夫李飛雲。劉春桃夫婦是如何進的豪華套房？服務小姐們都說不太清楚。豪華套房在二樓右側，當時，三個刑警由總經理引著，其實只想找劉修乾瞭解點情況……到最後，房門被用強力打開，首先嗅到一股血腥味。李飛雲在開門之前已從窗臺跳樓逃跑。劉修乾的屍體倒在衛生間門外，一條腿曲著，兩隻手臂前伸。衛生間裏，貼著防滑馬賽克的地上還橫陳著一具裸體女屍，左腿已被肢解，地上滿是血污……劉春桃手臂軟綿綿耷拉，一動不動坐席夢思床墊上，表情平靜，目光憂鬱……李飛雲並沒有逃出多遠：摩托車開得太快，在賓館林蔭道與大街的交合處，撞到一輛疾馳著的大貨車後輪上，人被甩出十多米，讓逆向行馳著的一輛奧迪牌小轎車壓了個正著，當場斃命。

二

1

有一首新民謠這麼唱道：「生下就挨餓，上學又停課……」說的就是劉修乾這一撥人。因為糧食嚴重不足，生活基本消費品供應嚴重匱乏，浮腫病、非正常死亡現象頻頻出現，人口自然增長率呈現負數。劉修乾的生命胚胎大概是在天下大旱時播種上的。他無視饑荒哇哇墜地，還是胡富貴的母親幫忙接的生。老太太今年八十六歲，身體蠻硬朗，見有人問舊事，滿臉皺紋條條生動！「……不是時候啊，皺巴巴像只餓老鼠，才三斤二兩——生倒不費事兒，沒用力已經滑出來了。那年月又沒避孕藥，雖然說一個個都餓得蔫頭耷腦，嘿嘿，只要動彈得就想做那事兒……奶水時斷時續，湊合著吃包谷麵糊糊。娃兒蠻爭氣，肯吃，喝清湯寡水也長肉；小時候就倔強，不招人喜歡。太窮，人窮志短，人醜故事多。他後來發達的時候：洋裝、皮鞋、小汽車，身板好像也高了；走大庭廣眾前，胖臉上油光水滑，遠近的女人看到他，沒有不眉開眼笑的。」

胡富貴家母子倆，發財了朝前想，背時了朝後想，知足常樂。他們冷眼觀世界，偶爾也憤世嫉俗。「劉修乾人心不足，最最要不得！掙一個錢後想掙十個錢，操了一、兩個女人之後，就恨不得去操普天下的漂亮女人！吃了幾頓飽飯，兜裏有了餘錢，舊堂客也不要了。最要不得的是：離婚十多年，沒有回來看過一趟親生女兒！我兒胡富貴好歹給他當過師傅，早年也曾帶著他出東家進西家地討生活……又怎麼樣？後來別說接濟，只怕尿尿都懶得朝著我們這方向！」胡富貴的母親癟著嘴抬頭望天，佈滿皺紋的小眼睛裏，洋溢著惡毒的興災樂禍的光芒。數年之前，也是這位老太太講的：說劉修乾剛生下時，「餓老鼠」還倒提在接生婆手中，就雙眼圓睜，望著破門框外滿天紅彤彤的晚霞嘿嘿發笑「……果然大富大貴，你們看他，現如今都同縣長平起平坐了！」

輿論並非總是那麼一律，在「皇宮酒樓」富麗堂皇的大廳內，分管工礦企業的蔣副縣長回憶起這位前「優秀民營企業家」時，打著酒嗝兒深情地感歎道：「這個人嘛，能力還是有的，只因放鬆了政治學習，最終為資產階級生活方式所腐蝕。教訓深刻啊……」蔣副縣長才四十多歲，略微有些發福，說話時，胖臉上顯痛心的樣子

某報一位姓趙的副刊編輯，為了使手頭正編著的反映小城血案的報告文學《亡命追殺》更具吸引力，他身穿風衣，不辭辛勞，已經是第三次親臨城西採訪了。他不恥下問，前後共向胡富貴和他母親提出過一百零九個問題或疑點求釋，似乎感觸更深。他總結說：「的確是一個典型的、具有警世作用的悲劇人物哩……」

2

劉修乾能夠結識上蔣副縣長，客觀地講，與他所一度擁有的財富分不開。關於這一點，從中文詞彙的搭配上，大家就能清楚地感覺到：富貴、富麗、富豪、富強……相連接的字個個雍容漂亮，富於威懾力！再來看「窮」字：窮苦、窮困、窮酸、窮險……跟在後面的字兒個個苦兮兮的，讓人覺得害怕或不忍心……

窮則思變！一張白紙，沒有負擔……那一年，窮怕了、餓怕了的十七歲的劉修乾，受運動中屢遭批判的單幹戶胡富貴的「天干餓不死手藝人」的理論蠱惑，悄悄加入了「地下包工隊」行列。「地下包工隊」是大批判時期的專用名詞，凡願意加入者，操起傢伙跟著幹就成！規模

也都可憐，兩、三人的，六、七人的，幫忙打個灶臺或者砌間廁所，「賺錢不賺錢，賺個肚兒圓」而已……

日子稍長，得隴望蜀的劉修乾開始渴望能吃得更好點，穿得更好點……而這一切，老跟著胡富貴幹顯然不行。那陣子，他開始跟一個與他同齡的姑娘悄悄好上：為滿足不便言說的性慾，好像並未花費太多：僅偷偷地給她買過三條手絹，兩雙絲襪，隔三差五地給點芝麻餅、桃片……得到得太容易，倒令他事後漸漸滋生出「便宜無好貨」的慨歎來。

劉春桃的母親已於一年多前病逝，關於這對小夫妻結婚前後的風流蹉跎，胡富貴作為師傅，作為鄰居，一直自稱最有發言權！「……狗日的自作自受！春桃她娘自幼給餓膽寒了，劉修乾只用了一點芝麻餅，就把個大活人給哄到床上……後來，兩個人在幹部面前一次次下跪求情，好話說了幾籮筐，七月裏拿結婚證，沒等到十月，娃兒就生了。春桃她們母女命苦咧，男人像餓狗子滿世界跑得不見影兒，女人坐月子只能吃稀飯喝蘿蔔湯……」劉修乾作父親時還不到二十歲，小日子過得苦不堪言！自從另起爐灶之後，以他為首的這支建築游擊隊勢單力薄，根本攬不到大宗活計。下面的文字摘抄自《明星企業家典型材料彙編》——稿子雖經落魄文人捉刀，畢竟是劉修乾生平第一次登臺作報告：「……市場經濟，說白了就是攻城掠地。上戰場，槍一響，老子下定決心，今天就死在戰場上了！我經常荷包裏沒一毛錢，一天只吃一頓飯，只睡三個小時瞌睡。為了能夠攬接到工程，或者因資金、質量、進度等等問題，我八方求情，事必躬親，常常腿關節都走腫了，體重一度下降到四十三公斤……」

劉修乾同老婆、女兒沒什麼感情，兩眼盯錢財上之後，更是完全不顧家！前面說過，因為當初給弄到身下壓著實在太容易，老婆還懷著娃兒時，劉修乾就懷疑她作風不正經，懷疑不是自己的血脈（劉春桃獄中供詞亦有類似陳述：「……從我記事，父親對我只有斥責；沒露過一次笑臉，沒說過一句親熱話！」）從另一方面考慮，創業初期劉修乾因為太忙太累，營養不良，體質嚴重下降；加上老婆因「月子病」而下面老不乾淨，所以更懶得與之行房事，進而漸漸疏遠了家庭……

3

拉起隊伍之初，由劉修乾當老闆的小建築隊還只能在鄉下窮折騰。農民的錢攢得很苦，花費的時候當然也格外斤斤計較。一棟私房蓋起來，建築隊的利潤常常幾乎等於零！劉修乾爬牆拱洞，用半年時間，幫鎮教辦蔣主任家蓋了一棟兩層的小樓房（說的是翻修，其實是扒倒重建）。事後，蔣主任對他的評價是：「他這人能打硬仗，吃得苦，受得氣；執著，有一股不達目的不甘休的硬漢精神！」對於一個二十六歲的名不見經傳的小包工頭，這評價相當於建築市場的准入證！很快，投資九十五萬元的鎮中教學樓建築合同和三十八萬元的鎮教委辦公樓合同，先後都落到劉修乾手中。大樓交付使用後，從市工業學校會計專業畢業，剛投奔到他麾下，比他小八歲的「帳房女娃」朱娜告訴他，公司帳上已經有二十五萬毛利！劉修乾激動得摟著朱娜狂吻了足足一分半鍾，兩人差點都憋閉了氣！他當機立斷，從毛利中取出十萬元捆綁成炸藥包形狀……很快，某銀行投資一百九十八萬元的營業大廳工程又成了劉修乾的囊中之物！

九十年代中後期的確是一個創造奇跡的季節！劉修乾對建築的瞭解充其量屬「幼稚園水平」，圖紙上橫放的「8」字不知道代表「無窮大」！然而幾年工夫，他已經是「乾坤建築有限責任公司」的總經理，接二連三地獲得上級頒發的「質量信得過企業」、「技術創新標兵」等匾額！他的長處和漢劉邦一樣，在於「會將將」！他知道現今中國人大多缺錢花，認為不是人才最重要，而是錢財最重要！俗話說：「有錢買得活人倒地」……漸漸地，劉修乾差不多稱得縣城裏的風雲人物了，縣人大代表、優秀民營企業家、新長征突擊手，頭銜一個比一個響亮；還有工程師職稱和大學本科文憑——全是權威機構、名牌學校所頒發！

「……嘿嘿，託錢的福罷了。沒有錢，頭頭腦腦們會拍肩膀同我稱兄道弟？他們都是衝著錢笑咧！」隨著錢包一天天鼓脹，劉修乾的脾氣也一天天霸道，「……媽的，下苦力不快活？嫌錢少就都滾蛋！想來我這兒討口飯吃的人多著呢！」訓斥工人的那天，會計朱娜站一旁聽得樂樂呵呵——作為豆蔻年華的知識新女性，的確令人費解。朱娜的老師評價她「鬼精靈！追求享樂，骨子裏是個為快樂而生活的女孩」。她的同學也都認為她「風騷，輕佻，容易衝動；讀中學時，對性愛就持那種『一杯水主義』的態度」。「一杯水主義」，據說曾在一九一七年前後的聖彼德堡年輕人中風靡一時：就是視造愛如同飲一杯水，口渴時就喝，喝了也就喝了——平平常常的一種生理需要，勿需太認真對待……

劉修乾頭一年秋天與老婆離婚，第二年夏天同朱娜結婚，蜜月期間，雙雙到杭州、北戴河轉悠了半個月，沒過分講排場。信奉「一杯水主義」的朱娜，為什麼會將自己拴在一個其貌不揚、當時也算不得太富有的男子腰間？難道是經歷過「一杯又一杯」之後，太飽或者太疲勞了，所以「我想要有個家」？……她的肉身早已被肢解成數十小塊，擱在裝錢的鐵皮櫃內腐臭……到底當初她是怎麼想的，局外人實在不好妄加猜測。

三

1

朱娜「不僅漂亮，而且精通企業財會及管理，能幹極了」，卻被「手段極其殘忍」的奪去了性命，大家本應隨大流奉一掬同情之淚。實際情況卻不妙，知情者都認為她「活該」，覺得她「享受得太多，占太多的便宜了」；個別熱心者還引用性服務業內人士的話說：「洋雞子（非舶來品，專指從大城市轉口來的）五十元，土雞子（鄉下剛進城的）一百元。」兩相比較，其差別難道不令人吃驚麼？「英年早逝」如朱娜者，大體也應該知足了。

蔣副縣長（十多年前的鎮教委蔣主任）對有關朱娜情況的詢問顧左右而言他。「……由於未能及時制止劉修乾夫婦的徹夜豪賭，導至後來不僅毀了一個好端端的家庭，也毀了一個有著光輝前景的企業，對此我深感痛心。」蔣副縣長西裝革履儀表堂堂，頭髮烏黑油亮，舉止言談幹練精神。據知情人透露：女人、麻將，是蔣副縣長的兩大業餘愛好，並言之鑿鑿稱他同朱娜「有一腿」！比乞婆體面不了多少的劉春桃也在供詞中提到：她曾先後三次上門找父親借錢——頭兩次為給母親治病，後一次自己想上高中——三次都在小洋樓裏兜頭撞見蔣副縣長！「……父親又沒在家。朱娜惡狠狠搡我出門，我跌倒在大理石臺階上，腦殼磕出血了。蔣縣長還抱著膀子嚇唬我說：『再無理取鬧，把你抓公安局關起來！』他完全不像國家幹部，像資本家的走狗幫兇。」

說蔣副縣長是民營企業家劉修乾的走狗，實屬明顯缺乏政治常識；說劉修乾是蔣副縣長門下一走狗？似乎也值得商榷。「你們不擔風險，不勞神費力，高調唱了，錢也撈了，活得比我們私營老闆瀟灑一萬倍！」——這是有一次，劉修乾拿到個四百七十萬的大工程後，在「豪門大酒店」答謝蔣副縣長，喝得半醉時發的牢騷。豪華包廂有服務小姐把門，裏面就他們倆。酒一直喝到夜半，兩個人互傾苦水，互訴衷腸，到最後相扶相擁涕泗橫流……提供此情況的服務小姐神色緊張，再三央求千萬別透露她們的姓名。下面的「酒後吐真言」雖然經過整理，僅刪了些廢話和太葷的髒話，內容絕對真實。

劉修乾：「……當官的架二郎腿坐位置上，威風八面，有人求，有人捧；金錢啊，美女啊，得來全不費工夫！哪像我們？叭兒狗樣圍著官們搖尾巴。都說『銀行是爹，財政是娘，工商、稅務兩條狼』，還有城建、環保、土管……你說說，我們他媽活得容易嗎？」

蔣副縣長：「呸呸呸，你他媽、你他媽還不知足？設身處地替我想想：革命二十多年，每月不到兩千塊錢，不夠老子抽煙！就算偶爾收他媽點孝敬，存摺上的錢絕對沒有你多！人比人氣死人！論能力老子比你差？空風光有什麼用？現如今講的是理論聯繫實惠，有朝一日，官帽兒組織上收回了，老子靠什麼過日月？真不敢想啊……」

又據劉家豪宅的小保姆透露，有一天，不知為啥事，劉修乾還大罵過貪官污吏們「不是東西」，「……逼急了老子真敢替天行道殺他幾個！老子怕什麼，大不了再去過苦日子！老子過去什麼苦沒有吃過哇！」

從幹部檔案上得知，蔣副縣長出生於貧苦的農民家庭，其童年、乃至青少年時期也都飽經磨難。新民謠唱道：「重用了溜鬚拍馬的，提拔了指鹿為馬的……」雖然屬以偏概全，但縱觀蔣副縣長和劉總經理的成長史，卻有著驚人的相似：年輕時飽嘗艱辛；都是「一闊就變臉」，驕奢淫慾起來，比銀幕上被他們羨慕過、仇恨過的富人如劉文彩、周扒皮更甚咧！

2

認識朱娜的人，都說她為人精明說話尖刻，興之所至肆無忌憚。她第一次看到劉春桃時，竟歪劉修乾懷裏嘻嘻說道：「我天天陪你爹睡覺咧，怎麼也不見喊我一聲『晚娘』？」讀初一的劉春桃，朦朦朧朧也瞭解點兒所謂男女睡覺是怎麼回事，氣得話也說不出。

作為「乾坤建築有限責任公司」的會計、出納、兼老闆娘，朱娜在公司初創時期作風幹練，辦事麻利，「鬼點子特多！」（劉修乾的評價）以邀人打麻將為例：建委、工商、稅務、設計室、質檢站等等部門的頭兒，以及單位法人、分管基建的負責人……由於有美貌女郎招呼，幾乎都常常來劉家「築長城」。朱娜笑笑嘻嘻地輸，每次少則數百元，多則數千元……老古話有云：「賭博場上無父子。」現實中的情形則是：「麻將桌上皆兄弟！」劉修乾雖屬建築行當裏的晚輩，有如此眾多「兄弟」兩肋插刀，公司焉有不興旺發達的道理？還有個情況：劉修乾夫婦一般情況只一人上場，逢蔣副縣長光臨，則夫婦兩一起上；又常常是劉總經理「放炮」給蔣副縣長，蔣副縣長又「放炮」給朱娜。漸漸地就有小道消息，說朱娜「是蔣副縣長的人」。據小保姆回憶，倆口兒為此還關著門在家中吵過嘴，朱娜爭辯說：「蔣副縣長知道我們掙錢也不易，不忍心贏我們太多——說明他待人有情有義，有大丈夫情懷！」

劉修乾最終還是殘忍地殺了朱娜——除恨她輸掉了一多半家產，會不會還有其他原因？對於豪賭，朱娜曾感歎說：「玩過合一盤或放一炮就進、出三千元之後，再玩一盤進、出三百元的，簡直沒意思透了！好比上戰場殺紅了眼，性命早置之度外，想的只是殺、殺、殺！」劉修乾也有同感。他常常天馬行空獨往獨來，尋訪高手豪賭！最輝煌的成績是一晝夜贏錢二十六萬，最慘的是十七小時輸掉三十二萬……前年春節後不久，劉修乾在市區一家豪華賓館內開房聚賭被抓，事後雖經朱娜四處打點，仍被判處有期徒刑三個半月，縣人大代表、優秀民營企業家等等榮譽頭銜也都一一被取消了。

好像因節假日的關係吧，出獄的時間提前了幾天。劉修乾歸心似箭，叫了輛出租長驅四個半小時，直抵自家小洋樓的大門外。活了五十多歲第一次當「勞改釋放分子」，其沮喪心情可想而知。懶洋洋踱步到樓上客廳（看門狗還認識他，討好地搖擺尾巴亦步亦趨），劉修乾一時竟傻眼了，對展現在眼前的活動風俗畫完全缺乏心理準備：牌局大慨剛散，三個男人手捧香茗小心翼翼呷著；女主人正笑瞇瞇從冰箱裏朝外端飲料和糕點……時至今日，談起當時場面，蔣副縣長仍顯得心有餘悸，他說：「劉修乾當胸一把揪過朱娜，半句話沒講，就迎面狠狠砸過一記老拳……我好不容易將他們倆拉開，他彎腰竟又想去操水果刀！太可怕了，實在太沒有教養了……」

3

釋放後的第二天，七、八十號工人因為半年多沒拿到一分錢，鬧鬧嚷嚷又顫顫兢兢地圍住總經理苦苦央求。劉修乾正沒好氣，杏眼圓睜罵道：「老子剛坐了大牢，如今是水牛尾巴光杆！——都給老子找朱娜去！她有閒錢買快活，也該省下點兒給你們開工資嘛！」窮困潦倒的胡富貴那陣子也賴在公司建築隊當泥工，倚仗曾作過幾年總經理的師傅，帶頭起哄，讓徒弟狠狠踹了一腳！「……狗日的管不住女人，拿老子們下力的出氣，比資本家還喪盡天良！倆口兒欠老子們大半年的工錢，如今人都死了，房產，設備……據說還抵不上欠銀行的貸款。唉，任何朝代都是窮人倒楣，不認命真不行咧！」

人世間好多事情、恩恩怨怨又有誰說得清楚？劉修乾坐牢期間，蔣副縣長同朱娜是不是經常做所謂「十分鐘左右之歡娛」？作為「使用權所有者」的劉總經理，到頭來仍是查無實據。如此嬌豔欲滴的朱娜，竟被勞改釋放人員當著三位「體面男人」的面賞以老拳（左臉巴紅腫了兩天，眼框烏了一個多星期）。她尋死覓活，大鬧了好一陣子！蔣副縣長後來陳述：「……那陣子，他們夫妻關係每況愈下，公司也頻臨倒閉。據此特殊情況，由我會同企管、城建、工商等相關單位，多次上門做思想工作……據私下瞭解，朱娜不願意生娃兒是導致關係緊張的真正原因！結婚這麼些年，她老偷偷地吃避孕藥，劉總經理簡直沒辦法……」

前面提到的那個記實作品《亡命天涯》，上個星期開始在晚報上連載了。其中一段對於瞭解朱娜同夫君劉修乾的關係大有幫助（由於眾所周知的原因，文中的人物全系化名）：「星期六晚上，張三區長、李四主任和王五副局長在柳總經理家搓麻將。十二點左右吃罷女主人蘇小姐做的夜宵，王副局長去衛生間排泄畢，發現抽水馬桶塞住了。王副局長先拿來通條插裏面猛攪，又盛滿滿一臉盆水舉高高朝下沖。這時，柳總經理晃著身板上前來了，捲起西服袖子就伸手去掏，下半截胳膊糊弄得黃膩膩污穢不堪……柳總經理拿香皂草草洗了洗手，又吆喝大家繼續『築長城』！蘇小姐窘得臉上紅一陣白一陣，好多天後仍耿耿於懷，還曾臉露鄙夷對張三區長歎息道：『沒辦法，就算穿金戴銀，錢財堆積到頸項，骨子裏他仍是個掏糞的料，改不了的下作德行！』……」

蔣副縣長也曾在小範圍內講過一個情況，說劉修乾原以為從大學出來的姑娘，都不是正經東西，同朱娜睡第一次瞌睡時，意外發現「是個黃花閨女」！——是不是自欺欺人，撿了破爛貨還自誇有本事？公司的副總也講過一情況，說有一天，劉總經理曾私下對他抱怨：「……朱娜原來蠻會心疼人。自從同官們打交道多了，竟變成赤裸裸的婊子！這口氣老子怎麼也咽不下，總有一天，老子要殺了她……」

4

「乾坤建築有限責任公司」經歷了上面所說的種種變故之後，元氣大傷，其固定資產（私宅、建築設備等等）已經不足三百萬。劉修乾痛定思痛，索性將工程隊交由老婆管理，從銀行貸款二百八十萬元，租房，裝修門面，做起了家電生意。名義上他仍然是「乾坤建築有限責任公司」的總經理，同時又是「新乾坤家電門市部」的經理。

萬事起頭難，冰箱、空調、彩電、微波爐……他得跑上海、武漢、廣州等等碼頭去貨比三家……朱娜自從作了建築公司的經理，倒像成了武則天，上竄下跳得更來勁兒！她接手後就攬到一棟投資近百萬元的商住樓，合同簽罷，將設計、施工統統交由懂行的屬下去料理。她打麻將，泡舞廳，比過去更隨心所欲！夫妻倆各忙各，你在東時我去西。精明如蔣副縣長曾感歎道：「遭遇坎坷最鍛練人，兩位老闆比過去成熟多了……企業的前程未可限量啊！」

畢竟朱娜仍待在熟悉的老環境中，僅需打個電話，自有男人服務上門。劉修乾則稍稍辛苦些，只能在尋找商機的路途中重新去結識牌朋賭友；又因為同老婆差不多算分居了，漫漫征途上的劉總經理只願同漂亮的女老闆們洽談生意，所謂「男女搭配，幹活不累」嘛！日子長了，劉修乾竟變得有點像賈寶玉先生，一看到男性老闆就覺得「惡臭逼人」……

劉修乾結識的第一位做家電批發的女老闆，是個頗具古典仕女風韻的「美人胚子」：瓜子臉，柳葉眉，櫻桃小口；窄肩、豐乳、細腰、寬臀，身高一米七三，芳齡二十八歲，雍容大方，風度翩翩！沈倩茹女士係武昌人氏，湖北大學國際貿易專業畢業，學生時代就熱衷於傳銷，文憑到手已是腰纏數十萬，就開了這家批發兼另售的鋪面。美麗總是動人心，她丈夫在英國考文垂某大學攻讀經濟學博士，三歲半的兒子寄養在外婆家中……第二位女士是廣州人，出入有私家車「雪鐵龍」代步，其家產據說已超過千萬！第三位是南京的宋女士，第四位是上海的董小姐……由於劉修乾目光挑剔，凡同他有生意往來的主兒，個個都是「女中極品」，「增之一分則太長，減之一分則太短」；而且環肥燕瘦，各有各的佳妙！遺憾的是，在那些個令人銷魂的「巾幗英雄」眼裏，劉修乾「洋裝雖然穿在身」，骨子裏仍是個鄉巴佬：家世單寒，狡黠詭譎，粗野孟浪；穿晚禮服，打蝴蝶結後，實在讓人忍俊不禁！剛開始，面對一個個「百萬」、「千萬」的富姐兒，劉總經理拘拘謹謹心存敬畏，舉止言談極謹慎，生怕一不小心露出腿杆、心靈上那尚未洗淨磨平的爛泥或者老繭來。為不丟人現眼，他常常關在豪華套房內，對照電視悄悄地練習交際禮儀，到後來，攪拌咖啡時小匙兒再也不碰得杯壁咚咚響了……隨著做成一筆筆生意，那一個個「商界女強人」漸漸都原諒了這個富有的鄉巴佬身上的一切弱點，把肉麻當有趣，認粗魯為質樸——好比吃慣了黃油麵包的嬌貴嘴巴，偶爾嘗一口粗糙苦澀的野菜，別是一番滋味！……據南京的董小姐事後作證：「劉總經理素質太差，有機會就動手動腳……癩蛤蟆想吃天鵝肉！——呸，他哪兒配！」由此不難看出，談生意之餘的劉修乾，一定會常常感到孤獨：金碧輝煌、美女如雲的高級處所，畢竟不是他久留的地方！從交際場中出來後，他只能去悄悄尋訪當地的賭棍；一張小方桌，一盞碰到腦殼的吊燈，四周黑影幢幢，除麻將牌的磕碰聲，一切都靜悄悄的——這才是屬於他的地方啊！

清高、自負的女老闆沈倩茹，最後還是被劉修乾殺害了。劉修乾原本打算像對付自己的年輕老婆那樣，仔仔細細將沈倩茹肢解成數十小塊——只是還沒有來得及。據劉春桃交待，她父親被匕首刺中左胸倒在地上，微微笑只說了一句話：「可惜我的殺人計畫、完不成了……」他是死不瞑目哩！

四

1

母親沒有死的時候，劉春桃就一直深恨著父親。貧病交加的母親終於不甘心地告別了人世，人死了，眼睛還半睜著。劉春桃雙膝跪乾癟的母親屍體前暗下決心：沒什麼值得留戀的了，最後要幹的事情就是：一定要殺了父親！

春桃的娘早年種蔬菜，後來又在鎮辦編織袋廠做工。那時候劉修乾正跟著單幹戶胡富貴學習砌牆、打灶，每月四十多塊工錢，根本不夠他一個人喝酒、抽煙！胡富貴的老娘講起那年月裏的故事，乾枯的眼窩內竟淚光閃爍：「……虎毒還不食子，他簡直就長了一副殺牛佬的心腸！記得是臘月，天寒地凍滴水成冰，劉修乾因為躲酒債（他在四個餐館裏賒酒喝，半年多來分文未付）一直未敢回家。春桃她娘又病倒在床上。可憐的春桃才六歲多，在一根細竹杆上綁個鐵絲勾兒，獨自沿河打撈菜幫子、爛下水，拿回家煮了娘兒倆吃……嘿嘿，各位同志都看得出，這一帶住的全是些窮光蛋，而窮光蛋中的流氓狗雜種，同富人中的狗雜種一樣多！有這麼一天，春桃去河邊扯豬草，差點兒讓幾個楞頭青拖進包谷地！她駭出了幾身冷汗，不過總算沒損一根毫毛……」講到動情處，老太婆一把鼻涕一把淚。

兒子胡富貴蹲門檻上不以為然竊笑。老太婆硬是實在太累才閉嘴，頭朝後靠著椅子背，很快就打起呼嚕來。母子倆吃午飯時剛喝光一瓶包谷酒。母親睡著了，兒子又接著聊，唾沫亂濺有氣無力：「有一天，春桃靠門框上自言自語說，『天天有飽飯吃的人真快活啊！』……她還說過她娘是給餓死的，『等我弄錢買了糕點拿回家，娘已經吞不下去』……還說『誰肯幫我，我就嫁給他。反正就那麼回事兒』。她的心像海洋一樣深咧！倒是個蠻孝順的女娃……」最後，胡富貴把聲音壓低低的又說：「都傳說春桃的肚子裏已經懷上她男人的血脈了。依您們見多識廣的人分析，政府總不至於一槍崩兩條命吧？唉，她也該享點清福了，坐在牢裏，不招急不受累，一天有三頓飽飯吃，人窮志短，還能盼望什麼樣的日子呢……」

原來屬蔬菜隊的這塊地方，緊傍縣城的邊邊，正如胡家老太婆所訴，現如今住的「多是些窮光蛋」，除本地人之外，還有從四川、河南等省來的「打工家庭」。木板棚胡搭亂建，小巷曲裏拐彎坑坑窪窪……這地方的老鼠肥得如懶貓，野狗瘦得像蟑螂！二十多年前，這兒可是一畦畦綠油油的蔬菜地，環境安靜，空氣新鮮，田梗上四季開有斑爛的野花……手藝人胡富貴現如今不但大米飯可以頓頓管飽，活兒多時三天兩頭還能吃上肥肉。他也深深感到好些方面今不如昔：「……過去的幹部領導窮漢整得地主資本家九死一生；現如今，幹部看到發財的主兒就笑瞇瞇迎上前拍肩膀，一本又一本地給狗雜種們發紅彤彤的『光榮證』！」

劉修乾最終死於女兒、女婿之手使他稍稍順了口氣，喝點兒酒後，總愛在人前興災樂禍感歎：「人算不如天算，還是老天有眼，老天有眼啊！」

2

劉春桃自幼與母親朝夕相處，因為不順心的事兒太多，挨母親的斥責也多。距離產生美感。七、八歲前，父親一直是她心中的美夢。但很快，美夢就為一次暴力事件給粉碎了：父親夜半才歸，酒氣熏天罵罵咧咧，好像怪另外三人在麻將桌上「做籠子」，害得他輸了一筆錢。母親買菜都沒錢，囁嚅了幾句，話音未落拳腳已經上身。母親殺豬也似哀嚎，拉了一褲襠屎，尿了一褲子……未滿八歲的劉春桃兩眼發直，魂飛魄散，嚇得差點兒昏過去！好長一段日子一直做惡夢，遠遠看見父親，兩條細腿杆竟會不自主直哆索！

十三歲那年，劉春桃硬著頭皮找上父親的新家實屬萬般無奈：母親臥病在床沒錢買藥，報名錢也分文無著落。「……我哽哽噎噎講了情況，腿杆發顫，直擔心兩手空空回去又該怎麼辦？終於，父親掏三張百元鈔票劈面狠狠甩過來，嘟噥一句：『……算老子最後一次扶貧濟困。你到底哪兒長得像我？媽的，以後不准再來了！』當時，我真恨自己無用，真想把錢甩回去！真巴不得拿刀殺了他！」

在法院裏，管檔案的同志一臉嚴肅找出當時的離婚判決書：「……一間土坯肋架屋及屋中全部家俱歸女方所有，男方同時一次性付給女方五千元醫療及營養費；男方每月負擔八歲半的女兒劉春桃一百八十元的生活及學習費用，一直到女兒年滿十八歲為止。男方有權探視女兒，女方不得無理阻攔。」又據民事庭的一位助理審判員介紹，說因為遭毒打，離婚期間女方一直住在院中，最後是手舉輸液瓶聽的判決，「……五千元中有二千九百五十六點四三元直接撥付給縣人民醫院住院部抵了所欠醫療費用。劉修乾一直也沒有再支付女兒的學習、生活費用。他其實哪在乎這點錢，皆因父女、夫妻之間仇恨太深了！劉修乾報紙上有名，廣播裏有聲，又一直是政府重點保護的『優秀民營企業家』。此判決所涉及的數目雖然不大，法院執行起來的確有一定的難度……」

面對現實生活中父親那財大氣粗，作為一個膽小的女孩，劉春桃暗下決心：只能靠苦讀書出人頭地了，她要向命運挑戰，要「與絕情的父親一爭高下」（劉春桃的供詞）。實在地說，她智商一般，其刻苦精神有目共睹！進入初中後的成績「一直保持在全班的前三名」（某位男同學的證言）。她吃不好，睡不好，心情更不好——絕情父親成了她發奮讀書的唯一動力。但「人捧有的，狗子咬醜的」，她畢竟是那個發橫財的混賬總經理的女兒，大家對她嘴上同情的多，慷慨解囊的少。勉強捱到了初中畢業，掙扎得好累好苦啊！高中因為非「義務教育的範疇」，學雜費、贊助費、補課費等等收得更嚇人。在接到縣高中的錄取通知書之後，劉春桃哭了半天，然後劃火柴點燃那張小紙片，淚眼一直瞅著它化作紙灰。她將紙灰小心翼翼捧手心裏，忍不住又嗚嗚咽咽哭到夜半……

告別了學生時代，在為自己為母親的生存而奔波之餘，劉春桃也曾想過：父親能掙到數百萬的家產，無論如何算有本事！她實在窮怕了，幹什麼才會哪怕只發點兒小財呢？都說「女人變壞就有錢……」但劉春桃只要一想到怎麼樣變壞？就臉紅心跳，害怕得不行……師長的教誨，傳統的約束，還有天生的窮人骨氣——似乎天和地都阻止她墮落！苦笑著又想：如今因出賣品德、骨氣、操守的人太多，行情看跌，恐怕賣也賣不出個好價！最後，問題裝心底好久，問誰恐怕也都回答不出來……

3

劉春桃承認，在將娘送進黃土之前，她幾乎從未想過這輩子還會結婚：人瘦得像饑荒年份裏的野狗，沒有財產，誰個男人瞎了眼會要？日子只能這麼茍延殘喘地拖著。她同李飛雲認識簡直是天意——兩個人的心性脾味，哪方面都絕對找不到共同之處；認識未滿半年就結婚，蜜月中男方就肯死心踏地去幫老婆完成夙願——硬是一對天生的冤家啊！

李飛雲的老家在離縣城一百三十華里外的青果坪鄉，父母是往廣州長途販運香菌的專業戶，十年前才在城裏買房。兒子在城裏讀的初中，中考只得了一百五十分。後來爹媽眉頭不皺掏了兩萬八千元的「贊助費」，讓兒子在省城某警校「封閉班」裏又混了四年。中專文憑拿得容易，工作卻一時難落實。二十五歲的李飛雲不愁吃，不愁穿，不愁錢花，守著城裏的房子，倒也樂得自在逍遙……獨生兒子死於非命，僅僅幾天工夫，父親的頭髮就白了一多半。他說：「也怪我娃，太倔又太老實，要跟劉春桃結婚我就不同意。兩個人說辦就辦，雙雙去拿了結婚證……」做娘的兩眼眶紅得像水蜜桃，淌著淚補充道：「全是警匪片、武打片害了我兒！他租碟子，一次就拿二、三十盤回家，關屋裏從早晨一直看到半夜……莫看他樣兒倔裏倔巴，其實心腸最軟！他是可憐劉春桃，學武林中人講江湖義氣，扶弱懲強……」

平日同李飛雲接觸稍密切的，多是些城內土生土長的「混混」。混混兒們私下認為，李飛雲不過是個土暴發戶生的「小鄉巴佬」，骨子裏也都不太瞧得起。李飛雲頗有點像浮水面上的油粒兒，升不了天入不了地！「老子在乎誰呀？老子天馬行空獨往獨來！」這麼個玩世不恭的楞頭小子，竟會愛上劉春桃，並最終因愛情而丟了性命……一位自稱是李飛雲「哥們兒」的文質彬彬的快活小夥子曾多次圍著來訪者身邊轉悠，搖頭晃腦地透露了一些資訊：「……他愛看些爛小說，天資聰明，對什麼人的話都愛聽不聽……老覺得活得沒勁兒。是太閒的緣故吧，他對自己的日子不滿意透了！有好幾次自比為『開花前的炸彈』！倘若沒有同劉春桃相識，或遲或早，他反正也會幫別的倒楣蛋去殺人的。他懨倦周圍的一切，神往轟轟烈烈，追求死得其所……」

兩個魯莽青年是在春桃的娘被埋葬之後才認識的。究竟因為什麼而彼此一見傾心，並很快結為夫妻，誓同生死？劉春桃在供詞中沒有交待。她再三強調殺父由她一人策劃，李飛雲不過是個高尚的「雇傭槍手」！「他心地善良，嫉惡如仇，極富同情心……這世界上我只欠小李一個人的情份，我對不起他……」審訊時只要提到李飛雲，劉春桃都會哽哽噎噎抹淚，傷心極了，但是對自己的所作所為一點兒都不後悔；對於將面臨的死刑判決也看不出有多恐怖。她說：「……人活百歲，誰能免死？其實有好多回，我都差不多要死掉了。殺爹這樁事我思謀好幾年了，老天有眼，讓小李來幫我做成了……」

4

如李飛雲父母這一類荷包裏塞滿鈔票的主兒，除鈔票之外，最看重的就是面子了。然而，獨生子的婚禮辦得那寒傖程度，在我們縣城幾乎稱得空前絕後！兩位新人我行我素，放著兩層的小洋樓不住，逆享樂的歷史潮流而動，硬將剛剛死了人的破土坯肋架屋作了拜天地燃紅燭的洞房！父母氣得不行，甩給兒子兩萬塊錢，根本懶得露臉……對於這一現象，見多識廣的副刊編輯趙先生解釋說：「回歸自然嘛，在發達國家比較流行。他們放著洋樓不住，跑非洲原始森林裏住山洞！嘿嘿，看不出劉春桃和李飛雲的思想意識還挺前衛的！」

胡富貴是喜宴上的最後一個離席者（人都散了，再說已經也喝得差不多了），他的講述值得信賴：「客人就李飛雲的幾個哥們，懶洋洋鬧嚷了一小會兒就都走了。菜餚倒實在不賴，二十五種花樣，都是『得月宮』大師傅炒好，由小姐們送來的。劉春桃以前過的日子，可以說連殷實戶家裏的豬、狗都不如！那天，她還同李飛雲喝了交杯酒，臉上總算有了點紅色。那些『混混』哥們看不起李飛雲自然有他們的道理：好歹在省城讀了四年的書，家裏又有錢，什麼樣的漂亮女娃日弄不到床上來？洞房花燭夜，面對像塊搓衣板樣的新娘子，擱誰身上也會覺沒勁啊！他倒像撿了塊寶，幸福得不得了！」

作為鄉下人的後代，李飛雲是熱鬧環境中的孤獨者。他在愛情、婚姻、以及後來行俠或行兇、活著或死去等等重大問題所採取的驚人之舉，其內心到底是怎麼想的？如今已無從得知。談起短暫的夫妻生活，劉春桃臉上呈現的倒是思念意味的幸福表情。畢竟有那兩萬塊錢墊底，物質方面短時期內不必犯愁。以至於胡富貴後來打聽到倆人存摺裏尚有七千三百元餘錢，不禁感歎：「一對傻瓜！實在不想活，將錢花光後再殺人啊！」據胡富貴回憶：新婚日子裏小倆口兒恩恩愛愛，過得挺有滋味。有一天，胡富貴不過希望能再討口酒喝，輕腳輕手走肋架屋門外，就聽見劉春桃又在訴說所遭的苦難。李飛雲附和道：「你爹真該死！」女的說：「好多次硬想找上門紮他一刀，可畢竟是我親爹啊……」似乎也不可能慫恿丈夫去殺爹——究竟出什麼事了？弄得兩個年輕人最後只好以死相拼？大家認為其中一定另有名堂！

李飛雲為什麼會發瘋般愛上劉春桃？「人死如燈滅」，已經沒辦法查證了。副刊編輯趙先生則獨闢蹊徑，找來一篇文章作逆向研究。文章的題目叫《哪種男人最令人反胃？》，一共三十五種：有化妝品香味的；連鞋子都要和衣服配色的；嗑瓜子很高明，髮油塗得很亮的；搭大巴、小巴，要拍拍位子才坐下的；走起路來沒有聲音，捂著嘴笑的……等等等等。胡富貴對無聊文人寫的鬼東西沒興趣，只相信親耳所聽、親眼所見的東西！他伸伸細脖子咽一口唾沫，又講起小倆口兒度蜜月時的瑣碎事，說他們都把對方當三歲奶娃一般寵著，噓寒問暖無微不至！「比如有一次，李飛雲捧一本好像叫什麼《……之煩惱》的書，額頭輕輕抵女人的額頭，膝蓋輕輕捱女人的膝蓋，他讀一段，又交給劉春桃再讀一段。劉春桃倒像當娘的，不時還幫他揩鼻尖上的細汗，揩嘴角旁的唾沫……兩個倔人私下都蠻會獻殷勤！都有點兒神魂顛倒——都才二十朗當歲數，實在犯不著那麼不要命啊……」

五

1

有的時候，劉修乾可以一擲千金，比如賭、嫖，比如行賄；有時候卻一毛不拔，比如對已病故的結髮妻和女兒劉春桃。女兒結婚後的第五天吧，劉修乾又從市里回到縣城這棟尚可以當半個家的小洋樓。朱娜因又輸了錢正煩哩！「喂，你那叫花子女兒上星期結婚了咧！也不知使的什麼迷魂術，網住的還是個闊土佬帽的獨兒！」當時天色正黃昏。考慮到再待上一會兒免不了得陪朱娜（這騷母狗竟她媽越來越迷人了）上床盡義務，劉修乾不置可否淺笑，怕因小失大影響了待會兒的好事情。那段日子，「新乾坤家電門市部」的生意還算馬馬虎虎；牌桌上的手氣卻實在太臭！都說「情場不順賭場順」，老婆同蔣副縣長差不多明著來往，他做了明王八仍輸得一塌糊塗……這個家讓他既尷尬又無奈，只能三天兩頭地朝外跑（賭啊，嫖啊，或者進點貨），至少也能「樂不思蜀」那麼一會兒！

「新乾坤家電門市部」正式營業時間不足一年，在這兒工作過的女孩，前前後後達十三人，都是從貧困山寨裏「選美」招來的。劉修乾死後，門市部也關門了。十三位女孩講起劉修乾的種種劣跡，真可謂「字字血，聲聲淚」！如今，靈魂、肉體飽受蹂躪的她們或先或後，又悄悄回到了各自的生養地。她們曾都是花兒樣的柔媚少女（最小的十五歲，最大的十九歲），她們不吐不解恨，吐了似乎也於事無補。下面是其中兩位少女的控訴，姓氏已作了假名處理，內容也或多或少做了些刪節。

秋菊（十九歲，「電大」財會專業畢業生）：「……他無視任何規章、規範，生活上也罷，管理方面也罷，一味胡來！我到門市部來時，帳面上基本沒多少可用於周轉的資金，可他仍賭啊，嫖啊，將現金整日提手提箱裏……總之是個『下三爛』貨色！對我們這些弱女子就像餓狼對羔羊，根本無同情心！出事前半個多月吧，有一天，他竟當著我男朋友的面動手動腳，甚至將我男友推搡出門廳，簡直像瘋子……那陣子他對誰都沒好顏色，滿臉殺氣，目光兇狠；大家幾乎都能夠預感到要出大事情了……」

冬梅（十五歲，身高一米六一，小學文化程度）：「……我每月二百八十元工錢，第一次他親自送到我手上。是晚上，他喊我去辦公室，先遞過來二百八十元，色瞇瞇笑著又添了一百二十元，竟開口說：『乖乖，讓我咬一口吧，求求你讓我咬一口吧！』……嗚嗚，他不是人，欺負我們山裏人膽小不敢喊……嗚嗚，他根本沒把我們婦女當人，一會兒喜歡這個，一會兒又喜歡上那個……我在門市部一共做了一年半活兒，才只領到相當三個半月的工錢……」

……多行不義必自斃。現在我們差不多可以這麼認為：劉修乾因豪賭狂嫖，落下巨大虧空，在決定不活的同時也決定殺人了！假若他有辦法引爆地球，肯定會獰笑著毫不猶豫地去點燃導火索，就像清朝末年的大西軍首領張獻忠，看到治下的疆土已朝不保夕，遂下令殺百姓，引水將金銀珠寶往長江裏沖……「反正留下也是給別人作奴才！老子得不到，別人也休想得到！」（引自關於「湖、廣填四川」的民間故事）這裏又有一個疑問：劉修乾為什麼沒有想到要殺「奪妻」的蔣副縣長？胡富貴對這疑問的看法有一定道理。他說：「我從小看著長大的，會不曉得他那德行？他人鬼膽兒小，特別怕官。所謂『官打民不羞，父打子不羞』，他的錢財再多，也只是個老百姓。當官的跟他老婆好上能白好？『人情像把鋸，你有來我有去！』他包的工程就是人家蔣副縣長的人情嘛……只能怪後來朱娜實在太過份。古人說『女人是衣衫』，劉修乾殺幾個女人，說不定心裏覺得，不過是撕扯幾件破衣爛衫……」

2

傳說劉修乾是因為朱娜輸掉的錢太多，才煩得殺了，似乎不太可信。蔣副縣長何等人物！總不至吃軟飯吃得心愛的女郎燈乾油盡吧？還有一種說法：蔣副縣長又有了新相好，朱娜因為擔心「情哥哥」可能要飛，耍手腕拼命地餵（輸）……比較合乎情理的推測也許是：因為「昨夜情人」懶得暗中相助而包不到油水工程，被徹底斷了財路；賭癮又令朱娜欲罷不能，至使家庭赤字越滾越大……真是「成也蕭何，敗也蕭何」！也許因鬥嘴或其他小磨擦，令劉修乾一時怒從心頭起，手起刀落就殺了她；索性一不做，二不休，牙齒咬咯咯響，又開列出另外幾個令他垂涎的女人名單……

就像螳螂捕蟬，黃雀在後，他萬萬沒料到女兒、女婿也正在追殺他！——他們為什麼要追殺他？猜測來推斷去都認為犯不著，完全沒有道理嘛！

兩天時間，四個人死於非命，各類線索撲朔迷離，刑警們忙得終日頭昏腦脹！凶案發生後的第十一天，又有了新的線索。那家四星級賓館裏一名姓苗的臨時保安，由親戚陪伴投案，說李飛雲撞死時騎的亞馬哈摩托是他的。「我跟李飛雲是省城某政法學校『封閉班』裏的同學，不過點頭之交，畢業後一直沒再見面。」苗保安臉色慘白，腦殼耷拉。他承認已悔過一千次，再三抱怨那段日子裏自己實在太楣氣，「硬是兜頭碰上，想躲都躲不脫」！

那天，苗保安在一朋友家玩「鬥地主」出來，在燎原路「兜頭碰上」李飛雲小倆口，用亞馬哈違章將他們倆拉到賓館門口。李飛雲說有個傢伙偷了他家近萬塊錢逃市里來了，他瞅一眼賓館大門又瞅一眼苗保安，說道：「就從這家開始查。」因為有苗保安陪著，總臺的小姐蠻熱情。在登記簿上，沒費工夫就找到「劉修乾」這個名字。服務小姐對住豪華套房的大都印象深刻，說這位先生剛剛上街辦事去了。三個人等了一會兒，沒見劉修乾回來，李飛雲挺招急的樣子，對苗講劉修乾其實是他妻子的親爹，還拿出劉春桃的身份證給苗和服務小姐看，又提出妻子實在太疲憊，能否打開門讓她進套房歇歇？（苗保安乾咽一口唾沫，膽怯地瞅公安同志，繼續說）：「雖然李飛雲前後矛盾，剛才說那傢伙偷錢，這會兒又說是自己的岳丈。怪我警惕性太差，估計不過是家庭內部矛盾。服務小姐一開始不同意，經我幫忙央求後才答應。那個劉春桃的確像大病初愈。我沒有跟著去，站吧臺旁與另一同事閒聊天。沒一會兒，服務小姐用眼神指一位正上著樓的西裝革履男人，小小聲嘀咕那就是劉修乾。又過一會兒，來了三個刑警，提出要見總經理……開始時，我還一直傻乎乎站樓道口看熱鬧哩！再往後的事兒，晚報上都詳詳細細登了……」

到苗保安故事講完，案子似乎還有讓人覺不合情理的地方。李飛雲基本上算泡在錢裏長大的青年，不至為區區不足萬元殺人。還有：根據警方的「案發現場情況記錄」推斷，那位「頗具古典仕女風韻」的女老闆沈倩茹女士，在李飛雲夫婦進入套房之前，恐怕早已香消玉隕——小倆口兒怎麼會沒看見（並沒人聽見劉春桃尖叫）呢？三撥兒人（李飛雲夫婦、劉修乾、三位刑警與賓館總經理）各有目的——劉修乾重返殺人現場的目的是什麼？三撥人次第進入，所佔用的時間據說不超過一個半鐘頭。最最令人不可思議的是：既然劉修乾已抱定必死之決心，且已開列出「死亡名單」，如果要贏得時間繼續從容作案，或者逃得更遠點兒，他至少應該將裸體女屍稍稍地隱藏一下，莫非犯什麼毛病了？

六

1

市公安局值班室接到沈倩茹女士的博士生丈夫打電話報案，是在出事那天的上午八點鐘左右吧。這位博士生上個星期剛剛從英倫三島飛到嬌妻身邊小駐，留學快三年，已經學到了一些英國人的理性和刻板勁兒。他言簡意駭，在電話裏直奔主題：「我的妻子沈倩茹不見了，請你們幫我把她找回來！」又解釋說妻子是個經營家電批發的商人，應約去某賓館同另一位名叫劉修乾的商人談一筆生意，昨天下午三點半出門，一夜未歸。值班的擱了電話，望另一位同事笑笑，感歎「陰盛陽衰」成時代病了，還講起兩天前也有個一人，自己拿夜遊神老婆沒辦法，竟將電話打到「一一〇」，說：「……老婆又要一個人上街轉悠，您們能不能來幫我阻止她？」十點多鍾，博士親自跑來了，氣喘吁吁滿臉緊張，說打傳呼不見回音，打手機吧，通了沒有人接！「對不起，還有個情況我差點忘了：劉姓商人早晨還打電話說倩茹根本沒來賓館，他白等了一晚上……同志，請你們儘快找到倩茹，有、有外遇，也應該彼此講個清楚明白……是不是這個道理？」

三位刑警安慰走留英博士，說說笑笑往賓館去瞭解情況。其中有位剛分配來的大學生，平日特迷偵探小說，有股子鑽研精神。他從總服務臺查詢到，劉修乾昨晚曾打電話吩咐服務生早晨勿需做清潔，說他人睏得狠，「請勿打擾」……大學生刑警頓起疑心：是不是藏匿了什麼違禁品（槍枝或海洛英）？組長認為言之成理，故又喊來了總經理一起去叫門。房門最後是被強力弄開的……犯罪現場前面已作了交待，想必大家還記憶猶新。

劉修乾為什麼要返回房間？實在太冒險啊！劉春桃是套房中的唯一活人，她口口聲聲只講父親的斑斑劣跡，只說一直想殺他！具體情況一句話也不肯講。父親偷錢的事，因為有姓苗的保安作證，劉春桃直到最後才默認，這事似乎觸到了疼處，她哭泣得更厲害了……大名鼎鼎的劉總經理竟然會去偷早斷了往來的女兒的存摺——命都打算不要的人，還要錢幹什麼？大學生刑警的腦子到底更好使一些，他通過與「死亡名單」上擺在沈女士之後的上海的董小姐聯繫後得知，命案發生的前一天晚上，劉修乾曾電話約她於第二天下午到淮海路一賓館見面；正是那天，早晨六點鐘由本市飛往上海的航班因天氣原因而取消了……幸虧航班取消，董小姐才僥倖撿回一條性命！因航班取消，無可奈何的劉修乾急匆匆返回賓館，準備動手處理昨晚因考慮到自己已飛上海，所以完全沒顧得藏匿的女屍……偷女兒的存摺可能也是迫於無奈而順手牽羊，他處處扮大款，花錢如流水，況且亡命生涯才剛開始，任重道遠……董小姐瞭解到事情真相，在電話裏嚇哭了。她說劉修乾一直垂涎於她的美色，常常借生意上的往來大獻殷勤，「雖然他一直擺著大老闆樣兒，但生意歸生意，我對他一直敬而遠之……」

劉修乾作為一個嗜殺者，罪有應得，死有餘辜！但李飛雲、劉春桃好不容量開始踏上生活正軌，齊心協力幹可能還有個盼頭（法醫檢查證實：劉春桃的確已有身孕）——兩位苦命青年不該出此下策，不值得啊！拘留所裏的劉春桃，審問時哭，一個人呆著時也哭——是不是在哭李飛雲，哭自己的命太苦？

長期吃不下，睡不著，劉春桃的身體越來越虛弱，終於昏倒在獄中了。她實在想死，好一了百了。後經醫生們精心護理，奇跡般地又活過來了……

2

有一種輿論認為：蔣副縣長是看到劉修乾、朱娜夫婦「賭得太過分」，企業已經開始走下坡路，才逐漸與之疏遠……不知大家注意到沒有，大凡準備進攻的人，有兩個特徵最最顯著：一、目光專注；二、保持低姿態！就像士兵準備衝鋒，或者田徑運動員預備起跑……連胡富貴都說過「女人如衣衫」——你總不能讓蔣副縣長永遠只喜歡穿一件衣服，何況還有很多更重要的目標需要他去關注、去拼搏哩！

根據已掌握的種種現象推測，結婚後的李飛雲、劉春桃夫婦，也曾考慮過小家庭未來的社會定位和生活走向。可能正準備外出打工吧，李飛雲已將七千三百元現鈔全都轉入了可通存通兌的「牡丹卡」。決定打工的事情，得到前面曾經提及的那位文質彬彬青年證實。他說：「春桃恨死了這塊地方，一直想離開，甚至說過：『就算去討飯也要離開！』他們準備去浦東，李飛雲曾四處奔走借錢，跑得很辛苦。別看我們這些人混日子大大咧咧大手大腳，兜裏其實都沒啥閒錢！碰了幾次壁之後，李飛雲的情緒十分低落；他又不肯去求父母……」

胡富貴的娘也講了個新情況（緊緊張張，癟著嘴巴小聲小氣）：「劉修乾被殺的前幾天，同女兒在肋架屋前抓抓搡搡吵架咧！女兒被推倒在地，當爹的飛快跑了。春桃沒能追上，直嚷：『我要殺了你，殺了你！』……怨不得春桃，她爹實在不是東西呢！」

如此說來，劉修乾準備動身的時候，荷包內硬是沒幾個子兒了，所以才去女兒家搶（乘李飛雲外出借錢未歸，先說看看，然後一把奪過）。李飛雲為籌錢的事心裏正煩，知道情況後肯定怒火中燒。小倆口連夜動身朝市里趕，其最初動機不過是為了追錢，或者想臭罵那禽獸不如的爹，打他幾耳光或踹他兩腳……劉修乾緊緊張張進得套房，意外發現女兒、女婿已經坐在裏面！他為了嚇唬住他們，索性扯出昨晚草草塞木櫃裏的女屍，甚至可能當著女兒女婿的面，將裸屍拖衛生間裏割下一條大腿，希望小倆口兒能因親眼目睹而膽寒噤聲——三個人只要能在套房內悄沒聲息地捱到下午，他就可以乘飛機遠走高飛，繼續他的追殺……他也太小瞧兩位血氣方剛青年內心為新仇舊恨所燃起的不顧一切精神。兩位年輕人一個苦於太窮；一個因父母為錢財奔忙而忽視了兒子成長，都稱得「曾經滄海難為水」，都早已將生死置之度外！到最後，同樣豁出去了的李飛雲，終於朝混賬岳丈扎過去致命的一刀……

上面的敘述，除沈倩茹的屍體曾塞進過木櫃（席夢思床墊的床廂）這一細節，因技術人員的現場勘查結果而得到證實之外，其餘都只能是一種估計——真實情況究竟又是怎麼回事？也許永遠成為一個謎了。劉春桃也已經瘋了，不哭，不鬧，眼神茫然，嘴巴裏一天到晚無數遍地只重複著兩句話：「殺了他。殺了他。我來殺。我來殺……」

陽春三月天，從年節中走出來的人們，又開始了新的一年的最初忙碌……偶爾還有人談起那樁兇殺案，情緒已經淡然了許多。那間曾做過李飛雲和劉春桃新婚洞房的土坯肋架屋，因長時間無人居住，冬月第一場大雪時就垮架了。三月天雨水多，廢墟上一片青翠，雜亂破碎的爛土坯，讓鴨兒草和一些不知名的野花給遮掩得嚴嚴實實；朽柱子、爛簷條歪歪斜斜，藤蔓自由地攀附其上，顯得格外地虎虎有生氣……

雙環記

咦，這是什麼？金子！
黃黃的，發光的，寶貴的金子！
……你這人盡可夫的娼妓！

——莎士比亞

一

吳金環和魯銀環，土生土長的魯家山人氏。吳金環一米六二，一九七八年出生，體重五十一公斤；魯銀環一米七三，一九八一年出生，體重四十七公斤。兩個女娃都體態婀娜，臉蛋姣麗，皮膚白淨，十指纖纖；鄉鄰們早就預言她們不是從田土裏討生活的人。果然不出所料，金環在前，銀環稍後，次第都下到慾望之海……當今世界日新月異，人們攝入的是現代營養，吐納的是現代空氣；讀的東西、坐的東西等等，不可避免地都在變化，潛移默化著人們的生活情趣、審美習慣……關於風塵女子的故事，也就自有它吸引諸君的地方吧。

先說吳金環：十六歲單身赴海南島，輾轉於廣州、珠海、廈門、佛山，曾經是星級賓館和豪華酒樓的常住客；曾經穿金戴銀，闊佬們想幽會她還得事先預約！每當被某闊佬棄之如敝履，又會有好幾個檔次稍差的闊佬爭著「接力」……好時光只持續了三年！金環也曾打算「從良」，悄悄養了個英俊小夥，到頭來反而傷透了她的心……吸毒令她憔悴，同時也耗盡了她積攢的數十萬私房錢。混到後來，門前冷落車馬稀，困窘時只能住十五元一夜的招待所，連三十元、五十元的賤「生意」也肯接……去年秋天終於被「掃黃」隊伍送進強制戒毒所，今年春天被遣送回魯家山老屋。爹娘都是老實巴交的莊稼人，幾年裏靠女兒不斷匯錢回來才蓋了水泥樓房。半年多戒毒所生活對吳金環的身心大有益處，瘦臉日漸圓潤——畢竟才二十三歲，她偶爾無慾無愁地獨自走在村道上，像一位慵懶的少婦。

在這個春天裏，魯家山還發生了一件大事情：四九年逃到臺灣的吳占魁老先生決定回家鄉定居，就在一個鳥語花香的下午，由鄉長陪同乘「豐田」牌小轎車，到魯家山會鄉鄰們來了。如果說吳金環在外弄臭了名聲也弄富了家庭，她被遣送回原籍，一度令村裏年輕人心緒矛盾表情複雜。那麼，少東家吳占魁風風光光還鄉，則更讓近些年才吃飽穿暖的魯家山老人們憋氣、尷尬，傷透了心！吳占魁老先生西裝革履戴金絲眼鏡，鑽出小轎車時顯得很激動，轉著圈兒打量四下風景，胖臉膛上堆滿了笑意。這個只有二十多戶人家的山寨去年才通簡易公路，黑老林一直綠到天盡頭！當時，各家各戶一律緊閉大門，只有兩頭撒養的黑豬在山牆下懶洋洋徜徉。就聽見緊傍村頭的老房子大門「吱呀呀」啟開，一個娃兒從門洞裏發一聲喊：「小包車來囉！」厚重的木板門次第打開，「吱吱呀呀」聲此伏彼起。大人小孩從黑門洞中悄沒聲息魚貫走出，表情肅穆，眼神茫然，很快在村道上匯成一支隊伍。

「什麼東西！四九年被解放軍攆跑了，如今居然人模狗樣地又回來了！」走在前面的魯朝宗老漢搗著拐杖輕聲罵著。吳占魁一眼就認出他，像什麼也沒有聽見，疾步上前，捧住魯朝宗老漢的手直搖晃：「朝宗兄弟嘛，嘿嘿，五十多年前，你我還都是十幾歲娃娃……回來走得倉促，沒帶什麼，這五千塊錢權當見面禮，還請笑納。」鄉幹部們好多天前就到各家各戶作了工作，魯朝宗當著鄉長的面才忍住沒繼續潑口罵，內心已覺窩囊。沉甸甸一疊鈔票突然壓手心裏，他不自主猛一哆索，鈔票脫手，飄灑到泥巴地上。

五佰張簇新的十元鈔票撒落地下，把窮人隊伍的目光一時全給拽過去了。鄉長很不高興魯朝宗的態度，臉色十分難看。就見一個身穿花格子秋衫的女娃大踏步上前，飛快地撿起錢雙手捧著，走吳占魁面前深深鞠躬說：「吳爺爺謝謝您！我代表爺爺收下了……」禮畢，大大方方微笑。這是一張白皙，俊俏的臉龐！吳占魁正想同小姑娘聊聊家常，突然發現她背後的窮人隊伍裏一片譁然，嘰嘰喳喳有些亂套了！「銀環！把錢還給人家！你、混賬……」魯朝宗氣急敗壞跺腳，哆索得更厲害。「爺爺，我們沒偷沒搶，人家好意相送，怎麼能忤人家的面皮說不要呢？」魯銀環仍一臉兒笑，說罷，捧著錢蹦蹦跳跳回家去了……

對於銀環的作法，魯家山人沸沸揚揚議論了好多天。開始時，持「人窮志不窮」的略占上風。魯家山地貧人浠，五千塊錢不是個小數！到最後，思想都統一到一種認識裏：不收白不收！吳占魁若能每戶都送五千才好！只當是再搞土改，再次分他娘的浮財！！魯朝宗家現在住的老宅子，就是土改時將吳占魁一家掃地出門後分得的。四九年前，十六歲的吳占魁在鄉公所當文書，十四歲的魯朝宗則是地下小交通員。孫女兒收下錢令魯朝宗窩火難受，半個多月羞於出門見人！銀環覺得簡直不可思議：憑白得了五千塊錢，爺爺倒像丟了五十塊錢一樣難受！爺爺苦口婆心教誨說：「……人爭一口氣，佛爭一柱香。我們雖然比那老東西窮點，不蒸饅頭也該蒸（爭）口氣！」銀環不以為意，笑嘻嘻反駁道：「想蒸饅頭還得兜裏有錢買麵粉。咯咯……不蒸饅頭光蒸氣，空氣中又沒啥營養成份，到頭來還不把人餓死？」

二

魯銀環家的這棟明三暗六的老宅子，四九年前，是魯家山一帶最氣派的房子，據說吳占魁的老子就是在這裏扒著算盤剝削貧雇農。他們家雇有三個種地的長工和一個做飯的老媽子，老爺子身穿長袍馬褂，土改被拖出槍斃時一個勁兒叩頭求饒，魂飛魄散地尿了一褲襠！依現在眼光看，老房子實在寒傖，木立柱歪歪扭扭，雕花的木窗扇黑不溜秋且朽壞嚴重。魯銀環在縣城讀高中，羨慕死城裏坐轎車，逛舞廳，談吐風趣，衣著瀟灑的有錢人……因為人長得標致，高二那年她曾被某集團公司臨時請去當禮儀小姐，在豪華衛生間的坐式抽水馬桶上小解過，目光所至，眼熱心驚！高考落榜後，回到家鄉蹲在插有攪屎棍的土茅坑上面，她竟一度感覺噁心得不行，淚水汪汪，暗自抱怨命苦……老宅子成了魯銀環不忍目睹的牢房，朝思暮想的就是離開；就是能夠天天在坐式抽水馬桶上小解，過城裏人那種悠哉遊哉的生活……年長她三歲多的吳金環是她暗暗羨慕的對相：雖然頭頂臭名聲，比起從生到死都在土裏刨食的鄉下女人，至少算沒白來人世走！以學校和家長所教導的做人準則衡量，吳金環一類女人不過是臭狗屎而已。然而「臭狗屎」有錢且活得舒服，這可是聰明人和傻瓜都看得到的事實！作過如此比較之後，難免不讓人心動。

魯朝宗早就看到了這種危險，苦於「人老不值錢，牛老耕不動田」，他心有餘而力不足啊！那天眼瞅著孫女兒手捧五千塊錢樂呵呵回家，他雖然又拍桌子又摔碗，老淚橫流大發雷霆；兒子、兒媳婦卻早已被鈔票勾住魂魄，粗皮糙臉雖然也作出難受樣兒，眼睛卻伸出爪兒似的，生怕到手的錢財會突然飛掉……時間倘若倒轉五十多年，魯朝宗肯定會再次扛起槍替天行道殺富濟貧，寧肯再去餐風宿露也決不受這般窩囊氣！想到自己與富人階級打鬥了一輩子，到頭來仍栽倒在「錢」字上面，他長長地吐一口濁氣，實在不甘心。這個家眼下仍舊過著所有的勞作只為滿足自己消費的傳統自耕農方式：餵了兩頭豬、三隻羊，屋後不大的一塊小菜園種著白菜、羅蔔、芫荽、生姜、大蒜、蔥頭……像老和尚的百納衣！老少三輩自己動手自給自足，衣食足但手頭拮据。順便再介紹一下：魯家山雖然地處偏僻，多見樹木少見人煙，有些方面還是挺開放，比如生育後的年輕婦女夏天可以赤膊，可以相約去溪溝邊的僻靜處裸浴，在和諧自然的環境中盡情展示窄肩豐乳細腰寬臀的成熟了的女人體；已婚的男女在性問題上也稱得半開放，男「偷人」女「養漢」雖並無明文提倡，基本可以算是山民閒暇時娛樂社交的重要組成部分，而「偷人」或「養漢」的多、寡，更是衡量這個人的社會地位、經濟基礎、身體素質、人際關係等等的重要依據。當地的「五句子歌」幾乎百分之九十內容涉及偷情，如：

三個斑鳩飛過沖，一個母來兩個公，兩個公的一打架，妹子看得臉巴紅，扁毛畜牲也爭風！

郎害相思難得過，走一走來坐一坐，站起又怕風吹倒，坐起又怕鬼來摸，魂魄掉在姐心窩！

南風悠悠好做鞋，情哥沒帶樣子來，叫聲情哥腳翹起，照腳剪來照腳裁，無樣做出鞋（孩）子來！

……他（她）們承認「野花沒得家花長，家花沒得野花香」，不違心地束縛自己，也理解並包容他人，從未聽說有誰會為這類事兒打鬥得頭破血流。他們自由自在，隨心所欲，頭頂高遠湛藍的天空，四顧是綠得發黑的林莽和清沏見底的細細溪流；從沒聽說過「男女授受不親」

等孔、孟語錄（禮教是什麼？），盡興盡情地享受著生命所能給予的一切快樂！他們認為男歡女悅是一種緣份，一種自然，是沒有價的！所以他們無法理解吳金環怎麼會蠢到拿無價之寶去換錢花？並因此而瞧不起她。

民間輿論的力量在山裏還是很強大的，銀環內心雖然不太安份，在人前還得裝著。她雖然巒渴望瞭解更多大城市裏人們的生活，也只敢像解放前的地下工作者偷偷摸摸去金環家。在淪落為風塵女子之前，吳金環家是全魯家山最窮困的人戶。她爹抗戰時隨部隊（國民黨第八十七軍一九五師）進攻宜都城，被日本鬼子的重機槍打斷右腿時才十六歲，四九年前作為榮軍每年尚有二十塊「袁大頭」撫恤。解放後，開始時只不過不再發放洋錢，後來因他自吹當「國軍」的抗日歷史，索性被戴上「歷史反革命」帽子！瘸子「反革命」痛定思痛，年過三十學了篾匠手藝，五十歲時勉強將一個四十多歲的女人接進屋做了老婆。瘸子在外受人欺辱，回到家就怒氣衝天，金環娘的習慣動作是猛地抬右手護臉頰。如今，雖然說托女兒的福，住水泥樓房裏衣食不愁，想到女兒臭名在外，作父母的吃不香睡不著。吳老頭已是八十多歲的人了，閒不住，吃罷早飯就瘸著腿進竹園和菜地忙活。魯銀環每次來總低著頭步履匆匆，推開虛掩著的大門飛快閃身進屋，臉上漾淺淺笑意輕腳輕手上樓。

她們倆一直是好朋友，大前年，金環從南邊回家小憩，還送過她一塊電子手錶、兩雙連褲絲襪和兩個高級繡花胸罩；金環誇口稱身上穿的貂皮大衣值兩萬多塊錢，銀環簡直不敢相信！如今的吳金環神情病蔫蔫的，語氣充滿過來人的悔意。「……都怪我當時太傻。身為女人，不過希望能有個真心疼你的可靠男人……咯咯，去年身無分文被警員抓住時，我甚至有一種得救了的感覺！雖然說如今已臭名在外，保養得再漂亮也是一塊臭肉，只配瞎了眼的黑老鴉來啄——心底還存著一點盼頭：後半輩子沒准還能碰上個肯收留我的好心腸漢子，生個一男半女，過正常人的家庭生活……你是唯一不嫌棄我、並且敢來探望我的好妹子……咯咯，你說句實話：我這副模樣兒，還能嫁得出去嗎？」

金環走南闖北見多識廣，所講的好多東西，銀環幾乎都聞所未聞！十八、九歲的女子，已經到了開始朦朦朧朧想男人的年齡了。魯銀環外表文靜，性格特倔強，——自己這朵花蕾究竟該插到什麼樣的土壤裏，才能開得更嫵媚嬌豔？金環姐的經歷可謂前車之鑒，的確值得認認真真地總結哩！

三

再說臺灣同胞吳占魁老先生：這位前民國政府某鄉公所文書，老伴於六年前辭世，兒子娶了洋太太之後加入了美國籍，兩個女兒也都出嫁為人婦為人母了。一九四九年從大陸一同逃到臺灣島上的十多位舊友，活著的已不多，而他偏偏身體硬朗精神矍鑠。去年初夏，小保姆夥同其男友巧施美人計，不但詐去他一大筆錢財，還鬧得被兒子、女兒好一陣聲討。一氣之下，吳老先生賣了在高雄市的房子，決定回家鄉定居。冷靜後細思量，葉落歸根，魂歸故土的想法六十歲以後他一直就有。吳老先生年輕時就是個風流倜儻、溫文爾雅的公子哥兒，言談舉止有坤士風度。

回到家鄉後，吳老先生在縣城「七重天賓館」大擺酒席酬謝地方幹部以及鄉下親友，還忙裏偷閒，掏十九萬元托人買了棟小洋樓。新家座落在縣城的西門外，門前水柳樹掩映，再往外是圓溜溜卵石鋪就的河灘和淙淙流淌的溪水。禮節性拜訪很快過去，小洋樓前又門可羅雀了。曾經有幾個十八、九歲的按摩小姐悄悄地找上門，抿著嘴嬌笑毛遂自薦，希望能有幸長期伺候老先生的飲食起居。吳老先生是「一朝被蛇咬。十年怕井繩」——他可不想在父老鄉親面前重演春宮舊戲！按摩屋小姐的來訪，使吳占魁那殘存的本該順應自然法則慢慢枯萎、凋謝的兒女情，像找到了一塊潮潤的地盤……某一天午睡，吳占魁夢見一位模樣兒孿像銀環的女郎，仰臥在一片紫褐色的茅草地上……女僕周媽拖地的聲響驚了他的好夢。他又興奮又沮喪，獨自悶臥室內好一陣不自在。為什麼醜陋的東西總在身邊招搖，而美好卻似乎遠在天邊，可望而不可及？吳老先生穿純棉睡袍呆呆立大鏡前良久，回憶起年輕時的諸多往事，手心和額頭直沁油汗。朝陽冉冉爬上水柳樹梢，春光只在小洋樓外明媚！厚重的金絲絨落地窗簾一動不動，雪白的波斯貓四肢舒展臥猩紅色真皮沙發上，似乎也活得怪無聊吧。

幫吳老先生料理家務的周媽年過半百，每天早晨九點來，晚上七點離去。這天她摁響門鈴後，發現給她開門的吳老先生神思恍忽，竟然半敞著睡袍而不覺得！吳占魁從女僕的面部表情上覺察到什麼，慌忙轉身回臥屋換裝。周媽是位寡婦，半輩子生涯帶大了五個幹部家的孩子。

她非常敏感，眼神溫和，蘊涵著智慧。眼前這棟小洋樓內，由於沒有女主人，好比一個社會沒有公安幹警，一個組織沒有監察部門，總給人危機四伏的感覺。吳占魁整日西裝革履，衣冠楚楚（為什麼打扮？）；周媽充滿愛心，伺侯周到（圖的什麼？）——紅磚圍牆是塊遮羞布，裏面正在發生什麼？將會發生什麼？無事之徒們如戲迷一般好奇，渴望瞭解內幕。

這天，一位剛從農村出來找工作的少女，又扣響了小洋樓的大門，喝了兩瓶果汁，甜甜地聊了好一會兒，才依依不捨離去。有妙齡少女陪著閒聊畢竟是件賞心樂事，吳占魁甚至開玩笑地同周媽談到貼招聘廣告：本小院誠招談心美少女一名，住宿自理，提供飲食飲料，週薪二百五十元人民幣……周媽聽話聽音，瞅準時機後，曼聲曼氣順著說道：「吳老前輩半生漂泊不定，歷盡滄桑，身體還這般康健，硬是前世修造得好咧！今日我就直言拜上：『男兒無妻家無主』，這個家還真該添一位女主人來鋪派操持！像您老這樣有福之人，沒個太太陪伴左右，不是存心同自己過不去嗎？不瞞您說，好多女兒家都想進入這個氣派家庭呢！我倒一直想幫忙搭橋牽線，又擔心會惹您老生氣……」

吳占魁不置可否笑笑，將話題扯開。畢竟快八十的人了，身體雖然還算硬朗，到底抵不上年輕時候。錢財是他唯一的優勢，能否娶到如銀環姑娘一般的美少女也沒有多少把握。後來，又發生了一件事情，才使他終於鼓足勇氣。事情是統戰部一位幹部偶爾串門時講的。曹幹事也是道聽塗說，講完後還連聲感歎世風日下人心不古！

曹幹事說：某小鎮有個地痞，也不知怎麼鑽營，辦裝璜公司發橫財了！一日酒後竟口出狂言：哪位小姐敢赤身裸體站杯盤狼藉的餐桌上扭五下胯，就獎賞誰五萬塊錢！在場的男女正面面相覷，一位芳齡十九的吧臺小姐飛快褪掉衣褲，滿臉通紅爬上餐桌，皮笑肉不笑地將肥胯忽左忽右扭了六下……吧臺小姐拿到獎賞很快就消失在夜色中。有人說她命苦，病歪歪的娘和讀大學的弟弟全靠她供養；有人稱「小賤貨十五歲開始賣，這回肯定奔南邊謀更大發展去了……」吳占魁對吧臺小姐的命運全無興趣，他驚訝的是：區區五萬元人民幣竟會有如此大的力量？又回憶起本文開篇時所講述的銀環姑娘謝他贈錢那一幕，再想到自己存銀行裏的一百多萬元財產，頓時如飲醍醐，自信心大增！這天晚飯後，他在寫字臺前正襟危坐，笑瞇瞇喊來周媽，語氣溫和地正式表達了因生活起居諸多不便，而決定找一個妻子的意願。為方便周媽操作，他雖然有點兒難為情，還是規定了個大體標準：身材窈窕，臉巴兒標致，未婚，年齡二十歲上下……話既然出口，心情已經很輕鬆了。吳占魁小小呷一口「鐵觀音」，和藹地又補充說：「魯家山有個魯銀環，聽說模樣兒蠻周正。請周媽先上她家試試看……先拿五千作活動費，事情若辦成了，再給你一萬塊錢酬勞。」

四

周媽坐上去魯家山的個體戶中巴車時，腦子裏還一團亂麻。錢真是個古怪東西，讓人瘋狂，有時候叫人百般無奈！黃土快要埋到脖子的人，仗著兜裏有錢，竟能從從容容說渴望娶十八歲嬌娃作新娘，令見多識廣的周媽也暗自驚訝。一萬塊錢的酬勞如同遠在天邊的美好圖畫！一路上，周媽懷揣萬一的希望，一個勁兒地為自己打氣（嫁漢嫁漢，穿衣吃飯。從這個角度考慮，魯銀環也算有福氣）。天下著小雨，像眼淚在滴落。周媽突然覺得自己像電視裏背後有槍兵押解著去抓同黨的叛徒，沮喪得直想哭。

周媽滿褲腿泥濘，好容易才打聽到魯銀環家的住處。跨進門檻時，那份恐怖如同要上刀山下火海。不速之客雨天登門，令魯朝宗和他的兒子、兒媳婦雲裏霧裏不知所措。「過門為賓」是山裏人的傳統，一家人忙顛顛地讓座，泡茶，搓手陪笑臉兒問究竟。這一回，伶牙俐齒的周媽在奉送上一大包禮品之後，竟吞吞吐吐老半天，才像擠牙膏似地緩緩道出來意。魯朝宗聽一半就變了臉，拍桌子破口大罵道：「狗日的國民黨反動派，欺人太甚！老子今天就去一槍崩了這個老流氓！」銀環的爹也黑喪著臉直嘟嚷，聽不清究竟在說什麼。銀環娘甚至嗚嗚地哭起來，長長吆吆數落道：「不要臉啊！八十歲的糟老頭子，不該起這個心啊！有錢人黑心爛肝，又跟解放前一個樣啦！嗚嗚，我們家還沒窮到賣兒賣女那一步啊……」

根據《△△晚報》一項網上民意調查：選擇「跟闊佬結婚」作為賺錢方式的男女已占到了百分之二點六五；有百分之二十七的人認為錢「可以帶來快樂，能使生活盡可能美好」，表示「……為了浪漫和快樂可以不計成本」！近百分之八十的人對富有階層持「羨慕」的態度，覺得「錢很重要，能夠解決很多現實問題；許多的煩惱都是由於沒有錢而引起的，所以想成為有錢的人」……聰明的讀者通過分析以上資訊，對周媽說媒的最終結局早已洞若觀火！如魯朝宗老人這類對「富主兒」持根深蒂固鄙視態度的人，時值今日，可謂跟著起哄者眾，真心信仰者寡。白白胖胖的周媽平日不讀書不看報，壓根兒不太敢相信自己會笑在最後；被魯老頭趕出家門時顯得心慌意亂，差點兒跌倒在泥濘中。銀環姑娘一直未吭聲，靜悄悄坐一旁若有所思，臉巴上甚至還流露出幾絲意味深長的淺淺笑意……這一景象還是周媽倉皇逃到公路邊，重又坐進朝縣城開的個體戶中巴車後才回憶起來！

給吳占魁老先生彙報情況時，周媽對矛盾衝突作了淡化處理，「山裏人見識淺，父輩、祖輩囿於人之常情，一下子難得轉過彎。從那女娃的態度上看，還是有希望的……」

「當然，當然。」吳占魁笑瞇瞇表示理解，又甩給周媽一千塊錢，「嘿嘿，過幾天你再去一趟，不管魯家提什麼條件，都代我答應下。」吳占魁也血氣方剛過，他還記得曾在一本書中讀到俄國十二月黨人被沙皇流放之際，有少女夾道送鮮花，還有貴婦人自願跟隨去天寒地凍的西伯利亞受苦……當時，年輕的吳占魁雙手捧書，感動極了，對那些個為追求真理，自願拋棄優越生活的沙俄時代少女和貴婦人敬仰得五體投地！往事如煙，正所謂「人情似紙張張薄，世事如棋局局新」——大半生自視甚高的吳占魁，想到如今不過在仰仗錢財的勢力，心底多少也有些空虛無奈。他倒希望面對金錢時，銀環那怕能稍稍作點反抗姿態，不要太像為了錢而脫衣裳的吧臺小姐，多少也給人留下點兒情誼無價的美好印象。愛美之心人皆有之，是錢財給吳占魁的佔有慾壯了膽！從這個意義上講，他覺得自己也和周媽一樣，欲罷不能，不過是錢的奴僕。

一個星期後，經吳占魁再三催促，周媽心存惶恐，猶猶豫豫又上了路。她實在太渴望得到那一萬塊錢的酬勞了，一路上絞盡腦汁。魯銀環的家肯定進不去了，真敢去恐怕會被撕爛嘴，打斷腿……眼看著魯家山越來越近了，周媽的心裏更慌，甚至連抽身逃跑的念頭都有了！透過玻璃窗，隱隱見公路遠處立著個姑娘正翹首朝這邊張望。周媽揉揉眼睛，伸長脖子再望，興奮得差點跳起來！——果然是魯銀環！

看到周媽下車，魯銀環顯得稍稍有點緊張，沒有多寒暄，拉著她鑽進公路坎下的一片松林。沉重地喘幾口氣之後，魯銀環表情嚴肅說道：「我已經等你兩天了。那天讓你在我們家受氣了，對不起。你說吳占魁想娶我？這一個星期，我認認真真地想好了：請你這就回去告訴他，說我同意。」

五

魯銀環並沒有說謊，這個從來是腦殼貼枕頭就能睡著的姑娘，一連好幾個夜晚無法入睡，思前想後掂量來掂量去，越想越興奮。吳占魁的年齡實在太大了些，可是，若想住進小洋樓，坐抽水馬桶上舒舒服服解大、小手，除了漂亮臉蛋和洋溢著青春氣息的身體，自己還真再無其他本錢了。據說糟老頭擁有幾百萬家產，真作了他太太，去香港、臺灣，甚至新馬泰兜兜洋風也完全有可能……誘惑實在太大，完全無動於衷根本不可能！犧牲也太大了，她一時舉棋不定。就在周媽來提親後的第四天中午，魯銀環又悄悄來到金環姐家，耷拉著頭講了自己的矛盾心情，請她幫忙參謀參謀。吳金環認認真真聽罷，咯咯咯好一陣嬌笑，眼眶內竟閃爍出幾縷成分複雜的淚光。接著，她長長地歎一口氣，說道：「不般配是肯定的，誰叫我們出生窮家小戶，又不肯認命呢？當初我就是太想過有錢人的日子，才一步步落到眼下境地。難得你還把我當朋友，今日我就實話實說：求千家不如歪一家！與其到頭來沒一個人真心疼你，只落得臭名聲，還不如名正言順乾脆嫁一個那怕一百歲了的靠得住的闊佬……哎喲，馮家大灣的柱子怎麼辦呢，你們可是相好多年的？他若曉得這事，還不把我們倆都剁了！」

「還沒拿結婚證哩，他敢？！」銀環皺眉頭沉思一會兒又說，「和鐵柱的事兒我也想過，雖然他對我一往情深，貧賤夫妻百事哀——沒有錢的窘困日子我實在過怕了……想通了就那麼回事。嘿嘿，我該回去了。金環姐，謝謝你實話實說……」

目送銀環消失在樓梯口，吳金環陡地好傷心。她的童年充滿饑寒交迫，甚至分辨不清楚漫天白雪與家徒四壁的區別。瘸著一條腿的殘疾父親永遠一副哭喪相，從雪地裏撿回的柴禾怎麼也暖和不了缺衣短食的一家三口！十六歲那年，吳金環因悄悄為自己買了件薄秋衫，被母親幾巴掌打得鼻子嘴裏直淌血沫。一氣之下，她才踏上了南下的路，飽嘗艱辛，受盡屈辱，顛沛流離的生活同時也教會了她很多「歪本事」。她曾看到過這麼一段話：「任何邪惡的職業都會因為賺來金錢而變得聖潔。」她牢記著，並因此心安理得了許多……父母因受她連累，在鄉親們面前抬不起頭，除了限制她四處轉悠，幾乎都不太同她說話。回到家大半年了，日子過得死氣沈沈——想到還有幾十年好活，到底該怎麼過呢？吳金環鼻腔猛一陣酸楚，大滴大滴的眼淚終於奪眶而出……

銀環從金環家出來後，又急匆匆來到十多里外的馮家大灣。馮鐵柱衝過來一陣蹦蹦跳跳，連聲問最近怎麼一直沒來？馮鐵柱是個手藝挺不錯的細木匠，思想作派和他所打制的傢俱一樣新潮。他還用大青石鑿成石鎖，在門前兩株白楊樹的枝椏上綁橫杆做成單槓，每天都堅持鍛練一陣子。小夥子身高一米七八，腿長，肩寬，身上的肌腱塊塊結實！這麼好一個情哥哥，分手還真有些捨不得！小手被攥在熱乎乎的大手掌裏，溫暖順手臂流進心窩。魯銀環手牽情哥哥，一聲不吭進到屬於他的小房屋內，沒容他動手動腳，長話短說，講了吳占魁想娶她，以及她的打算。馮鐵柱聽了幾句，甩脫她的手，惡狠狠質問道：「你究竟愛我還是愛錢？擔心我養不活你？狗日的臺灣糟老頭也真敢想！」

魯銀環挺委曲似的拿眼睛瞪他，細細地講了理由：「我們倆真心相愛不假，可愛情得有物質作基礎呀！你當木匠賺的那點錢蓋得起漂亮洋樓？能帶我去大連、秦皇島旅遊？這麼做也是為我們倆。吳占魁又還能活得幾年？等他一死，百萬家產總該分給我一些吧？到時候我們倆再結婚，盡情享受也花不完用不盡，一輩子幸幸福福！」

馮鐵柱聽著，竟像下了架的黃瓜，蔫了半截兒。他緩緩抬起腦殼，臉上掛訕笑鎖上房門，車轉身猛地摟住銀環，喘著粗氣要同她上床，「吳占魁太老，抵命不划算，不然老子真敢三刀六洞捅死他……不能太便宜那老狗，那樣我、我他媽吃虧太大了！」

銀環臉紅脖子粗不肯，手腳並用，費了好大勁兒才掙脫開。她氣喘吁吁，瞅著因鬧得太出格而有點目瞪口呆的馮鐵柱，又惱火又覺心疼。她端過茶盅咕嘟咕嘟灌下幾大口，把茶盅捧手上說道：「我、我曾聽別人講過，如吳占魁那類老傢伙精明著咧，最最看重初夜的『見紅』……進洞房，讓他發覺不是處女給攆出來，那可就雞飛蛋打了……平日你不也滿嘴這新潮那新潮，革命革到自己身上，竟也是滿腦殼的封建思想！」「你，屁眼都會說！其實你只認得錢！」馮鐵柱惱羞成怒罵起來，滿腔慾火像燃正旺的木炭突然遭生尿澆灑，腥騷氣令他忍無可忍！銀環反唇相譏道：「不錯，我只認得錢。你既然愛我，就該想辦法掙大錢……」馮鐵柱還從未受過如此羞辱，肺都幾乎氣炸了，沒容銀環說完，上前一巴掌潑口大罵：「你他媽嫌老子沒本事？臭婊子給我滾！從今往後老子不想再看到你了！」魯銀環懵了，半邊臉火辣辣生疼。她強忍住沒哭出聲，咬牙切齒道：「我走，我們倆的關係從此一刀兩斷了……」話音未落，人早已竄出房門外，頭也不回地跑遠了……

所謂「見紅」一說，銀環是從金環那兒聽說的。那天，倆個人談得十分投機，一會兒相擁咯咯嬌笑，一會兒又茫然望窗外的白雲青山出神……金環興致鑾好，講了她在湛江一家星級賓館當小姐時發生的事：三十八歲的陳姓男人迷上了金環，雖然出雙入對來往親密，並沒有實質內容。在這之前吳金環一直守身如玉，甚至不惜以死相拼——並非有多麼強的貞操觀，不過待價而沽罷了。金環花很大氣力打聽陳老闆的財力，漸漸知道他是個專門走私洋貨的主兒，其家產超過三千萬！終於有一天，兩人上床了……意外發現還是處女，陳老闆像撿了個寶貝，立刻讓她辭掉工作，在一家更豪華的賓館內租了一套房。陳老闆稱得是吳金環紙醉金迷生活的第一任老師。他每月給金環一萬塊零花錢，每月來這兒小憩一個多星期……半年過後，陳老闆栽在緝私警手裏，沒多久就被判了刑……銀環聽得十分投入，特別是「寶貴的處女膜」，和「每月一萬塊零花錢」等關鍵東西，在心底留下極深的印記……

六

魯銀環先同男友，接著又同家人徹底鬧崩，到最後，避難似地逃進吳占魁的小洋樓——那是在她離開馮家大灣後的第三天早上。她其實也捨不得同男友徹底分手：馮鐵柱大大咧咧微笑的樣兒，一連好幾個晚上都如同霧裏風景，直逗得她內心苦不堪言。但是，沒有錢的日子如此刻骨銘心，馮鐵柱怎麼就不理解呢？以往他們倆也小鬧過，每一次都是馮鐵柱首先舉白旗求和。第三天，馮鐵柱果然出現在村口，昂著腦殼步履匆匆過來了。才兩天多工夫，他也瘦了哩，黑喪著臉像還在賭氣！銀環內心一陣歡喜，勉強硬撐著沒有動彈。馮鐵柱同樣捨不得銀環，這一次，他深感勢單力薄，所以來聯絡魯朝宗和銀環父母。一對情人擦肩而過，都狠狠瞪對方。魯朝宗和銀環父母正要去田裏薅包谷，看兩個娃兒神情不對，迎上前問究竟。馮鐵柱臉巴紅一陣白一陣，好不容易才將銀環一心要嫁吳占魁的事告訴了她的父母和爺爺。屋子裏立刻亂了套。十八歲黃花閨女嫁八十歲的郎已夠丟人現眼，更何況魯朝宗還指望孫女找個上門女婿繼承魯家香火哩！他眼睛裏噴火苗，操起拐棍就要打。銀環她爹擔心出人命，嘴裏惡恨恨叫罵，掩護般搶上前朝女兒屁股上踢過去一腳。作母親的畢竟心腸軟，撲過去摟住女兒肩膀號啕大哭：「銀環啊，到底為的啥呀？嗚嗚……」

事情來得太突然，魯銀環完全沒有心理準備！馮鐵柱自作主張搞統一戰線令她氣憤，家人的強硬態度更逼得她沒有了退路。「還能為別的啥？為了錢唄！」她索性破罐子破摔，爬起身拍拍屁股上的灰塵，神情像小鬥雞公，「今日全都說個明白也好！我不願再過這種苦日子，所以想正正當當嫁給吳占魁，又不是打算私奔！老夫少妻如今社會上多哩，未必比跑外面賣身的女子更丟人不成？」「畜牲！畜牲……」魯朝宗臉色鐵青渾身哆索，簡直氣昏了頭！他猛力推開擋面前的兒子，雙手掄起櫟木拐杖就照銀環頭上砸來。馮鐵柱見狀大驚，衝上前一把抱住魯老頭，扭頭朝銀環喊道：「還不快跑，等死啊！」銀環還從未看見爺爺這般兇狠過，氣壞了，也嚇壞了。她杏眼圓瞪，狠狠掃滿屋的人，車身衝出老肋架房子……

銀環昨晚曾又悄悄去了金環住處訴說委曲：「……爺爺他們榆木腦子不開竅，他鐵柱怎麼也這麼想不開？」金環咧嘴淺笑，講了一樁往事……金環暗地裏同一個從河南來的英俊小夥相好，當時已攢下近三十萬家私。她已經準備同河南小夥登記結婚，從此規規矩矩過正常生活。誰料那小夥竟是個白眼狼，吃她的，穿她的，骨子裏瞧不起她卻又一直哄著她。兩個人同居半年多時間後，小夥子捲走她二十萬元錢財突然失蹤了！「他還算手下留情，還給我剩了十萬。我寄了五萬回家，餘下的都吸毒了……」從表情上看，金環到現在也並不太恨那英俊小夥，「他一米八個頭，長得特別帥！咯咯，他怎麼可能娶個婊子作老婆呢……不說這些了。我勸你多考慮考慮，別把事情弄得太僵，不要太心急嘛！」……魯銀環一個人在簡易公路上走來走去，一時不知究竟該上哪兒？眼看已是吃午飯的時候，肚子開始咕咕叫，兜裏卻只有八塊五角錢！她把心一橫，七塊五角錢買一張去縣城的車票，餘下的錢剛剛可買兩個燒餅充饑。正好開來一輛中巴車，銀環認為兆頭不錯，一陣風樣跑過去……

第二天，快到中午時分，魯朝宗才打聽到孫女兒昨晚逃進城不久，就被吳占魁接進小洋樓了。魯老頭簡直氣瘋了，顫巍巍爬閣樓上取出打野豬用的土銃，帶著兒子、兒媳風風火火趕進城，堵在吳占魁小洋樓門口連聲叫罵。他畢竟當過多年的生產隊長，土銃裏其實沒裝火藥，拿手中揮舞不過是虛張聲勢。昨晚銀環姑娘找上門時，吳占魁多了個心眼，叫周媽留下陪她過的夜。銀環姑娘冒失登門使他既高興異常，又隱隱覺得有些失望，躺床上輾轉好久才入眠，睡得並不踏實。這會兒周媽也被堵在了洋樓內，她還從未見過如此場面，唬得跪供奉有觀世音菩薩的神龕前，又是叩頭又是作揖。院牆外面，魯朝宗和他的兒子、兒媳婦得理不讓人，面對越聚越多的圍觀者聲淚俱下土銃亂揮。吳占魁太瞭解魯朝宗的脾氣（老也老了，怎麼還像一銃藥），逼急了沒準兒真敢持銃衝進屋行兇。事情弄到這份上，銀環也有些慌，臉色慘白可憐巴巴，格外惹人憐。吳占魁猶豫了一會兒，最後還是給縣公安局撥了電話。不到十分鐘，五個民警就跑步過來了。小洋樓周圍已經聚集了一百多看熱鬧的閒人，沸沸揚揚，像捅了馬蜂窩！聽說有人持槍威脅臺灣同胞，領導派來了一位公安局副局長。副局長雙手背身後，嚴肅地批評魯老頭說：「……當家長的，不講究方式方法，逼跑了孫女兒，跑到這兒鬧什麼鬧？何況婚姻自由，更何況吳老先生是臺灣同胞！安定團結的大好形勢來之不易，大家應該珍惜！你們三個都回家去吧，再胡亂來就真要拘留你們了！」

半個月後，吳占魁老先生和魯銀環小姐雙雙來到城關鎮民政所，樂呵呵領取了結婚證書。當天中午，吳老先生和銀環姑娘在全城最豪華的「得月宮酒樓」舉行了場面空前的熱鬧婚禮！宴會廳裏高朋滿座，都是各方面有頭有臉的主兒。婚禮由統戰部一位剛退下來的部長主持，酒宴一直持續到深夜十一點多鍾！沒見過啥世面的十八歲少女魯銀環，一下子成了眾人注目的焦點，顯得興奮異常，感覺就像從黃連苦水中突然掉進蜂蜜罐兒，骨頭彷彿都輕了……對於這樁無論年齡、貧富、閱歷、等等方面都有著天壤之別的婚姻，小城人少見多怪，一百張臉上顯示出一百種表情！議論的內容也五花八門，黃色下流忽略不計，歸納主要有三類：

一、仇富派：認為是地主階級對貧雇農的報復，是變相的「黃世仁強姦喜兒」！

二、新潮派：看到的是「吳占魁老先生有激情，魯銀環姑娘有勇氣」，是對傳統婚姻觀念的挑戰！何況婚姻是一個男人同一個女人之間的事，只要不違背本人意願，完全犯不著理睬旁人如何說長道短……

三、無所謂派：似乎看透了一切，對什麼都滿不在乎，大大咧咧笑笑嬉嬉，「……老夫少妻怎麼啦？彼此願意，要你們操什麼心啊！——黃世仁、喜兒？沒聽說過，他倆是啥地方人？什麼？窮人家的喜兒，為了不作地主黃世仁先生的小妾，隻身逃進深山老林吃野果住山洞，孤苦零丁與野獸為伴十幾年……哎喲喲，怎麼可能呢？莫非那喜兒先天愚笨智商太低？罷罷，喜兒她愛住哪兒住哪兒好了，關我們啥事兒呢？」

七

少婦魯銀環，作為小洋樓名正言順的女主人，從為婚禮而梳洗打扮開始，到蜜月將盡，一直處於極度興奮的懵懂暈乎狀態之中；嚴重的時候，甚至不敢相信是真實的！進入紅磚小院彷彿進入到另一世界，每日所吃進嘴巴裏的，穿戴在身上的，眼睛看到的，以及日常所接觸到的人物、故事……除開那個一度令她歆羨不已的坐式抽水馬桶略微留有印象之外，一切一切於她都是新鮮對象兒！大浴缸比她的皮膚更潔白細膩！紅地毯比陽春三月的綠草地更柔軟溫和！當她打聽到白金戒指和珍珠項鏈的價錢之後，驚訝得嘴巴張老大發不出聲！吳占魁金屋藏嬌，「老牛啃嫩草」，得意和高興自不用說。他原本打算蜜月期間帶銀環飛昆明去看世博會，考慮到自己若走出紅磚小院，不過是個毫無魅力可言的老頭，也就沒了興致。倒並不是說吳老頭擔心銀環可能紅杏出牆，看她那如劉姥姥進大觀園一般的可憐巴巴神情，攆她恐怕還不肯離開呢！吳占魁從心底喜歡這個尚未滿十九歲的漂亮女娃，一別故園五十載，山川依舊，女娃們漂亮依舊！他好像重又回到了二十多歲時候，躊躇滿志且倜儻風流……同他曾有過短暫交往的好幾位少女、少婦，模樣兒雖依稀還能回憶得起，如今肯定都已是滿頭銀絲，或者早化作一堆黃土了吧……吳占魁每天早晨雷打不動練二十分鐘的太極劍，九點多鍾後，家裏就開始有客人來了。客人基本上是固定的：三、五位大權旁落的本地官員，和另外幾位同他一樣的返鄉臺胞。他們或聊天，或玩麻將，疲憊了就擺宴席補充精神——都是曾在社會大舞臺上幾番浮沉，如今已力不從心，也就無太大奢望了的一群老人。他們看打仗和看鬥雞一個樣，看戀愛和看雄蜻蜓追雌蜻蜓一個樣……聚一塊兒則嬉笑怒罵隨心所欲，吃起來、玩起來顯得十二分投入。傭人除周媽之外，又雇請了一位五十多歲了的退休女廚師，魯銀環衣來伸手飯來張口，一天數遍梳妝打扮，眉毛下面抹藍色眼影，在燥熱的嘴唇上塗唇膏……吳占魁平日同她說話不多，沒有客人在場時喜歡把她抱在膝上……銀環也試著打過幾回麻將，輸一次錢竟然會好多天都心情不好；看瓊瑤的小說也不成，倘若沒個聲兒響動，她心裏簡直亂糟糟沒著沒落……「蜜月」過到最後，每一天差不多一個樣，且一天比一天更漫長！

吳占魁自從跟一位當過區武裝部長的賦閒官員，驅車去深山趕過一次仗並且打到三隻野兔之後，簡直入了迷，幾乎每星期都要租輛小車進山。男主人不在家時，客人也沒一個登門。屋子裏靜得像落滿積雪的原野！禮拜天陽光明媚，魯銀環渾身珠光寶氣上大街轉悠來了。她想買什麼買什麼，兜裏有錢真是好極了！當她兩手提大包小包時髦商品朝回走，才發現身後有人聚成團兒，嘻嘻哈哈朝她亂指亂笑！銀環腦子裏陡地一片空白，皮鞋後跟陡地嫌太高，趔趔趄趄像逃跑似的，連頭都不敢回！昨天，經她多次寫信熱情相邀，吳金環才做賊似的，於正午時分溜進紅磚小院來了。老頭子恰好又上那位前武裝部長家商量有關打獵事項去了。銀環摟著金環又蹦又跳，一邊大笑一邊熱淚滂沱。她還在為上街被人當猴圍觀而耿耿於懷。金環說：「像我們這樣的女人，錢財攢積得堆到頸項，也抖不起大狗子般威風來。嘻嘻，馮鐵柱至今還愛著你哩，情緒低落，像掉了魂兒！有一天，他喝醉了酒跑到我那兒，膀子亂揮，說要進城來殺吳占魁。我說殺了他你也得掉腦殼，何苦來？咯咯，連我也在幫著盼吳占魁發急症暴死了才好哩！女人還是應該有個可心的男人作依靠，活得才有意思……」

連金環也瞧不起吳占魁，這是銀環所沒有料到的。仔細想也是：他身上除了錢，還真沒有讓人覺稀罕的東西咧！這麼想著，更令她情緒低落。又想：正因為窮才走到這一步；如今手頭錢多了，又心生譴責，亦不過是「衣食足而後知榮辱」，歸根結底還得有錢才成……如此顛來倒去胡思亂想，最後弄得銀環也糊塗了。銀環的這種物質極度豐富而心靈無處依傍的生活，作為脫貧手段還差強人意，厭倦也是必然。娘家回不去，上街讓眾人當猴圍觀也不是滋味。善解人意的周媽，常常用同情的目光打量小女主人：她究竟在想什麼？誰也猜不透。

「蜜月」過後沒多久，吳占魁托人從外地買回新式雙管獵槍，以及貝雷帽、獵裝、長筒靴等物件兒，興致勃勃，儼然成了職業獵手。退休老武裝部長也是三天兩頭地往紅磚小院裏跑，玩不起麻將就陪著喝酒聊天，與吳老先生十分投緣。一天，屋外下小雨，滿桌菜餚只有銀環陪兩位獵手。「人老話多」，飲了些酒的老人話更多。到最後，五十九歲的前部長醉得直不起腦袋，口中仍一個勁兒嘟噥：「……我不喜歡吃野牲口的肉，嚼嘴裏像木渣哩！我是喜歡看牠們鬼鬼祟祟、一步三回頭的樣兒，牠們自以為聰明，還是中了埋伏！看著牠們渾身淌血抽搐掙扎也蠻快活！」吳占魁根本沒有聽對方在講些什麼，搖頭晃腦只顧自說：「……人生其實是一場追逐。貧賤是豺狼，富貴是猛虎……打獵的永恆魅力，正是來自於人們對追逐的慾望。得到的都不是最好的，得隴望蜀，永無止境……」

魯銀環很早就放了筷子，嫩臉上掛淺淺笑意在一旁聽著。屋子裏彌漫著煙氣。吳占魁醉眼迷離望銀環，講起一個笑話。銀環先還咬住嘴巴，終於忍不住咯咯地大笑起來，笑過之後，又暗暗罵自已是個十足的白癡！

八

春夏秋冬周而復始，日子過去得飛快！結婚後一年，銀環長得更白更胖，憑添了幾分少婦的風韻。吳占魁的確老囉，對女色的興致大不如從前，加之自持財大氣粗，學富五車，習慣以「萬物皆備於我」的原則對待周圍事物，陪伴嬌妻的時間漸少。白天鵝雖然已成煮熟的鴨子，不安份之心卻一天都沒有死！何況小姑獨宿，不慣無郎，夜深人靜時，銀環會格外思念馮鐵柱，心底甚至埋怨他膽太小，這麼長時間，竟沒敢爬牆過來看她一回！

一天夜半，銀環突然夢見鐵柱同別的女人結婚了（吳占魁的狩獵隊又有三人加盟。他們前幾天帶上帳篷、吊床、食品、飲料，租了輛麵包車，往剛剛通公路的黑溝去了），夢醒之後，嚶嚶地哭了好久。天亮後，她仍窩鴨絨被裏懶得起床，實在忍不住，偷偷地給馮鐵柱寫了一封長信。過去的馮鐵柱倚仗長得帥手藝好，兜裏又經常摸得出閒錢！所以什麼時候都愛擺大狗子模樣顧盼自雄。自從未婚妻被臺灣老頭活生生挖走，他才發現天外有天，這一年，自己也不知怎麼過來的。有錢男子漢，無錢漢子難！他只能舉白旗認命，偶爾仍會悄悄想銀環，像奴僕想主人，向日葵仰望太陽！意外收到銀環的長信，馮鐵柱抖索索看了八遍，直到信箋皺巴巴像髒手絹！他振作精神熬了兩通宵，參考三種不同版本的《通俗情書寫作大全》，每句話都斟酌再三。他清醒地認識到：復仇的機會來了，這是最後的鬥爭！他不但要奪回原本屬於自己的美人兒，丟了臉面也得叫吳占魁拿三倍的金錢償還！

回信寫了十六頁，真可謂字字血，聲聲淚……銀環也沒料到，一年前曾經被自己那般傷害的傲慢男人，時至今日仍一如既往，愛她愛得發狂！銀環好內疚、好後悔、好感動啊！寫第二封信時，語氣中已有日本女人的順從和仰望了……兩位年輕人內心終於再一次燃起愛火，一發而不可收拾……秘密傳遞書信如互致問候，顫顫兢兢的幽會才是狂歡節……一切都經過極謹慎的謀劃，可以說天衣無縫！他們自以為得計，打算就這麼以逸代勞，慢慢等待老傢伙自然死亡——畢竟已經開始享用勝利果實，也實在犯不著太心急。

正所謂「螳螂捕蟬，黃雀在後」。內心早已奉吳占魁老先生為「衣食父母」的周媽，早就有所覺察。她城府頗深，如偵探一般不動聲色，掌握到偷情的確鑿證椐才向男主人告發。吳占魁聽後亦不過微微淺笑，心平氣靜遞過三千塊錢，並沒有過多言語。他何等精明，一連好幾天，該打獵時打獵，該打麻將時打麻將，倒弄得周媽雲裏霧裏，更不敢隨便吱聲了。銀環一如既往為美好夢想而奮鬥著。她刺探到吳占魁除小洋樓之外，銀行裏尚有一百多萬存款。馮鐵柱得知情況後，就像阿裏巴巴進了藏寶洞，心兒不自主狂跳，目光都直了！在等待同銀環幽會的日子裏，細木匠馮鐵柱幾乎每天都要雕一個木頭人形，用毛筆寫上吳占魁三個漢字，再在心臟部位釘進鐵釘，然後悄悄壓亂墳崗的朽土斷碑下面。據說用這種古老方法詛咒某人，不出百日必死無疑！這個時候的小馮木匠有點像搶班奪權的林彪，真正有些急不可耐了！這三角關係中，魯銀環恐怕是最難扮演的角色了：眾人眼裏的金絲籠中鳥，月黑風高夜做賊樣追求愛情；高興時不敢狂笑，傷心處不能痛哭！糟老頭越活越精神，完全看不到行將就木的徵兆。吳占魁每一次手舞足蹈高談闊論，或搖頭晃腦朗聲大笑，都猶如小刀剜著銀環的心！

又一個平平常常的夜晚，老夫少妻行完房事，吳占魁慢騰騰繫好睡衣，從寫字臺抽屜裏找出派克筆和幾張公文紙，望銀環說：「魯姑娘，來看看這個協議怎麼樣？」

「什、什麼協議？」太突然了！銀環略顯慌張問道，身子還一絲不掛躺在被窩底下。

「哦，我太愛你了，希望你永遠作我的妻子，這當然需要有協定作保證。也就是說，我活著時你不得與其他男人私通；我死之後你永遠不准嫁人。只有這樣，眼下你所享受的一切才可繼續享受。與人私通或再嫁人，所有一切都將自動放棄。」

「什麼？你……」魯銀環大驚失色從鴨絨被底下彈地站起，竟忘了自己還未穿衣服！

吳占魁哈哈大笑，慢悠悠點燃香煙猛力吸一口，說道：「我承認貪戀美色，愛美之心人皆有之。你呢？大概不會否認因貪圖錢財才委身吳老頭吧？你不守婦道同窮木匠私通，眼巴巴盼我早死……怎麼樣？現在究竟是跟我簽這份保證呢，還是乾脆簽署離婚文書？」

「流氓！老流氓！老不死的臺灣流氓……」魯銀環反抗似地亂罵，一邊手忙腳亂穿衣裳。如同被捉姦捉雙，她滿臉尷尬，耳朵裏像有一千隻知了合唱，不知道究竟該怎麼辦？吳占魁瞅一眼掛牆上的大電子鐘，打個哈欠，滿臉笑容又準備上床睡覺了。離天亮還有八、九個鐘頭，暖和的大床肯定是回不去了……明天，後天……她又該上哪兒安生呢？魯銀環心慌意亂，再也忍不住，一屁股跌坐在地毯上，傷心地哇哇大哭起來……

九

第二天濛濛亮，魯銀環收拾起自己的衣裳，離開了居住才一年多的紅磚小院，淚跡經晨風輕拂，涼意直透骨髓！兜內尚有幾百塊零花錢，她咬咬牙叫了輛出租，徑直開到吳金環家的後門口才慌慌張張下車。金環被從睡夢中叫醒，見銀環一副逃難模樣，大吃一驚。魯銀環未開口先嗚嗚痛哭，哽哽噎噎講了昨晚發生的事情，央求金環姐幫忙拿個主張。

事情太突然，吳金環雖然恨得咬牙切齒，一時也拿不准該怎麼辦。金環的瘸腿父親聽到啼哭聲，慌慌張張躲樓梯口偷聽，這會兒乾脆上樓來了。銀環姑娘落得眼下這境地，使金環他爹一掃自卑心態，腰杆比往常伸直了許多。他打氣說：「魯姑娘莫哭了，大家慢慢來想辦法，反正不能便宜了吳占魁！」接著又自告奮勇，悄悄叫來馮鐵柱。銀環死活不讓給家裏報信兒，所以魯朝宗他們還被暫時蒙在鼓裏。

如花兒樣的姑娘讓老東西睡了一年多，到頭來，兜裏連一千塊錢都沒有！馮鐵柱氣得又拍桌子又跺腳，一疊聲嚷嚷道：「告他去，上法院告那老狗日的！」金環走南闖北，經見的事情多，她說：「法律保護婦女合法權益！如今婚姻破裂了，吳占魁有義務、也有能力給女方一定經濟補償，如土改時的地主樣被掃地出門是絕對不行的！你快去把時髦衣裳脫下，從今往後，就穿我們農家女的廉價布衫；眼淚也莫亂拋灑了，等到了縣法院再哭，哭得越傷心，同情並幫你奔走的人才會越多！還有：只能說吳占魁虐待你，同鐵柱暗中來往的事刀架脖子上也不能認賬！我和鐵柱不便多出面，一切全靠你自己了。要儘量鬧得淒淒慘慘滿城風雨，法院才會多判些錢財作為補償……」

可能有人看見銀環下計程車，多事地跑去報信了。魯朝宗老人由兒子、兒媳攙扶著，愁兮兮也趕過來了。銀環跪爺爺和父母面前，哀哀哭泣無地自容。魯朝宗打也不是，撫慰也不是，老淚縱橫說不出話，氣得站都站不太穩當了。金環既要安撫這位，又要勸慰那個，忙得團團轉，好不容易使大家情緒稍稍穩定。幾個人斷斷續續又議論了好一會兒，最後商定：由有聲望的魯朝宗領頭，帶著兒子兒媳、孫女兒，一起去縣法院提起控訴！

魯朝宗一家老少三輩，上午九點鐘又乘中巴車離開了魯家山。四個衣著簡樸老實巴交的山裏人，於十一點半鍾抵達法院門口，哭泣聲、數落聲撒了一路，吸引過來好多下崗職工和街頭閒漢。經歷解放戰爭、清匪反霸、土改等等武裝鬥爭，當過三十多年生產隊長的魯朝宗老人，手拄拐杖聲音沙啞憤怒咆嘯。這支由爺爺、父親、母親和孫女兒組成的悲慘隊伍，同街兩旁歌舞昇平世界反差太大，格外惹人同情！不斷壯大的熙熙攘攘人流，使絕望的魯朝宗內心的仇恨越燃越熾烈，老人家彷彿又走在了土改時的田埂上，狠不得將惡霸少爺吳占魁捆老槐樹上活剝了他！魯銀環母女的一路嗚嗚泣哭也頗具感染力，好多位嬸子大媽及心腸軟的男人亦陪著掉淚。法院門口的交通已被阻斷，場面越來越混亂……幾個血氣方剛的愣頭青，開始吆喝要去砸吳占魁的洋樓了！幸虧幾位法院領導及時出面，客客氣氣將魯朝宗一家四口迎進接待室瞭解情況，同時調來十多名武裝有頭盔、電警棍和盾牌的防暴警呈扇形擺開；三十多派出所治安警分頭紮進人堆，又拉又推，連說帶勸，疏導了一個多小時，數百圍觀起哄者才罵罵咧咧逐漸走散。縣政法委書記聞訊也趕來了，表情凝重召集法院和公安的領導商量解決方案，很晚了還沒散會。眾怒難犯，且事關穩定，處置起來猶須慎之又慎；如何對待那位老臺胞同樣是一項政策性極強的工作。現場辦公會接連開了大半天，最後決定三管齊下：一路由派出所去負責調查幾個唯恐天下不亂的帶頭起哄者的身份背景，做到心中有數，防患於未然；另外，由縣委統戰部對臺辦公室彙同縣法院、縣民政局、縣社會治安綜合治理辦公室、縣精神文明辦公室等單位，兵分兩路，分別去走訪魯家的人，去吳占魁老先生那兒，進一步瞭解核實情況。總之，要以最大的耐心，盡最大努力，做好雙方人員的調解和疏導工作，爭取皆大歡喜的結果。

經過長達一個半月對當事人雙方艱苦的討價還價所進行的認真細緻法律法規宣傳，和思想政治工作，這樁老夫少妻離婚案，終於有了結果：縣人民法院依法判決魯銀環與吳占魁離婚，同時判給魯銀環十八萬五千元生活補償費……消息不脛而走，再一次成為街頭巷尾人們關注的熱點！一度同情過銀環一家老少三輩的人民大眾，由於驚訝並羨慕這筆巨大的十八萬五千元財富（這筆錢數越傳越大，到最後已變成了一百八十多萬！），幾乎不約而同，轉而都同情起吳占魁來，都一疊聲地感歎吳老先生實在不值得……

十

時間又過去了半年多。農曆八月十五日，魯銀環和馮鐵柱，吳金環和一位姓朱的小學民辦教師，相約同時舉行了結婚典禮。

把兩樁喜事約到一天辦，這在遠離縣城的小小魯家山，還是開天劈地第一次！主意是魯銀環堅持的，她緊傍吳金環家的水泥樓房，也蓋起了一棟占地七十六平米的兩層預製樓房；小馮木匠挑上好的楠木、樟木和銀杏木打制式樣新穎的全套傢俱，人都累得瘦了一圈兒！婚禮就在新水泥樓房裏舉行，價值一千八百元錢的禮花鞭炮，雖然招惹得鄉鄰們站各自的屋簷下伸脖子瞧了好一陣熱鬧，真正上門送恭賀並喝喜酒的卻廖若晨星。畢竟曾歷盡坎坷，飽嘗酸甜苦辣，金環、銀環並未奢望太多；噩夢已經過去，有情人終成眷屬！兩對新人以及她們家人的臉上都漾著溫乎乎的幸福……

故事皆大歡喜，似乎再沒有什麼值得講敘的了。質樸的山民們卻發現：「蜜月」中的新郎官馮鐵柱，漸漸竟是一副萎靡沮喪模樣。他逢人就滔滔不絕訴苦，擋都擋不住！「……結婚那晚上我同她商量，想投資辦個小家俱廠。如今利息低，她那筆錢老放箱子裏也生不出娃兒來。你猜她怎麼頂撞我？『那點錢是我後半生的依靠，想當老闆，自己去想辦法吧！』嫌我靠不住也罷了，我相信自己的手藝方圓百多里還是有市場的……又要我天天刷牙，天天洗頭，天天擦皮鞋；房屋的地得天天拖，床上的鋪蓋要疊成豆腐塊一樣形狀；還嫌我的手太粗糙，身上有汗臭味，說我站著如駝背的向日葵，走路的樣子一點兒也不瀟灑……」魯銀環的父母也曾過來勸過，女兒振振有詞，說得老實巴交的父母大眼瞪小眼：蓋房子花了七萬多，結婚花了將近三萬，都是她拿出來的！補償費如立春過後的積雪，化得實在太快，已經只剩八萬左右了。況且她又是失過身的女人，往後的日子還長，手頭倘若再沒有了錢，豈不又得再次遭受欺辱，又會像給吳占魁當媳婦時一個模樣？

金環夫婦這邊的情形也不容樂觀：教民辦的朱老師，因為欠薪水經常衣食無著，才答應「嫁」到吳家作上門女婿。他是個忠厚人，平日少言寡語。吳金環由於自己的恥辱身份，對夫君雖然舉案齊眉極盡溫柔，心理的壓力反正說不清楚。結婚後的朱老師衣食不愁，卻終日鬱鬱寡歡，在人前總耷拉著腦殼，平日裏幾乎難得看到笑容……

馮鐵柱除了因銀環曾跟闊佬睡了一年多，而與朱老師同病相憐之外，還承受著擱老木箱底層的那八萬多元的金錢壓力，讓人簡直覺得永無寧日！目前，他還在咬牙關忍耐。最令他百思不解的是：曾那麼漂亮柔弱一個姑娘，僅僅就因為兜裏添了幾個閒錢，一下子怎麼竟變得像吳占魁，變得那般可惡又那麼討人嫌了呢？

釀文學81　PG0741

香溪故事
──昌言小說集

作　　者　昌　言
責任編輯　陳佳怡
圖文排版　邱瀞誼
封面設計　王嵩賀

出版策劃　釀出版
製作發行　秀威資訊科技股份有限公司
114 台北市內湖區瑞光路76巷65號1樓
電話：+886-2-2796-3638　傳真：+886-2-2796-1377
服務信箱：service@showwe.com.tw
http://www.showwe.com.tw
郵政劃撥　19563868　戶名：秀威資訊科技股份有限公司
展售門市　國家書店【松江門市】
104 台北市中山區松江路209號1樓
電話：+886-2-2518-0207　傳真：+886-2-2518-0778
網路訂購　秀威網路書店：http://www.bodbooks.com.tw
國家網路書店：http://www.govbooks.com.tw
法律顧問　毛國樑　律師
總 經 銷　聯合發行股份有限公司
231新北市新店區寶橋路235巷6弄6號4F
電話：+886-2-2917-8022　傳真：+886-2-2915-6275

出版日期　2012年5月　BOD一版
定　　價　350元

Printed in Taiwan

國家圖書館出版品預行編目

香溪故事：昌言小説集 / 昌言著. -- 一版. -- 臺北市：
釀出版, 2012.05
面； 公分. --（釀文學；PG0741）
BOD版
ISBN 978-986-5976-11-8（平裝）

857.63 101003871

讀者回函卡

感謝您購買本書，為提升服務品質，請填妥以下資料，將讀者回函卡直接寄回或傳真本公司，收到您的寶貴意見後，我們會收藏記錄及檢討，謝謝！如您需要了解本公司最新出版書目、購書優惠或企劃活動，歡迎您上網查詢或下載相關資料：http:// www.showwe.com.tw

您購買的書名：________________________________

出生日期：_______年_______月_______日

學歷：□高中（含）以下　□大專　□研究所（含）以上

職業：□製造業　□金融業　□資訊業　□軍警　□傳播業　□自由業

□服務業　□公務員　□教職　□學生　□家管　□其它____

購書地點：□網路書店　□實體書店　□書展　□郵購　□贈閱　□其他

您從何得知本書的消息？

□網路書店　□實體書店　□網路搜尋　□電子報　□書訊　□雜誌

□傳播媒體　□親友推薦　□網站推薦　□部落格　□其他________

您對本書的評價：（請填代號　1.非常滿意　2.滿意　3.尚可　4.再改進）

封面設計____　版面編排____　內容____　文／譯筆____　價格____

讀完書後您覺得：

□很有收穫　□有收穫　□收穫不多　□沒收穫

對我們的建議：________________________________

____

____

____

請貼
郵票

11466
台北市內湖區瑞光路 76 巷 65 號 1 樓
秀威資訊科技股份有限公司　收
BOD 數位出版事業部

（請沿線對折寄回，謝謝！）

姓　　名：＿＿＿＿＿＿＿＿　年齡：＿＿＿＿　性別：□女　□男

郵遞區號：□□□□□

地　　址：＿＿＿＿＿＿＿＿＿＿＿＿＿＿＿＿＿＿

聯絡電話：(日)＿＿＿＿＿＿＿＿　(夜)＿＿＿＿＿＿＿＿

E-mail：＿＿＿＿＿＿＿＿＿＿＿＿＿＿＿＿＿＿